あっちゃん

——ある幼年時代

小谷野敦
KOYANO ATSUSHI

幻戯書房

目次

写真提供　著　者
装　　丁　佐藤絵依子

あっちゃん——ある幼年時代

水海道編

(昭和40年当時)

中勘助の『銀の匙』というのが、岩波文庫の中で一番心に残るものは、という文化人へのアンケートで一位になったことがある。私が読んだのはそのあとだが、そもそも「銀の匙をくわえて生まれてきた」というのは、裕福な家にお坊ちゃん・お嬢ちゃんとして生まれたことを言い、この少年期自伝の内容も実際そのようなもので、私はむしろ不快感のほうを覚えたし、解説文にある「子供時代は玉手箱のよう」といった文章にも、嫌悪感を覚えた。

それに比して、意外なほどの感動を覚えた自伝小説は、井上靖の『しろばんば』である。私はそれより前に井上の『あすなろ物語』を読んで、題名とは裏腹な、いかに女にもてたかの自慢話みたいだと呆れただけに、『しろばんば』が、なぜこんなにいいんだろうと思った。この小説の主人公は、学校では優等生である。逆に、出来の悪い子供だったとか悪ガキだったとかいうことを売り物にした自伝小説もあるが、私はそういう子供ではなかった（といっても井上靖ほどの優等生でもなかった）。『しろばんば』は、祖母と一緒に暮らしているという不遇の感じと、成績はいいというところで、私の共感をかちえたのだろう。だが、年齢的にこれはここまでで、その続編の『夏草冬濤《なつぐさふゆなみ》』はなぜか面白くなかった。しかし、ここでは『しろばんば』の顰《ひそみ》に倣って自伝を試みてみたい。井上が『しろばんば』を上梓したのは五十五歳になる年であった。

＊

私が生まれたのは、茨城県水海道市三坂町《みつかいどうしみさかまち》というところで、今では常総市《じょうそうし》になっている。最寄りの駅は、今でもディーゼルカーが走っている関東鉄道常総線の三妻《みつま》駅で、映画「下妻《しもつま》物語」の舞台・下妻の一つ手前である。茨城県ではあるが、西部結城《ゆうき》地方は、明治以前には千葉県につながる下総国《しもうさのくに》で、遠く昔は平将門《たいらのまさかど》が馳駆《ちく》したあたり、近代にあっては長塚節《たかし》の生家のあたり、ほかにはこれといった旧跡もない寂しい土地である。

私は中学生の時、美術の時間に、外へ出て風景画を描くように言われて、電車の高架下に座ったがまったく絵にならなくて難儀したことがあったが、のちに、地方へ行ってみると、地方というのは地形がでこぼこしていて山があったりするから、これは絵になる！　ということに気づいたのである。関東平野というのは、まったいらであって、風景画にはまるで不向きなのだ。私は筑波山のわりあい近くに育ったが、それでも筑波山は小さくて遠くて、絵の背景にはならなかった。

父も母も三妻駅から北のほうへ行ったところの出身で、父は水海道市曲田《まがつた》の、商家をやりながら農業を兼ね、母は石下町六軒《いしげまちろっけん》というところで同じ業態の家の生まれで、どちらも八人きょうだいの、父は五人が女、三人が男の三男、母は五人が男、三人が女の次女という対照的な、しかし似たような境遇であった。母は父の生まれたところをよく「五箇村《ごかむら》」と呼んでいたが、これは昭和二十九年(一九五四)まで存在した地名で、その年に水海道町に編入されており、その前は福二村《ふくじむら》といったようだ。

「貧乏人の子だくさん」を絵に描いたようなきょうだい数の多さだが、このことわざの意味は必ずしも一定していない。貧乏で遊ぶカネがないから夫婦のセックスくらいしか楽しみがないので子供が増えるなどと解釈されているが、うちでは、貧乏人は気が小さいから子供を間引くことができないという意味でとらえられていた。

父は水海道一高という、割といい高校へ進学したのだが、肺結核で三年病臥したという。戦後のことだから最終的にはストレプトマイシンで助かったらしいが、そのあと大学受験に失敗し、時計修理工になった。母は私が十二歳のころまで、父が落ちたのは早稲田だと思っていたら、そのころ、千葉大だったと分かってがっかりしていた。落ちた大学にも格があるのである。私は父が死んだあと、その時計修理の技術というのはどれくらいで身につくものか調べたら、最短で一日だと知って、へなへなとなった。父の給料は安かったらしいが、その程度の技術なら安いのもやむを得ないだろう。

晩年の父に、母を通して、自伝を書けばと言ったのだが、ついに書かなかった。母を通してというのは、私と父が直接話をするのは、必要な場合以外はきわめて難しくなっていたからである。父が書いたことになっている年賀状は、全部母の代筆だから、結局父は自分で書いたものは手紙もメモも何一つ残さず死んでしまった（もっとも手紙は相手方へ行ってしまうから手元には残らないわけだが）。私は、父が残した手記などを利用してものを書いている人を見ると嫉妬を感じてならない。

高校を三年休学して大学に落ちても、二十二歳くらいで、結婚したのは二十八歳だから、その間は、実家にいて、時計修理に通っていたのか、そのあたりは謎である。なんでも父は作家になろうかと思っていたらしく、確かにそれを推察させる書籍がうちにあった。丹羽《にわ》文雄の函入りの『小説教室』が正編と実践編と二冊、ほかに当時はやっていたせいか、『伊藤整《せい》全集』の端本《はぼん》が三冊くらい、深沢七郎の『楢山節考』、安岡章太郎の『悪い仲間』、三島由紀夫の『沈める瀧』など、その頃話題になった著作が置いてあった。裕福な家には当時「世界文学全集」や「日本文学全集」の揃いが置いてあったそうだが、うちにはなかった。父はどうやら「中間小説」みたいなものを書きたかったらしく、『小説新潮』を購読していたようだが、うちには一冊も残ってはいなかった。『小説教室』には、油紙みたいな小さな紙を折りたたんだものが挟んであり、小説のシノプシスみたいなものが書いてあった。母によると、『小説新潮』の新人賞に応募して佳作になったというのだが、あとでいろいろ調べたところ、筆名であってもそれらしいのは見つからなかった。当時「小説新潮賞」という応募型新人賞はあるにはあったが、だいたい本当に佳作になったなら、その旨掲載された雑誌くらいとっておくだろう。当時の『小説新潮』を見ると、新人賞のほかに、短歌・俳句・川柳・コントなどの応募のコーナーが最後にあって、「コント」というのは要するに短文の小説や随筆のことだから、さてはこのコントで名前があがったのがせいぜいのところじゃないかと見当をつけた。

大江健三郎も、東大入試に落ちて東京へ出てきて予備校へ通い始めたころに安岡章太郎の本を買ったと書いていたが、父は大江の二つ上で、安岡というのは、当時の文学青年に、妙に輝かしく見えた芥川賞作家であったらしい。のち安岡が藝術院会員になった時、父が「安岡章太郎が藝術院会員ねえ――」と感に堪えたように言っていたのを思い出す。

ほかに小泉信三の『平生の心がけ』とか、大正昭和初期に人気のあった吉田絃二郎の随筆集、吉川英治全集の赤い函入りの『三国志』全三巻と、『親鸞』一巻などがあり、前者は高校生のころ読んだが、二回生き返る武将がいるのが不思議だと思った。あとコンパクトな赤色表紙の、新潮社の日本文学全集の「石坂洋次郎集」「三島由紀夫集」「室生犀星集」があり、黄色の世界文学全集のロマン・ロラン『ジャン・クリストフ』の第一巻だけあったのは母のものだった。文庫版では、新潮文庫の川端康成の『雪国』が裸本で、角川文庫の『細雪』が全三冊であったのは母の、角川文庫の梶井基次郎『城のある町にて』も裸本であったのは父のだったろうか。裸本のは、元はグラシン紙がかかっていたものだろう。あとピエール・ルイスの『私の体に悪魔がいる』という角川文庫が、これは女の絵が描かれたカバーつきで、これはルイスの『女と人形』をジュリアン・デュヴィヴィエが一九五九年に映画化したものの邦題で、私は大学生のころ読んで傑作だと思った。あとはベルンハイムの『歴史とは何ぞや』とか、マキャベリの『君主論』とかの古い岩波文庫もあった。

父は昭和八年（一九三三）三月の生まれだが、その末日だから、さては四月生まれなのを、早く学校を終わらせようというので三月へ繰り込んだなと私は睨んでいる。いくら民法が変ったってその当時の農村の三男坊など、どうせ相続放棄させられる厄介者に過ぎない。なんでうちの母と知り合ったかといえば、母の父と将棋仲間だったかららしい。父は将棋が好きで、二段くらいの力はあったんじゃないかと母は言っていて、確かに将棋のほうは「将棋タイムズ」とか郵送で買っていたし、本気で打ち込んでいたらしい。しかるに母は、自分の父つまり祖父と、夫とがともに将棋きちがいなのが嫌で、私や弟が将棋好きにならないようにした、とのちに言っていた。確かに父は私には熱心に将棋を教えようとしたが、私は将棋には遂に関心が持てなかった。一時は、新聞に載っている棋譜を毎日見て研究したりしたのに、まるで功を奏さなかったのである。母の一念というのは恐ろしいものだと、長いこと思っていた。しかし私は、母から将棋を止められるとか、そういうことはなかったのである。すると、母親というのは、些細な挙措《きょそ》で、子供を思うように出来るということなのか、と思い、願望を挫かれた父のことを思い、夫婦の恐ろしさを感じたものである。父は詰将棋を教えたりするのだが、私にはいつも「だから何なんだ」という気分がついて回っていた。今でも、私にはナボコフの小説が面白くなくて、あれはチェスが分かると面白いらしく、確かにナボコフの小説にある「仕掛け」の説明を聞くと、あの詰将棋の説明を聞いた時と同じ「だから何なんだ」という気持ちを感じる。だが両親とも死んでよくよく考えてみると、いくら母の一念でも、そんなことは関係なく、私は単に将棋に興味が持てない生まれつきだったのではないかという気が、今ではしている。

　そういえば、父が死んだあと、人に教えられて、除籍謄本を全部取り寄せて、八千円くらいかかったのだが、幕末からの系図を作ったことがあるが、特に変わったことは何も発見できなかったのでがっかりしたことがある。せいぜい、小谷野家と矢田部家が妻のやりとりをしていたことが分かった程度であった。母方の遠い先祖については、古澤一郎という親戚らしい人が調べて書いていて、戦国時代には多賀谷《たがや》氏の家臣の武士だったのが、刀狩のあとあたりに帰農したのが分かっているし、大正期に生まれた古澤厚良という浦和に住んでいた人が一九九九年に出した小冊子『山六古澤家覚書』には、徳川初期からの本家のことが書いてあるのだが、どういうわけか「六軒」に住んでいたとあり、しかし私の祖父は、一か所名前がはっきりしない形で出てくるだけで、関係が分からない。ということは「六軒」というのは私が思っているほど狭い地域ではなく、私の祖父の家系は徳川期に分かれた分家に過ぎないのだろうということだ。

小谷野という姓は埼玉県の高麗《こま》神社にほかの渡来人の名前と一緒に書いてあるから、帰化人の子孫かもしれないし、結城合戦の時の結城城の鐘の銘に書いてあるから、楽観的に推定すれば小山《おやま》の一族で藤原氏だということになる。ただし私のところは、分家のまた分家みたいなものだろう。茨城県西部から埼玉県にかけて広く分布しているが、サンフレッチェ広島の社長だった小谷野薫という人は私と同年で、予備校の模試でよく名前を見たが、私が落ちた最初の東大入試の時に合格している。この人の顔もよく見るとうちの父方の伯父に似たところがあるから、遠い親戚なのだろう。

一九八〇年代の映画で、東京下町の子供たちが、空襲の様子をお祖父さんやお祖母さんに聞いてくるようにという宿題が出て、それをきっかけに子供たちが戦争について考えるというものがあった。だが私の家の祖父母も両親も、田舎の人間は空襲なんて受けていないのだから、そういう話は東京でしか通用しないのである。このことは菊田一夫の『君の名は』にも書いてあったが、空襲があったのは都市だけだから、田舎の人間は知らないし、戦後、ヤミ米を食べたりしていたのも都会の人間で、田舎の人間は米を売る立場にあったのだから飢えたりはしていない。この点、菊田が指摘するように、歴史というのはあまりに都会の人間中心に描かれているという気がする。

両親が結婚したのは昭和三十六年（一九六一）の六月だから、ジューン・ブライドだが、水海道の北條写真館で撮った写真が残っている。二人だけで座敷で撮ったのもあるが、これは写真館にある座敷なのだろうか。母は満二十二歳で、自分では美人のつもりだったらしく、ポーズをとった写真が残っているが、どう見ても田舎のイモ姉ちゃんで、あとになって少しあか抜けてくる。母が死ぬ半年前に初めて会って面倒を見てくれた妻は、母は八千草薫に似ていたと言うが、それはお世辞として、まあ良くいえばそういう顔だちではあった。そのせいか若いころに女優になりたいと言って親に反対されたという。母は中学を出て、地方銀行の支店に勤めた。だとすると七年くらい勤めていたことになるが、石下町から水海道まで自転車に乗って行ったとすれば、割と遠かったのではないだろうか。そこにある青年がいて、何で知り合ったのか忘れたが、オートバイで水海道へ向かう通勤路が同じだったので、母の自転車のハンドルをつかんで引っ張っていったりしたという。つまり、いちゃいちゃしていたわけである。農家育ちだから、飼っている鶏をつぶすのも母はよく見たことがあって、首を切り落としてもスタスタと歩くのよ、などとよく話していた。

母はよく「泉のほとり」とか「赤いサラファン」とか、ロシヤ・ソ連民謡を歌っていたが、それはこの銀行の組合活動に参加していて覚えたものだったらしい。当時はうたごえ喫茶とかで、そういう歌がはやっていた。のちに鮫島有美子さんがロシヤ民謡のＣＤを出して私も買ったが、それらはたいてい母が歌うので知っていた歌だった。同じころ、東大のロシア科を出た先輩学者に「泉のほとり」を歌って聴かせたら知らなかったので驚いたことがある。あとで気づいたが、中学生の時にもらったポピュラーソングの歌詞・楽譜集にもそれが入っていたから、その先輩はそういう学校標準文化をバカにして生きてきた人なんだな、と思ったことがある。男の子というのはしばしばこういう標準文化をバカにする生き物だが、私はそうではない部分があったから、私のその後の人生に暗い影を落とした理由の一つが、それである。

結婚した両親が住んだのは、鬼怒川の東岸で、鬼怒川の脇を茨城県道三五七号谷和原筑西線《やわらちくせい》という道が南北に走っていて、その東側のずっと下ったところである。常総鉄道（今の関東鉄道常総線）も南北に走っており、三妻駅を西へ出て北へ曲がると、東西に走る細い道があり、それを西へ突き当たったあたりで、そこから南へ登り坂になっていて、登りきると県道へ出る。つまり東側から、常総鉄道、県道、鬼怒川の三つが南北に走っているところである。

父と母の間の、結婚前の手紙というのは、私が小学校四年生の時、切手集めがはやったので自分でも集めて、家にあったのから大分切り取ったのだが、そのあとで処分してしまったようで、見つからなかった。

コンビニがなかった時代というのは若い人には想像しづらいだろうが、家庭を営んでいる人からしたら、コンビニはなくてもスーパーがあればいいので、むしろスーパー以前が想像しづらいだろう。三妻にスーパーはなかったが、駅前によろず屋はあった。もっとも母が買いものをしたのは魚屋や八百屋であったろう。

その家から東西に走っている道をまっすぐ行き、常総鉄道の踏切を渡って少し行ったところに、父が務めていたシチズンの時計修理工場があり、父はオートバイでそこへ通っていた。私は運動神経がダメだが父は運動は得意なほうだったようで、野球なんぞやっていたが、自動車の免許はついに生涯とらずじまいだった。結婚してからは、母が作った弁当を持っていっていたが、その前はどうしていたんだろうか。

私は母が死んだ直後の十五年前に三妻を訪れているが、その時見た、そして今でもストリートビューで見られる三軒長屋が、私らが住んでいた家の跡継ぎみたいなものじゃないかと思っている。当時のうちへ来たハガキを見ると「三坂町」までしか書いてないのが多く、その先は「三妻小学校横」とか「裏」とかあって、それで届くくらい田舎だったのか、昔はぞろっぺだったのか。

私が生まれるまで一年半あるのだが、もしかすると一回流産したんじゃないかと思うのは、母子手帳の「妊娠経験」のところで「あり」に○がしてあったからである。もしかすると流産したのは女の子だったかもしれない。というのは、母が、「男の子だったらアツシ、女の子だったらアユコって名前をつけようと思っていたのよ」と言っていたからで、その子はひそかにあゆ子と名づけられていたのではなかろうか。生まれたのは十二月の末で、雪こそ降っていなかったが冷たい風の吹く日だったという。時間は夜だったような気もするが、正確には聞いていない。生まれた時は仮死状態で、看護婦さんがパンパン、と叩いたらおぎゃあと声をあげたという。

当時、暖房は何だったろうか。どうもまだ火鉢の時代だったような気がする。石油ストーブになったのは数年後じゃなかったか。

私が生まれた三年後の五月に、市内の南寄りの森下町というところに、平屋の一戸建てを建ててそこに引っ越すのだが、親戚中では父が比較的早く一戸建てを建てたそうで、しかしうちの両親はそのあと二度も一戸建てを建てており、それは父のあまり多くない給料に対してローンの圧迫を加えたらしく、母は最期の入院の時に、どうしてあんなに焦って家を建てて苦しい思いをしたんだろうね、と述懐していた。

私は三妻の家の裏手にある小学校の校庭でよく遊んでいたというが、これは記憶にはない。ただ、鬼怒川のほうへ出ると、川に、古くてもう使っていない、屋根のある船がつないであり、幽霊船（舟）のように見えたのは覚えている。

当時の私は丸々と太った子だったが、ひどくお腹をこわしたことがあって、それ以来やせっぽちになってしまったと母は言っていた。また、赤ん坊のころ、連れて東京タワーへ行ったことがあったが、女子学生が数人、私を見て「わあーかわいい」と言って寄ってきたという話もよくしていた。あるいは近所の魚屋で母が買いものをして、迷っていると、背中の私が「ママ、それがいいよ」と言ったので、魚屋が、赤ん坊がしゃべったというのでびっくり仰天したという話をよくしていた。

私が三妻について覚えているのは、コロッケ屋だ。三妻駅と家の間あたりに小さなコロッケ屋があって、揚げたてのカレーコロッケをそこで食べていた。ソースをつけて揚げたてのコロッケを食べるとものすごく美味しいので、母にねだってコロッケ屋へたびたび行ったのを覚えているのだ。私の三妻時代の記憶は、幽霊舟とコロッケ屋くらいである。

昭和四十年（一九六五）五月に森下町へ転居したということは、当時のハガキを整理していて分かった。例の鬼怒川沿いの通りをまっすぐ南下した、その東側に細長い家を建てたのだった。実は私たちはここに五年しか住んでいなかったのだが、私からすれば三歳から八歳まで住んでいたから家族のほかの誰よりも印象が強いらしい。まだ家の周囲は田圃とか使われていない野原が広がり、東の向こうを常総鉄道が通るのが見え、さらに北東の方角に筑波山が薄青く見えた。家の周囲には、ヒバが垣根がわりに植えられており、入口には、母の弟のイラストレイターが描いてくれた、時計修理の直方体の看板が立っていた。会社の給料だけでは足りないから、家でも修理を請け負うことにしていたので、父は生涯、会社の仕事のほかにアルバイトの時計修理をやっていた。まだ便所は汲み取り式で、時どきバキュームカーが来てはそのたびにすごい臭《くさ》いにおいがしていた。しかし、次に住んだ家は水洗になっていたし、この頃急速に水洗化が進んだから、汲み取りをしていた人たちは失業したことになるが、どうしていたのだろう。

時計修理の看板の脇には、当時多くの家にあった、牛乳瓶入れがあり、木製で、ちょうど二本の牛乳瓶が入り、朝になると牛乳配達の人が注文に応じて二本か一本の牛乳を入れて行く。牛乳瓶の蓋はビニールの下に紙製の蓋がはまっていて、専用のピンを差してこの要領でぐいっと開けるのだ。この牛乳配達は、埼玉県へ行ったころまではあったが、その後はスーパーで紙の箱入りの牛乳を買うようになり、うちでは牛乳はとらなくなったが、ヨーグルトなどとあわせての配達事業は今も続いているという。「朝いちばん早いのは」という当時の童謡で、「パン屋のおじさん」「新聞の配達」と並んで「牛乳の配達」というのもあった。台所の脇には、当時まだ普通にあったらしい勝手口がついていて、子供からしたら家自体がかっこうの遊び場になったりしていた。

北のほうの、百メートルくらい離れたところの家にはちょっと年上の男の子がいて「邦治《くにはる》」という名前だったから、「くうちゃん」と呼んで、よく遊んでいた。くうちゃんちは、父親の仕事で、お菓子についている券を送ると抽選で当たる景品を預かっていて、家の横手の倉庫にそういう景品がたくさん置いてあった。もっともそれで自由に遊べるわけもないので、遠慮しいしいそれで遊んだり別のことをしたりしていた。

もっとあと、小学生になっていたかもしれないが、くうちゃん家《ち》で遊んで帰ろうとしたら、ちょっと雨が降っていた。くうちゃんが傘を貸そうとしたが、近いし大した雨じゃないからいいよ、と言ったら、くうちゃんが怒った顔をして、「ダメだよ、これ放射能の雨なんだから」と言ったから、怖くなって借りて差して帰ったことがあった。のち二〇一一年に福島から放射能が来るとか言われていた時、一九七〇年ごろはアメリカなどが核実験をしていたから日本はしょっちゅうその程度に放射能が落ちてきていた、という週刊誌記事を見て、久しぶりにこのくうちゃんのことを思い出したのであった。

ここへ転居した年に布施明がデビューしている。といっても当時まだ十八歳だ。母は布施明が好きだったが、布施明が好きだと人に言ったら「そういや、小谷野さん（父）に似てるもんな」と言われて、いっぺんで布施明が嫌になってしまった、と言っていたことがある。少し南へ県道をたどっていくと右手に水海道第二高等学校があった。父が行った第一高等学校はそれより向こうの、駅より遠くにあったから、鉄道で通っていたのだろうか。

のちに母はよく本を読んでくれるようになったが、寝る前に話をしてくれるのは父のほうで、「長い、長い、ふんどしのはなし」だったりするのだが、父は即席で話を作ることがあり、しかしそれがたいてい下品な話だった。それを五歳くらいの私は喜んで聞いていた。

この家へ移ってから、白黒のテレビを買ったのだと思う。東京オリンピックが一九六四年で、テレビの普及が進んだと言われるから、それに一年かそこいら遅れてのことだったろう。観たテレビ番組はよく覚えているが、もしかすると再放送で観たのかもしれないものもあるので、はっきりと特定はできない。六七年四月からは「冒険ガボテン島」「パーマン」「かみなり坊やピッカリ・ビー」「キャプテンウルトラ」が始まっており、「パーマン」や「キャプテンウルトラ」は夢中で観ていた。「キャプテンウルトラ」は、ＴＢＳで、「ウルトラＱ」「ウルトラマン」の後番組のウルトラシリーズだったが、これだけは円谷プロの製作ではなかった。だが私は「ウルトラマン」の初回放送は、幼すぎたのか観た記憶がない。「ウルトラマン」からはカラー放送だが、もちろんうちのテレビは白黒であった。

私が子供のころはよく、目のためにテレビからは三メートルくらい離れて観ましょうと言われており、自分ではそれくらい離れたつもりでいたが、当時の小さい白黒テレビから三メートルも離れたらよく見えないし、実際は二メートルくらいだったろう。五十を過ぎたころ、私と同年配のさる女性大学教員に映画のDVDを送ったら、再生装置がないのでまだ観ていないと言うから、パソコンで観られますよと言ったら、テレビは三メートル離れて観るよう言われてそれを守っているからパソコンでは見られませんと言っていて、ひゃあそれを未だに守っているのかと驚いたことがある。

母は三人姉妹の真ん中だから、よくこの三人で集まっていたが、特に妹のK子おばちゃんとは仲が良く、のち結婚前の一時期、森下町の家に同居していたことがある。確かその前に東京へ出て、服飾デザインの勉強をしていたのが、うまくいかずに姉のところへ来て、水海道の美容院で美容師の修業みたいなことをしていた。姉のほうはもちろん母より早く結婚して、私より二つくらい上の男児と、私の一つ下の女児とがいた。はじめは練馬区の小さいアパートに住んでいて、私は四歳くらいの時に母とここを訪ねて泊まり、何だかお化けが出そうで怖かった記憶がある。この従兄のゆうちゃんというのが、母方のいとこの中での最年長で、子供のころは面白いことを言うので私はゆうちゃんたちと遊ぶのが好きだった。その後この伯母夫婦は埼玉県越谷《こしがや》市の西方《にしかた》というところの小さい一戸建てに住むようになり、私と母も、水海道からそこへ遊びに行ったことがある。のちに自分たちも住むことになる市だが、当時は町の中心にイトーヨーカ堂と西友があり、西友には映画館がついていた。そのイトーヨーカ堂の一階のレコード売り場で、「キャプテンウルトラ」のドーナツ盤を見つけ、母にねだって買ってもらったが、カネを渡されて、自分でレジに並ぶように言われ、それが人生初のことだったので、びくびくしながら並んでいたのを覚えている。しかし、当時家にはレコードプレイヤーがなかったから、これもねだって買ってもらったが、ピンク色の、おもちゃのような、それでもちゃんとレコードは再生できて、私が中学生になるころまで使っても壊れなかった、当時ならではのすぐれものだった。

問題は、私が幼稚園へ行き始めたのがいつかということだ。幼稚園へ初めて行った日のことはよく覚えているが、それがいつだったかははっきりしない。四月だったのは確かだが、三歳の一九六六年だったか、次の六七年だったか。六七年だとすると、五月には弟が生まれている。あとで考えてみたら、三妻にいた時はすぐ隣に小学校があったのに、森下町へ来ると、通う小学校が水海道小学校になり、歩いて三十分はある、子供には遠い場所になったし、通っていた二葉幼稚園というキリスト教系の幼稚園も同じくらい遠かった。初日は、母が連れて行ってくれたのは当然として、母が帰ってしまうと泣いてあとを追う、ということはなかったのだが、帰りになって、先生やほかの園児たちと一緒に帰路についたはいいが、途中で自分一人にされてしまい、そこから家まで泣いて帰ったのを覚えている。だから四歳だったのじゃないかと思う。三歳なら途中で一人にしないんじゃないだろうか。

ところで私には、のちに思春期まで抑圧されるという小児性欲の記憶があり、一回だけ、オナニーしたことがあるという風に記憶している。それと、「かみなり坊やピッカリ・ビー」は、かみなり坊やだから虎の皮のふんどしだけなのだが、その半裸体を見て興奮したのも覚えている。それは同性愛的なものではなく、自分自身に重ね合わせての興奮だった。

弟が生まれる前に、居間とは反対側の奥の部屋で母が腹が痛いと言って苦しんでいるのを、父と二人で見ていたというあいまいな記憶があるが、結局は病院へ運ばれて出産したらしい。弟が生まれた当初、弟をおんぶした母がちょっと外へ出て行ったのを、私がわあわあ泣いて、庭へ出たらあっちのほうに弟を負ぶった母が見えた、ということもあった。

弟の名前については、私は幼稚園に「斎藤明彦」という子がいて、その名前がかっこいい、と思っていたから「明彦」にするよう強硬に主張した覚えがある。結局は、母の父は村一番の物知りと言われる人で、その祖父に命名してもらったら、和紙に、五月に因んだ一文字が書かれてきて、それに決まった。

母方の祖父は、別に学歴はないのだが、物知りらしく、敗戦の玉音放送が流れた時に、「これは、日本が負けたんだ」と分かったのは祖父だけだったとか母は言っていた。もっとも、祖父が書いたものなどはなくて、ただ俳句をやっていて、それが地方で出た俳句を集めた分厚い本に何句か載っているというので、高校時代かに見た時、俳号が「春水」だったので、これじゃ為永春水《ためながしゅんすい》だよ、と情けなくなったことがある。

一九六七年八月には「光速エスパー」が始まり、十月に始まったテレビ番組では、「ウルトラセブン」「ジャイアントロボ」「おらあグズラだど」「怪獣王子」を観ていた記憶があるが、このうち「ウルトラセブン」は、四歳児にはストーリーが難しく、簡単な「ジャイアントロボ」や「怪獣王子」のほうを熱心に観ていたようにも思うが、これも再放送で観たものかもしれない。「光速エスパー」も、少年の三ツ木清隆がそのまま宇宙を飛ぶということにかっこよさは感じたが、ストーリーにいまいちキレが感じられなかった気がする。

ところで当時の子供番組といえば手塚治虫だが、私の世代は手塚には数年遅れている。「鉄腕アトム」は私が生まれてすぐ始まっているし、「ビッグX」「ワンダースリー」「ジャングル大帝」はまだ二歳くらいで、「悟空の大冒険」は、妙に面白くなかったから、手塚で育ったという感じはないのである。

三妻では県道のすぐ隣を流れていた鬼怒川は、ここでは県道から少し離れたところを流れていた。歩いて行ける距離だったから、時おりは母や父に連れられて、その土手を歩いた。土手から鬼怒川までは割と広い河川敷があって、少し南へ行くと小さな森があり、その森は「どんぐり山」と呼ばれていた。北のほうへ行くと、土手が小さな山へ入り込んで、乾燥した木々が生えていたが、それは「ふきあげ山」と呼ばれていた。この県道と鬼怒川の間は、だいたい農家で、何の因縁があって訪ねたのか覚えていない、いかにも農家らしい家には庭があり、上品なおばあさんがいたような記憶があり、庭に雉がいたのを覚えている。

県道の向かいの電器屋の隣にあった農家も、何でか母に連れられて訪ねたことがあった。そこで、私が生まれる前の「冒険ダン吉」などが載っている古い雑誌を見つけて、「自分が生まれる前」という観念を抱いたことがある。そこから十メートルほど南へ下ると床屋があり、もちろんいつもこの床屋で髪を刈ってもらったが、私は床屋が苦手だった。しばりつけられるし、時間が長い。それは私の閉所恐怖症とかADHDとかがすでに現れていたからでもあろう。大人になると、床屋で顔を剃ったり蒸しタオルを乗せたりするのが嫌になり、大学院へ入るころに不安神経症の発作を起こすようになって、時間が短い美容室へ行くようになり、とうとう髪は家で妻に切ってもらうようになり、行かなくなった。

その床屋の脇から鬼怒川のほうへ通じる細い道があったが、途中に廃寺があり、その屋根が、何か鉄の玉でも落ちてきたように壊れていて、何があったんだろうと思った。私は越してから十二年ほどたった大学生の時に一人でここを訪れたが、その時はまだその寺は残っていた。

くうちゃんとその弟以外の近所の子供たちと遊んだこともあったが、彼らのことは全然覚えていないし、その当時でも名前も知らなかったんじゃないだろうか。常総鉄道を越えたところの沼で魚釣りをしたことがあったが、蛙ばかりが釣れた。そんなもの捨ててしまえばいいのに子供はバカだからそれを数匹バケツに入れて、当時から私は蛙が嫌いで、のちにのらくろも蛙が嫌いだと知って心強く思うのだが、いじめられていたのか、そのバケツを持っていかされた。

それから、最近は見なくなったが、昔は道の両側にどぶ溝があり、上に石の板が乗せてあり、これは外すことができた。そんなので水のないのがあって、子供たちは動かない石の板の下を潜り抜けて遊んだりするのだが、それが私には怖くてできなかった。これが私の閉所恐怖症の最初の自覚であった。

そのころ、私はひらがなから始まって文字を覚えていった。母の自転車の後ろに乗って町のほうまでいくと「とさか」と書いてあるから、鳥のとさかかと思ったら「登坂（重治郎《じゅうじろう》）」という政治家だった。「第一パン」の看板に「才一パン」と書いてあるのが「わーパン」に見えて、ワーパンと読んでいた。「苗字」というのも、子供のころは「みよじ」だと思っていたが、大人たちは明らかに「みよじ」と発音していた。

混み合ったバスの中から外を見ているとと何だか雑然としていてよく分からないが、子供のころの記憶というのはたとえてみればそういうものに近い。それがだんだん人が降りていって外もよく見えるようになり、ついにはバスを降りるまでが、大人になるということだろう。

その頃、ロードローラーがよく家の前の道路を通行していた。父は「道路」が英語では「ロード」になるんだよ、さかさになるんだね、面白いね、と言って教えてくれた。

昭和四十三年（一九六八）の四月に、私は五歳だったが、この時新しく始まったテレビ番組が「サイボーグ００９」「怪物くん」「あかねちゃん」「ファイトだ!!ピュー太」「マイティジャック」「チャコとケンちゃん」「アニマル１」である。しかし考えてみると、私より下の世代の人は、親がある信念からテレビを見せなかったというような人を除いたら、子供時代の思い出の多くは観たテレビ番組の思い出になってしまうのではないだろうか。確かに私はひときわ「テレビっ子」であり、「テレビに育てられた少年」ではあったし、女の子の場合、テレビより以外のことが関心を占めているということが多いようだが、自伝を書いていて子供時代が次から次へと観ていたテレビ番組が出てくると何やらおこがましいので、多くの人はテレビの記憶は省くか、また別個に書くということになるだろう。しかし私は自分の人生の半分以上はテレビだった人間だから、それをあえて書くことにする。

この中でも、私が夢中で観ていたのは、白黒の「サイボーグ００９」である。だがこれは、意外にも半年で終っているから、恐らく再放送で何度か観たのだろう。オープニングの、九人のサイボーグが一人一人「ワン、ツー、スリー」と名乗り、最後に「ゼロ、ゼロ、ナイン！」と叫ぶところがむちゃくちゃにかっこ良かった。エンディングの「戦い終って」も素晴らしい。音楽は早世した作曲家・小杉太一郎のものだが、天才といっていいだろう。映画版も観に行ったようで、二本あるがテレビ放送前のもので、顔つきなどテレビとは違っていた。それを絵本にしたものを持っていたのだが、裏表紙に描かれた九人のサイボーグは、009が白い服、紅一点の003がマゼンタのような赤い服で、ほかのサイボーグらは暗い紫色の服と、「差別」されていた。テレビは白黒だから、003が赤だったほかは白だったが、原作ではみな赤なのである。その上、英国人グレート・ブリテンの007は、原作では元俳優の大人なのに、アニメでは子供になっていたのは、子供を一人くらい入れようということだろうが、実は原作では、007と008が大人で、あとはみな少年少女だった。この白黒テレビ版を、大人になってDVDで観たら、シナリオが意外にちゃんとしていたのには驚いた。それが、一九七九年に再度アニメ化された時、私は高校二年になっていたが、失望した。すぎやまこういちの主題歌は間延びがしていたし、サイボーグたちは原作に合わせた絵と赤いユニフォームになってはいたが、白黒版のもっていた清新さが失われていた。

「マイティジャック」は、怪獣が出てこないし、特撮ものではあっても、むしろ大人向けに作られた番組なので、観なかった。「アニマル1」も、ちょっとは観たが、レスリングものなのであまり熱心ではなかった。私はのちのちまで「スポ根」は苦手だったが、それは自分が運動が苦手だったからでもある。この中で好きで観ていたのは「怪物くん」であり「ファイトだ!!ピュー太」だろうが、このラインナップを見ると、私が初めて買ったLPレコードは、このころのことだと分かる。それは、子供向け特撮・アニメのオムニバスで、「マイティジャック」「ファイトだ!!ピュー太」

「赤い風車」「黒い編笠」「チャコとケンちゃん」などの主題歌と副主題歌が入っていた。どこで買ったのかは忘れたが、目当ては「ピュー太」だったろう。「赤い風車」というのは、あとで気づいて驚いたのだが、堀江卓《たく》という漫画家が『ぼくら』に連載していた剣豪もので、しかしアニメ化や実写化されたわけではなく、つまりイメージソングとして作られた歌が入っていたのであった。のちに『日出処《ひいずるところ》の天子』などで、イメージアルバムというLPが作られたりしたが、その走りだろうか。「黒い編笠」も、テレビ放映された時代劇を堀江卓がマンガ化して『ぼくら』に連載したものだった。「チャコとケンちゃん」は、四方《よ》《も》晴美と宮脇康之の「ケンちゃん」シリーズで、私はあとのほうの「ケーキ屋ケンちゃん」などはちょっと観たがそんなに好きではなかった。「チャコとケンちゃん」の主題歌は、曲調が暗いのに驚いた。余談だが、昭和史もののドキュメンタリーなどで、敗戦にうちひしがれた日本人を、明るい「りんごの唄」が勇気づけた、という定番ナレーションがあるが、あれは明るい唄だろうか。いや暗くはないが、短調だし別に明るくないのではないか。「ファイトだ!!ピュー太」は、ムロタニツネ象の原作で、「コンピュータ」をもじった「今野ピュー太」という少年が、ツルリ博士をつけ狙う悪人ワルサー七世と戦うというものだが、その主題歌に「かもめのおしゃべりノンノノン」とかいった詩めいた箇所があるのが妙に引っかかっていた。

四月からは福音館書店の「こどものとも」も本屋に申し込まれて配達が始まり、第一冊目がイギリス民話を渡辺茂男が訳して長新太《ちょうしんた》が絵を描いた「たいへんたいへん」で、これは大層面白かった。

キリスト教の幼稚園だから、土曜日が休みで、日曜は日曜学校があり、入口の左手にある部屋で宗教のお話を聞いたのだが、中身は全然覚えていない。幼稚園から遠足に出ることもあり、水海道市の北のほうにあった「元三大師《がんざんだいし》」へ出かけたのを覚えている。当時、ディズニーのキャラクターで青い色の鳥みたいのが魔法の杖を振るっていて、かたわらにもう一人いる絵柄の弁当箱に、母が詰めてくれた弁当を持っていっていた。しかし幼稚園へは弁当持参ではなく、家から一人分の米を毎日持っていき、専用のかまみたいなものにざあっと明けて、昼までにそれを焚いてお昼ご飯を出してくれるのだが、おかずがどんなものだったかはとんと覚えていない。

そんな子供時代でも悪ガキとかいじめっ子いうのはいるもので、今思えば悪いやつはそれこそ三つ子のころから悪いんだなあと思うが、私が幼稚園に置いてある絵本を見たいと言うと、それを占有しようとする悪ガキが、「じゃあお前んちに、おもちゃあるか」と言うから、私は自動車の模型みたいなものを思い出して「あるよ」と言うと、じゃあそれを持ってこい、そしたら見せてやる、と言うのである。こいつは明日までこの、幼稚園のものである絵本を占有し続けるつもりなんだろうかと不思議に思ったが黙っていて、翌日普通にその絵本を見た、ということがあったのを覚えている。

もっとも、幼稚園にかわいい女の子がいて、泣くとかわいいと思って泣かせていたことがあった。しいて言えばこれが初恋だったかもしれないが、名前すら憶えていないし、もしかしたら一週間くらいの出来事だったかもしれない。

「水海道」という地名は、柳田國男によると「御津・垣外」(みつ・かいど)で、舟運の中継地だったところから来たともいう。

正月やお盆には両親の実家へ行ってイトコたちと遊んだが、父の実家へ行ったのは一度しか覚えておらず、たいていは母の実家で、「六軒」だった。当時は風呂と台所が別棟になっており、便所も庭にあったから、泊まって夜に便所へ行くためには雨戸を開けて行かなければならなかったし、外の便所は大層汚かった。六軒の屋号は「足袋屋」といったそうだが、昔の屋号というのは実際に何を売っているかとは関係なく、足袋を売っていたわけではない。たばこ屋という体になっていて、実際は駄菓子や文房具を売るよろず屋だった。イトコたちとそこから食べものを過度にならない程度に持ってきたりした。遊んでいる時は楽しかったが、汚いところだなあとは思った。

三歳くらいの時か、母に用事があって、朝から夕方まで六軒に預けられたということがあったらしい。私は一晩泊まったくらいに思っていたのだが、あとで聞いて一晩はいなかったと分かった。それで泣きもせず大人しくしていたというので、何かご褒美をもらった覚えがある。

母方の祖父は明治生まれの天皇崇拝家だったから、床の間には「天照皇大神」と書かれた掛け軸が下がっており、鴨居の上には、イラストレイターになる母の弟の叔父さんが描いた油絵が二枚かかっていた。一枚は大きくて、夕暮れめいた川の様子を描いたもので、もう一枚は小さくて、紅葉した山の中を、列車が鉄橋を渡るさまを横から描いたものだったが、後者は、どこからどうやって描いたのか、空想図なのか、分からなかった。いずれにせよ、この二枚の絵は、思い出しただけで何だか暗い気分になるのである。それは六軒を思い出すからというのではなく、絵そのものに、ずっと暗い過去へ引きずりこむようなものがあって、特に鉄橋を渡る電車のほうにそれがあった。

母の母である六軒の祖母は、驚くと「おいやあー」と言うのが癖だった。その発音だけを妙に覚えている。

夏には何度か、船橋ヘルスセンターとか谷津《やつ》遊園とかいう、千葉県の海岸沿いの遊び場へ行った。当時「ヘルスセンター」というのは、要するに遊び場で、今から考えると中途半端なもので、今ではいずれもなくなってしまった。船橋ヘルスセンターは今ではららぽーとTOKYO BAYというものに変わっている。私は二〇一九年に、妻の仕事の関係で船橋へ行って、そこで蕎麦を食べたが、あとでそこが船橋ヘルスセンターの跡地だと知って、五〇年ぶりくらいにそこに行ったことに気づいて驚いた。谷津遊園は海に面していて、そこから潮干狩りができたので、私も二度くらいやったが、靴下のまま海の中へ入っていくのがひたすら気持ち悪かった。潮干狩り場の手前でいろいろおもちゃを売っていて、私はジャイアントロボの少し大きめのソフビ人形を買ったのだが、一度なくして、また買ったことがあり、子供ながらに、何だか虚しい遊びだと思った。アトラクションで一つだけ覚えているのは「びっくりハウス」と言われるもので、部屋のようなところへ入って座ると、ぐらぐら揺れて、床と天井がひっくり返ったように感じるのだが、それは壁の模様が動いているだけで目の錯覚だというものだった。もっともそれを知ったのはあとになってからで、その時は一緒に入った従兄が「船になっている」とか言っていたのを覚えている。

私が生まれた時は総理は池田勇人だったが、もちろんそれは覚えていず、もの心ついた時には佐藤栄作だった。父方の祖父は私が三つのころに死んだのだが、これも覚えていない。早く死んだような気がしていたのだが、父が三男だから、七十は超えていた。

映画や小説で、祖父母の思い出を語る人が出てくると、私はちょっとつらくなる。私は父が三男、母が次女だから、祖父母との縁が薄く、盆と正月に母方の祖父母に、大勢のイトコとともに会うだけだから、特段の思い出などないからである。祖父母と、中身のある会話をした記憶は一切ない。だから、祖父母との関係を抒情的に描いた小説などを読むと、イライラする。そういう小説を書く人は、長男の子供に違いないと思ったりする。

NHKの「おかあさんといっしょ」や日本テレビの「おはよう!こどもショー」のような幼児番組ももちろん観ていたが、私は「ひょっこりひょうたん島」はあまり覚えていない。私くらいの年齢だとあの人形劇は難しすぎるのである。だから私は、同じ井上ひさしと山元護久《やまもともりひさ》が脚本を書いた、後年の「ネコジャラ市の11人」のほうが懐かしい世代である。「おかあさんといっしょ」でよく覚えていて大好きだったのが「ぼくのクレヨン十二色」という児童歌で、十二色のクレヨンを使って、子供がロケットで宇宙へ飛び出すさまを描写しているのだ。「おひさまは赤、雲は白、チューリップ黄色」といった具合で、私は十二色のクレヨンを買ってもらい、テレビ画面の、しかし白黒のそれをまねて絵を描いたりしていた。あとこちらは数年後のことだと思うが「ぼくらの町は川っぷち」という歌を、テレビで歌っているのを聴いた記憶があって、子供たちが土手の上に四人くらい並んで「えんとつだらけの町なんだ」と歌っていた。これは「みんなのうた」でもおなじみの西六《にしろく》郷《ごう》少年少女合唱団の団歌で、西六郷を歌った歌なのだが、七〇年ごろに聴いたせいか、公害に悩まされる町の子供が自虐的に歌っている歌のように聞こえた。当時「みんなのうた」で放送していた「地球を七回半回れ」も、自動車礼讃の歌なので、今聴くと自動車公害を是認している歌のように聞こえる。

小学生の時の国語の教科書は「上下」に分かれていて、二学期の中ごろに上から下に切り替わるので、二冊持って学校へ行くこともあった。さて、一九六七年七月二十日の一日だけ、東京の有楽座で「トッポ・ジージョのボタン戦争」という映画が上映されていて、私はどうもこれを観に行ったかもしれないという気がしている。トッポ・ジージョはイタリア発のネズミの人形で、クレイアニメではなかったから、黒衣《くろご》が操っていたように思う。もし観に行ったとしたら、弟が生まれて私に手が回らなくなった母が、K子叔母にでも頼んで連れて行かせたか。これは日伊合作で、市川崑監督、中村メイコがジージョの声を宛てていて、題名どおり、核戦争の危機にジージョが巻き込まれるというもので、とても子供向けの見世物ではなかった。

幼稚園では確か最終学年になるとクラブ活動があり、三つのクラブから選べたのだが、映画などを観て演劇に関心があった私は迷わず演劇部を選んだ。ところが最初に上演されたのが「白雪姫」で、私は小人の一人を割り当てられ、内容もセリフのやりとりではなく、単に小人として踊るだけだったから、こんなものは演劇ではない、と思った私は怒って劇の稽古に出なくなり、「この後、演劇部の人は集まって下さい」と言われても、逃げるように園庭へ出て、木の根方に拗ねたように

立っていて、通りがかった先生から、

「ほら、小人さん、行かないと」

と言われたが、黙ってやり過ごしてしまったのを覚えている。

幼稚園の友達というのはほとんど記憶していない。のち大学へ入った時、同じサークルに、埼玉県の実家と同市内から来ている同学年の青年がいて、中学から東京の私立へ行っていたのだが、小学校は私とは違い、彼が中学校の時の後藤という友達と知り合いだったから、てっきり小学校で一緒だったのだろうと思っていたら、幼稚園で一緒だったというから、よく覚えているものだと驚いたことがある。

そのころ母が『こども部屋』という雑誌を買ってきて、私はそれに毎号一編ずつ載っている童話を読むか読んでもらうかしていた。松谷みよ子の「コッペパンはきつねいろ」などがあったが、印象深いのがいくつかあって、一つは「山からきたよなきんぼ」(平野村出、浜昌平絵)である。夜になると山からぞろぞろと「よなきんぼ」がやってきて「夜泣く子はいないかー」と言って、泣いている子をさらっていってしまうという怖い話で、怖い絵もついていたから、当時私はよく「よなきんぼ」の話を母としたが、実際にそんなお化けがいるとは思っていないのであった。しかし、この作者の平野村出《ひらのむらいずる》という人は、調べても分からない。

そういえば「いつまでサンタクロースを信じていたか」という質問があるが、私はサンタクロースを信じていた記憶がない。その当時はそんなものだったのかもしれない。

あとは「お父さんはキャベツがきらい」(小沢正)という一ページものの童話で、一家でお父さんがキャベツを食べないので、子供たちが責めると、お父さんは昔キャベツだったんだよと言い、神さまが、人間にしてやるからキャベツを食べちゃいけないよ、食べたらキャベツに戻ってしまうよと言われ、気が付くと人間の男の子になっていたという話をする。子供たちは、嘘だ嘘だと言ってお父さんにキャベツを食べさせると、お父さんは本当にキャベツになってしまったのであった。これはみごとな綺譚であった。

しかし、私が一番好きだったのは「ほうきぼしのつかい」であった。宇宙を舞台としたファンタジーで、ほうきぼしはむすめぼしが好きだけれど、むすめぼしは太陽が好きで、太陽に、好きだと伝えてきてほしいとほうきぼしに頼み、ほうきぼしは太陽へ近づいて行くがそのためにほうきぼしは溶けていってしまうというもので、その後の私を見るとこんな幼いころから「もてない男」話が好きだったんだなあと感慨深い。のち高三の夏に、突然この話を思い出して、不思議な直感で、当時講談社文庫から出ていた三木卓童話集『七まいの葉』にこれが入っているのを見つけ出して再会を果たしたのである。ちょうどその年、三木さんの私小説『震える舌』が映画化されて私は観に行ったのだが、そこで破傷風に苦しむ三木さんの娘さんの冨田真帆さんは私の二つ下で、私が交通事故に遭ったのと同じ七〇年二月に、破傷風に罹ったという事実があり、三木さんは一九七三年に芥川賞をとるが、この当時は河出書房新社の編集者をしながら詩や童話を書いたり、アーノルド・ローベルの絵本の翻訳をしていて、私の大学院での師匠になる平川祐弘《すけひろ》がダンテの『神曲』を訳したのを売っていたのであった。

そのころ買ってもらった本で、B5判で緑色の箱入りの『むかしむかし』という昔ばなしを集めたものが私のお気に入りで、これは与田準一、川崎大治、松谷みよ子の編著で童心社から出ていた。当時の本は、新刊で買うと独特の匂いがしたが、あれはインクの匂いだったのだろうか、その匂いをかぐと、新しい本への期待もあって、わくわくしたものである。あとは「日本ユーモア文学全集」という子供向けのシリーズがポプラ社から出ていて、その中から昔ばなしを集めた「ほらくらべ・ばけくらべ」（大川悦生《えっせい》編）「日本一のはな高男」（来栖良夫編）「うでじまんとんちばなし」（菅忠道編）の三冊を買ってもらって、あちこち何度も読んだり読んでもらったりしていたものだ。「日本一のはな高男」には、朋誠堂喜三二《ほうせいどうきさんじ》の「親敵討腹鞁《おやのかたきうてやはらつづみ》」とか、芝全交《しばぜんこう》の「大悲千禄本《だいひのせんろくぼん》」とか、初期黄表紙の優れたものを再話したものが入っていて、これも大層面白かった。

　あるいは、偕成社から出た「世界の幼年どうわ」シリーズから、ディ・ロングの『びりっかすの子ねこ』や、ジャンニ・ロダーリの『ジップ君宇宙へとびだす』なども買ってもらったが、後者はまあまあながら、概して「純文学」ぽく、日本の昔ばなしほどの面白さはなかった。あとは、小学館から出ていた「オールカラー版世界の童話」という金色の箱に入ったハードカヴァーでうすめのシリーズを、たぶん全巻ではなく半分くらい買ってもらったのだが、そこに、グリムやアンデルセンや「ははをたずねて」に交じって、ピエール・プロブスト（一九一三―二〇〇七）という絵本作家が書いた「カロリーヌ」という女の子が八匹の犬や猫（猫はプフとノワロー、犬はユピー、ピポ、ボビー、ライオンのキッド、熊のプム、豹のピトー）と冒険をする「カロリーヌと月旅行」などのシリーズが三冊あって、ひときわ好きだった。絵の中に文字が書いてあり、それが日本語に訳されているのも面白かった。あとで九九年ごろにカロリーヌ・シリーズがまとめて翻訳された時も買い込んだりした。あと、幼稚園では、モーリス・センダックの絵本『いるいるおばけがすんでいる』も読んだ。これはのちに神宮輝夫訳の『かいじゅうたちのいるところ』という新訳が出て、前の訳は児童文学者が悪く言っていて、なかったことにされてしまったもので、翻訳はウェザヒル翻訳委員会というところで、三島由紀夫も加わっていたが、何か児童文学者たちの気に入らないことでもあったのだろうか。私はのちに、神宮訳が、私が読んだ時よりあとに出ていることに気づいて調べて気がつき、入手困難だったが前の訳を見てみたら、生き生きした、神宮訳よりいいものだった。

あるいは『シナの五にんきょうだい』(石井桃子訳、福音館)も面白い絵本だったが、これものちに、「シナ」がいけないとか、内容に問題があるとかで福音館版は絶版になったが、改めて川本三郎訳で瑞雲舎というところから復刊された。

ほかにも絵本では、当時から現在までロングセラーになって、百刷とかを超えているのがある。「いたずらきかんしゃちゅうちゅう」(バージニア・リー・バートン)とか「チムとゆうかんなせんちょうさん」(アーディゾーニ)である。「ちゅうちゅう」では、いったんちゅうちゅうが逃げ出してから、語りが逃げた時点へ戻るという子供には難しい時間処理があって、母に訊いてやっと理解したことがあったし、「チム」では、助け出されたあとに飲んだココアが途方もなく美味しそうに見えた。

ところで母は、四歳か五歳くらいの私に、自分が持っていたロマン・ロランの『ジャン・クリストフ』の最初のほうを読み聞かせていたのだが、あれは英才教育のつもりでもあったのだろうか。あとになって、なんでそんな大人の小説を読み聞かせたんだろうと思ったが、あるいは、ジャン・クリストフのような偉い人間になってほしいという願いでも込められていたのかと思うが、のちに自分で最後まで読んで、世間の派閥になじまないで一匹狼的に生きるジャン・クリストフが、妙に自分に似ている気がしたものだ。二十歳くらいの時に、母に、そういえば『ジャン・クリストフ』は途中でやめちゃったみたいだけど、と訊いたら、あとのほうは難しくなるからやめたのよ、と言っていた。

一九六七年五月には「ボンカレー」が発売された。その宣伝に、割烹着姿でボンカレーを皿のご飯にかけている女の人は、私が生まれる前に放送していた「琴姫七変化」で人気のあった女優の松山容子だったが、私は最近までこのドラマのことは知らずにいた。しかし、ボンカレーは発売当初はむしろ高級品で、普通にカレーを作るより割高なので、私が初めてボンカレーを食べるのは数年あとのことになるが、七〇年代になるとカップヌードルとかが現れてレトルト食品やファストフードの全盛時代が来る。

だがその十月、私を連れて幼稚園へ出かけようとした母は、米を忘れてきたことに気づいて、私を通りの西側に待たせて（右側通行なので）、取りに戻った。遅れてしまうと思った母は、自転車に乗って戻ってくると、通りの向かいから私を呼ぶという、やってはいけないことをしたのである。あとさき考えず飛び出した私は車にはねられてしまった。この時、どの病院に運ばれて入院したのか、私は聞きそびれた。ただ枕元で、駆け付けた父に母が「ごめんなさい」と言って泣いていたのを覚えている。その時は頭を打ったらしく、あとで東京の病院へ脳波の精密検査を受けに行ったりしていた。実際、その時見た夢のような幻覚のようなものは覚えていて、自分がロケットの発射台にくくりつけられていて、これは母が梨を剝いてくれたのだろうが、前のほうに梨の剝いたのがぶら下がっていて、それへ向かって自分が発射して、高い空の上にいるという幻想であった。母はよく秋になると梨を剝いてくれた。食べ物としては私はリンゴのほうが好きだったが、供されるのは梨のほうが多かったのは値段のせいだろうか。

あとで両親の遺品のハガキを調べていたら、この十月に、地方検察庁から母あてに出頭依頼のハガキも来ていて、ああそういうこともあっただろうなあと思った。弟は生まれて一年半だったから、この時は母の実家に預けられたりしていたように記憶する。

あるいは、これは秋のことなのに、記憶の中で、夏の夜に、暗いところで母が先述の『むかしむかし』を読んでくれているという甘い記憶があったりしたが、あるいはどこか一人部屋で寝ていたら、プラレールを母の妹のおばちゃんが持ってきてくれて、床で走らせて遊んでいたら、私がちょっと癇癪を起してむずかったのを、母とおばちゃんが「あらあら、まだ無理ね」とか言ってベッドに寝かせたということがあり、自分では特に変な行動をしたつもりはなかったから悲しく思った、ということもあった。

この二年後にまた私は同じ通りで交通事故に遭うのだが、周囲の大人は、例の床屋の奥へ入ったところに寺と墓地があったから、墓地の祟りではないかなどと当時言っていたが、母が死んだあと妻と行ってみたら、車がビュンビュン通る道になっていたから、こんなところで子供を育てるのは間違いだ、と妻に言われ、確かに幹線道路のすぐ脇はなあ、と私も思った。しかしその当時はそれほど交通量は多くなかったはずで、実際馬を引いて歩いている人がいて、馬糞が家の前の通りに落ちていたりした。

その頃、石森章太郎（のち石ノ森）の『サイボーグ００９』の八巻と九巻を買ってもらって繰り返し読んでいたが、最初から買わなかったのは、単にその時たまたまあったのが八巻と九巻だったからだろう。だから、砂漠篇の中途から始まり、未来人篇、ローレライ篇、そして海の底篇の中途までを、繰り返し繰り返し読んだ。白土三平の『サスケ』も、真ん中あたりの巻を二冊買っていた。

もちろん、漫画は好きで、といっても週刊誌漫画は年長者向けだったから、『ぼくら』や『ぼくらマガジン』、『冒険王』『まんが王』『少年画報』などの月刊誌を、時おり買っては、これまた繰り返し読んだ。最近、国会図書館へ行って、自分が読んだ分を探そうとしたのだがうまく行かなかった。永井豪の『キッカイくん』『馬子っ子金太《こきん》』とか、藤子の『ウメ星デンカ』とか、赤塚不二夫の『わかとの』とか、そういうのを読んでいた。しかし、石森と白土三平を繰り返し読んだために、のち私は、手塚治虫がどうしても好きになれない、という結果を招いたのである。というのは、この時期の石森と白土というのは、ストーリー漫画の技術において進化の頂点に達しており、これが原点になってしまうと、手塚はどうしても子供漫画にしか見えなかったからである。なかんずく、石森のコマ割の凄さは今なお乗り越えられていないもので、「ローレライ篇」の冒頭は、ジョーと００４が自動車を運転して山道を行くのを、航空写真のように真上から描写し、そこに会話のふきだしを割り込ませるという、漫画技法の極北を行くもので、同じ『００９』でも、初期はもっとずっと絵は下手なのだが、この頃はかなり高度なものになっていたから、先にこんなものを繰り返し読んだら、手塚では物足りなくなるのも当然なのである。まあもっとも、私が手塚が苦手なのは、同性愛的な感性のせいだとも思うが……。現に、手塚に影響を与えた宝塚歌劇というのは、私にはまったく面白くない。

やはり手塚漫画というのは、当時の漫画の全体的水準からいうと優等生的だった。「悟空の大冒険」のエンディングに「学校が好き好き好き」「勉強が好き好き」というようなやつに、「悟空の大冒険」を見せたら、という歌詞があるのだが、実際には優等生的なアニメのくせして、何を逆偽善的なことを言ってるんだ、ということを今観ると感じる。

当時は下層社会や不良少年を漫画に描くのが流行っていた。ある漫画の雑誌の中の表紙に「ゴミ捨てるな」と書いてあるところにたくさんゴミが捨てられており、そこに主人公の少年が座っているという絵柄があった。私は母に「なんで『ゴミ捨てるな』と書いてあるのにたくさんゴミが捨ててあるの?」と訊いた。母は、それは人がゴミを捨てがちな場所なので、困った人が「ゴミ捨てるな」と書いたからよ、と教えてくれた。しかし、なんでわざわざ「ゴミ捨てるな」と書いてあるところへゴミを捨てるのだろう、という疑念が残った。

ところで、サイボーグの服が赤でなかったのは、赤が女の子の色だという認識がその頃あったからだろう。しかし歴史的に言うと、赤が女の色だなどというのは、ごく新しいもので、日本なら武田や井伊の赤備えのようなものがあり、歌舞伎でも赤っ面は善玉で、青が悪玉の色である。英国だって兵士の服は赤だ。『赤い鳥』という童話雑誌が大正期に鈴木三重吉によって創刊されたが、その当時誰も、赤だからといって女子向けだなどとは考えなかった。どちらかといえば昭和になってからは「赤」といったらアカ、つまり社会主義である。近代になって黒を基調とした制服などが広まったが、女子の制服はセーラー服だから、青であって赤ではない。ランドセルの、黒が男、赤が女というのは有名だが、ランドセルが広まったの自体昭和三十年代のことで、先輩の吉川玲子さんは、父親の発意であえて黒のランドセルを使わされて嫌だったというが、もともと赤は女という認識自体が、ごく歴史の浅いものであるはずだ。

子供のころは、「のらくろ」にせよ何にせよ、一冊の漫画や雑誌を繰り返して読んだものだ。それはほかに読むものがなかったし、テレビも放送している時しか観られなかったからである。しかし大人になったら、次から次へと別の本を読まざるをえなくなるし、テレビや映画はビデオやＤＶＤがあるから、何度も観られるが、むしろ違うものをどんどん借りてきて観るようになる。この子供から大人への変化は、人類の前近代から近代への変化に対応していて、平安時代や徳川時代の人なら、同じものを繰り返し読んだだろうが、現代人は忙しすぎてそんなことをしていられなくなっている。

「宝来館」（画／著者）

最初の交通事故での入院の時、大映の映画「妖怪大戦争」が公開されていて、その時買ってもらった漫画月刊誌に、それにちなんだ付録がついていたのを覚えている。水海道の駅前には「宝来館」という映画館があり、これは明治時代に劇場として作られたもので、戦後になって映画館となった、両側に塔のようなものが建った洋風建築の建物で、前庭があって両側が模擬店になるような作りだった。長岡健一郎の『大正っ子筑波野ものがたり』という本に絵が描いてある。これが二番館で、東京でやっている映画は二年くらい遅れて上映されることがあった。私はここで初めて「三大怪獣地球最大の決戦」という、ゴジラ、ラドン、モスラがキングギドラと戦う映画を観た時の興奮は忘れられない。何しろそれまで観ていたテレビが白黒なところへ、シネマスコープに近い横長の画面でカラーで観たわけだから、現在の映画とテレビの差とははるかな違いがあった。しかしこの映画は一九六四年のものだから、私が観たのはそれから四年くらいあとのはずで、しかもこの年封切られた「怪獣総進撃」はまだ上映されていなかった。だが、四十二年（一九六七）十二月に封切られた「怪獣島の決戦　ゴジラの息子」も確かに観ているが、これも封切りから二年くらいあとだったのではなかろうか。初期のゴジラは、世間からは子供向けとバカにされながら、一応は大人の鑑賞に耐えたものだが、このあたりになると完全に子供向けで、特に「ゴジラの息子」と「オール怪獣大進撃」は、大人が観るのには忍耐を要するレベルになっていた。子供が主役で、怪獣島へ行って（あるいは夢に見て）生まれたばかりのミニラの奮闘を目にして、奮起していじめっ子に立ち向かうといったお話であった。それでも、カマキラスのような悪役怪獣が出てきて、のち悪役も善玉にしてもらった「怪獣総進撃」でも善玉にしてもらえなかった怪獣だが、それが数匹で、ゴジラの卵をカマで叩いているとミニラが生まれ、それでもカマキラスが叩き続けるとか、幼稚園の私にはちょうどよかったのだろう。

私は怪獣ものは好きだったが、それとは別に、明らかに女の子向けの、小さな家に人形がついたのを欲しがって、母が買ってくれたことがあり、あとで、よく買ってくれたなあと思ったりもしたのだが、おそらくその時点では自分は男の子だという意識が未分化だったのだろう。とはいえのちに「変身サイボーグ」に夢中になるところを見ると、人形の着せ替えは好きだったのかもしれない。最初の入院がどんな風に終わったのかはよく覚えていない。家の居間で、母とおばちゃんともう一人女の人が、退院祝いをしてくれたのは覚えている。テレビの脇の柱に「あつしくんたいいんおめでとう」と書いた紙が貼ってあり、私は恥ずかしがって、「くん」を消して「あつしたいいん」という、ウルトラ警備隊の隊員みたいにして、「あらあら何をするの」と言われていた。

この交通事故のあとに、水前寺清子の「三百六十五歩のマーチ」が発売されて大ヒットした。母と同じ名前であることもあって、私もよく口ずさんだが、「三歩進んで二歩下がる」は引き算のようで、本当の意味は分からなかった。「あなたのつけた足あとにゃ」というところが「あなたのおつけた足あとにゃ」に聞こえたものだ。

これより前のまだ三歳くらいの時、当時流行していた北島三郎の「函館の女」を、親戚の人が集まった席で、私がいきなりテーブルの上に乗って熱唱して喝采を浴びたという話を、あとから母から何度か聞かされたものだが、自分の記憶にはない。その当時に比べると、恥ずかしがる心理が芽生えていたということになろうか。

私の母は、何だかんだ言って「教育ママ」であった。そしてそれは長男である私にふんだんに注ぎかけられた。私が生まれた時、両親は、「この子は東大に入れような」「私たちの子供ならできるわね」などという会話を交わしたという。

私の運動神経がかなり鈍いということが分かったのがいつかは知らない。小学校へ行って体育の時間があれば嫌でも分かることだが、それ以前から何かの機縁で分かっただろう。母はあとで、二回も交通事故に遭うのは運動神経が鈍いからだなどと言っていた。

事故の怪我から回復した十二月、「こども音楽館」というシリーズが学習研究社から刊行された。全十巻で、第一巻はプロコフィエフの「ピーターとおおかみ」で、ドーナツ盤より少し大きいが三十三回転で穴の小さいレコード二枚、一枚は「ピーターとおおかみ」、もう一枚はテーマ別名曲集で、さらにハードカヴァーで「ピーターとおおかみ」の物語を描いた絵本、ピアノ用の楽譜の本がみなハードカヴァーで箱入りの豪華な本だった。ピアノを学ぶ女の子向けの出版だったのだろう。母は誕生日のお祝いでだったか買ってくれた。それから二巻「どうぶつの謝肉祭」と三巻「ふたりのぶとうかい（ウェーバー「舞踏への勧誘」）は飛ばして、四巻「白鳥の湖」、五巻「おにんぎょうコッペリア」、六巻「ヘンゼルとグレーテル」、七巻「くるみわり人形」、八巻「ペール・ギュント」と買ってもらい、繰り返し聴いたものだ。残りは九巻「ウィリアム・テル」、十巻「はげやまの一夜」、十一巻「ピエロ（カバレフスキー「道化師」）」十二巻「まほうつかいのでし」だったが、これは私が飽きたからか、財力が尽きたからか、買わなかった。

私がひときわ好きだったのがドリーブの「コッペリア」だったが、のちに「くるみ割り人形」の全曲盤を聴いたらこれもすばらしかった。世間ではあまり好かれない「コッペリア」で、私はついにバレエ全般に関心が持てなかったが、音楽は好きだ。のち高校時代にここで蒔かれた芽が吹いて、私はクラシック派になるのだが、何のことはない英才教育である。ビートたけしの家もそうだが、貧しくても、母親が教育熱心だと息子はいい大学へ行けるという傾向がある。うちも裕福ではなかったが、違いがあったとすればそこであろう。

この「名曲集」の多くは、ヨハン・シュトラウスとかの有名クラシックで、それらはあとで聴いたもので上書きされてしまっているが、中に日本の歌を独自に編曲したものがあり、それだけが記憶に鮮明である。「うーさぎうさぎ、何見てはねる」みたいのを、「う、う、う、う、うーさぎ……」とやるから、何か幻想的な雰囲気が生まれていた。

水海道の駅前に、母の知り合いの夫人の家があって、そこへ行ったことも覚えているが、そこでレコードをかけて、モーツァルトの「トルコ行進曲」を聴き、そのメロディの素晴らしさに私は驚嘆したが、当時そういうことは口にしては言えなかった。だが、その周辺のことを想起すると必ず「トルコ行進曲」を思い出すので、ずっとあとになって母に訊いてみたら、確かにそういう女性がいた、という話だった。

私が幼稚園時代に使っていたノートが今でも残っていて、大学ノートにびっちりと書いてある。おそらく最終学年のころかと思うが、最初は鏡文字で「く」が右左逆さに書いてあったりしたのが、あとのほうへ行くと漢字も書いてある。だいたい書いてあるのは童話みたいなもので、とてもまともなものではないのだが、オリジナルなのは確かで、何か書きたがる子供だったんだなと思う。それが小学生になってからはマンガに変るわけだ。あるいは「サイボーグ009」を真似して描いたのとか、そのエンディングの歌の歌詞を、母が書いてくれたのもある。「赤い夕焼け寄せる大波」というのを、子供の私が「寄せればなんでもくえる」などと書いている。あと妙なのはクロスワードパズルを自作していることで、もちろんちゃんとはできていないが、「とん」と書くべきところのヒントが「ブタを英語でいったもの」と書いてあり、母から「とん」は英語じゃないのよ、と説明を受けた記憶はあるが、子供に「とん」がブタの英語ではなくて何なのか教えるのはさぞ大変だっただろう。

猫を飼っていたのはこのころだろうか。私は旗がいくつかくっついたようなものを引っ張ると猫が追いかけるのが面白くて、玄関先のサンルームと台所をぐるぐる、猫を従えて走り回ったこともあった。どこかでもらってきたらしい雑種の猫だったが、両親の実家へ帰って二日ほど留守にして帰ってきたら、家じゅうが猫の糞だらけになっていたことがあった。あまりまともな食事はしていなかったようで、虫か何かを食べて死んでしまった。大佛《おさらぎ》次郎の『すいっちょねこ』という絵本を見ると、ちょっとこの猫のことを思い出す。

うちでとっていたのは読売新聞で、それは父親が（あえて重言を用いるなら）熱狂的なジャイアンツ・ファンだったせいもあるが、父の実家が読売だったからで、のち高校生の時に私が頼んで「朝日」にしてもらったが、その間、勧誘員に言われるまま「産経」をとっていたこともある。夕刊はなかった。もともと茨城では夕刊なしだったのかもしれない。この年（一九六八）は、川端康成がノーベル文学賞をとっているが、もちろん私は関心がない。この頃、子供番組にちょっと変調があり、「ウルトラセブン」の後番組が「怪奇大作戦」になり、子供向けではなかったので、私は第一回を観て「気持ち悪い」と思ってやめてしまったし、あとは怪奇・妖怪ブームが来ていて、私は水木しげる原作の「悪魔くん」は、主演が「ジャイアントロボ」と同じだし、怪獣ものっぽかったので観ていたが、「ゲゲゲの鬼太郎」は当時もそれ以後もほとんど観たことがなく、このころ始まった実写版「河童の三平　妖怪大作戦」も観なかった。当時、「巨人の星」も放送していたが、スポーツものは好きでなかったし観ていなかった。この時期観ていたのは「妖怪人間ベム」くらいで、これはレコードも買ったが、そう好きなアニメではなかったが、ほかにいいのがなかったということだろう。特にレコードのほうに入っていた「ベロのうた」の「子供は子供同士」という歌詞は、のちに私の嫌いな歌詞になっていく。

六月ころだったか、ある日曜日、することもなくごろごろしていた。父はどこかへ行っていなかった。父は三妻に将棋友達がいて、時どきバイクに乗って将棋を指しに行っていた。母が何だかいらいらして、そんなにごろごろしているなら、お父さんはきっと三妻の鳥居さんところへ行っているんだろうから、行ってきてごらんなさい、と言った。ちょっと意味不明な叱られ方をして、私はちょっと悲しい気分で、玄関へ行ったら、そのころふと外へ出る時はなぜか長靴ばきで、小さい長靴を履いて、北へ向かってとぼとぼと歩きだした。くうちゃんちも通り過ぎて少し行ったら、うしろから「あつしーっ」と呼ばれて、振り向いたら自転車に乗った母だった。どうも本気で言ったのじゃないのを真に受けていたらしい。母の自転車の後ろに乗って家へ帰りながら、私は何だか悲しくなって「誰にも言わないでね」と言った。

父は生涯、クルマの免許はとらなかった。私は大学生の時に免許はとったが、その時に自分の運動神経ではとても自動車を運転できるものではない、運転したら絶対事故を起こすと思ったし、以後運転することはなかった。弟はのちにクルマを運転するようになるが、母が九〇年代に五十代で免許をとって、初めてわが家にクルマが来たのであった。しかし私は自分では一度も運転しないうちに、視力の矯正が効かなくなって免許を失効し、以後もクルマなしの生活をしている。だから自動車の名前などの知識がなく、若いころ男の知り合いからバカにされたりした。うちの妻は、自動車を運転する家で育ったわりにやはりそういう知識がなく、クーペとかセダンという車の種類を、スバルとかレクサスみたいな商品名だと思っていた。私もとっさには「ミニバン」なんて言葉は出てこない。

水海道の目抜き通りには、プラタナスの並木が植えられていた。母がそれを私に教えてくれ、私は「スズカケの木」という別名もある白っぽくてすっと立った木として覚えたから、私が知っている木の名前はプラタナスくらいになった。クヌギとかヒノキとかナラとかいった日本の樹林によくある木は、もともと見分けのつくほうではないので、未だに見て区別することはできない。

四十四年（一九六九）の一月から三月まで短期間「魔神《まじん》バンダー」という特撮ロボットものが放送されて、私は観ていたのだが、のちこれが「幻の番組」になっていく。特撮専門雑誌でも特集されたことがないのではないかというくらい知られておらず、ソフト化もされていない。

私がひときわ好きだったアニメは、「サイボーグ009」を除けば、再放送で観た「レインボー戦隊ロビン」と、「遊星仮面」だった。「遊星仮面」は最近になってDVDで観なおすことができたが、主人公がピーターといって、舞台は日本ではないらしいのが珍しいと思った。声が藤田淑子《としこ》なので、少年ヒーローが女声だということに、得も言われぬエロティシズムを感じていた。少年の声を女性声優がやるのは普通だが、一九七〇年代以後は、ガッチャマンやマジンガーZなど、男の声優のほうが多くなっていくのだ。「悪魔くん」とかジャイアントロボや鉄人28号の操縦者が少年という設定も、「大鉄人17《ワンセブン》」などを除いてかなり少なくなる。

初期のテレビは、何しろテレビの上にアンテナがついているくらいで、映りは悪く、時おり画面が大幅に乱れたりした。NHKでは午後四時五分になると「受信相談」という番組をやっていて、そのオープニングが「四時五分、四時五分、楽しくテレビを観るために、楽しくラジオを聴くために、覚えておけば便利です、テレビもラジオもいつでもOK、受信相談」というのを覚えている。画面が乱れることを「雑音が入った」になぞらえて「雑面」と言っていたこともあるが、それに相当する広く使われた言葉というのは知らない。

このころの秋のことだったような気がするのだが、五時半ころだろうか、薄暗くなってきた中で、母は姿が見えず、私が一人で家にいると、玄関から、母が呼ぶ声が聞こえてきた。

行ってみると、母はすごく苦しそうな顔で、手の親指が血まみれになっていて、

「今ね、玄関のドアがバタンと閉まって、手の親指を挟んじゃったの、これから病院へ行ってくるから、一人でおばちゃんやお父さんが帰ってくるまで留守番していて」

と言うのであった。私はちょっと呆然としたが、仕方なくうなずいて、じっと暗くなっていく家の中で、母の帰りを待っていた。母がどこの病院へ行ったのか、おばちゃんには連絡したらしいがどうなったのかは知らなかったが、一時間半ほどして、ようやくおばちゃんと一緒に母が帰ってきて、ほっとしたが、母の手には包帯が巻かれていた。それからも治療に通いはしたのだろうが、完全に治ることはなく手の親指はちょっと変形してしまい、日常生活には差し支えなかったが、最後までそのままだった。母のその指を見ると、この心細い日のことを思い出すのである。もっとも、この時はすでに弟がいたはずで、弟がどこでどうしていたのかは、ちっとも記憶にない。

三月に幼稚園を卒園したが、卒園式などのことは何も覚えていない。「おもいでのアルバム」という曲はすでにあったが広まっておらず、だいたい歌われるのは「一年生になったら」という「友達百人できるかな」の歌だった。

覚えているのは小学校入学前の知能テストで、学校の近くに集められて、いろいろ訊かれた中に、おはじきを渡されて、言われた数だけ先生に渡してください、と言われて、数を数えられるかどうか確かめているのだ、ということが分からず、数えられるのは当然だと思っていたために、意味が分からず全部渡してしまう、ということがあった。

K子おばちゃんは、実際どれくらいだったのか知らないが、結婚するまでうちに居候していて、小学校入学前の春休みに、おばちゃんに連れられて東京まで映画を観に行ったのは、小学校入学祝いだったのだろう。「東映まんがまつり」で、丸の内で観た記憶があるから「丸の内東映」だろうか。当時、東京へ出るには、水海道駅から常総鉄道に乗って取手駅まで出るのだが、途中に「守《もり》谷《や》」とか「稲戸井」という駅があり、「いなとい」はどうも「トナカイ」を思い出して、サンタクロースを乗せて鈴を鳴らしながら走ってくるイメージがあった。取手からは常磐線で山手線の日暮里駅へ出る。のちには千代田線が取手駅まで乗り入れることもあった。

「長靴をはいた猫」を柱に、「怪物くん」「ひみつのアッコちゃん」「チャコとケンちゃん」に、交通法規啓発アニメの「ひとりぼっち」だったが、ゴジラものの「東宝チャンピオンまつり」もそうだが、いくら柱となる映画が一時間二十分でも、全部やると三時間くらいになるが、昔は子供でもこんな長丁場に耐えられたんだなあという気がする。「長靴をはいた猫」は、井上ひさし、山元護久脚本、矢吹公郎《きみお》演出の傑作で、特にクライマックスの、魔王と塔の中での追いかけっこがすばらしく、のちに宮崎駿がやったのだと言われるようになる。しかしピエールが魔王のペンダントを太陽光にかざした瞬間、魔王が突然苦しんで多くのコウモリになってしまう場面は、実は子供には刺激が強すぎて、その晩私は悪夢にうなされた。起きてから母とおばちゃんに、悪夢の話をしていたら、おばちゃんが「ああ、映画にそういう場面あったね」などと言っていた。

　しかしこの稿を描きながら考えると、姫を抱いたピエールが、塔の根方を魔王が斧で切っているために倒れながら「朝日よー！」と繰り返して叫び、ついに朝日が届いて魔王が服だけ残して多くのコウモリになってしまうのは、セックスにおけるエクスタシーに近いものを感じさせていたのではないかと思った。つまり魔王がズボッとコウモリになるのが射精になるわけである。そんなことを小児性欲で自分が考えていたような気もする。

　この三月に始まったＮＥＴ（のちのテレビ朝日）の人形劇番組が「アッポ・しましま・グー」な

のだが、朝八時台だから、学校が始まると観られなかったじゃないかと思うが、歌を覚えている。アッポというのが女の子で、しましまは狼、グーはあひるなのだが、歌が「食べられるっていやだけど、一人ぼっちはつまんない」というなかなかシュールなもので、ある意味エロティックでもあった。あと当時「赤鬼ボンボ」というのもあって、これも歌を覚えているのだが、独立した番組ではなく、民放の「ママとあそぼう！ピンポンパン」の中でやっていたらしい。そういえばうつみみどり（のち宮土理）がやっていた「ロンパールーム」も観ていたが、あれは中の子供が遊んでいるだけの不思議な番組だった。しかし最後に飲むホットミルクはおいしそうだった。といって、私は今日まで、そんなに牛乳は好きではない。

ところで私の好きな食べものは、子供の時からあまり変わっていない。若いころはつきあいで酒も飲んだが、あわない体質なので三十五くらいから飲まないようになったし、酒の肴めいた食べ物、イカの塩辛とか、梅干、らっきょう、キムチ、福神漬、紅生姜など、大人が食べる日本食のたいていがダメである。刺身などは、子供のころは食べていたが、生ものだというのが嫌になり、三十過ぎてからは食べなくなったが、これは食べようと思えば食べられる。だがウニとかイクラとかの生ものはダメである。タラコは焼いて食べるのが好きなんだが。西洋野菜でも、セロリ、ブロッコリーやカリフラワー、アスパラガスも嫌いである。子供が嫌いなものとしてよくあげられるピーマンは好きなのに。今もって子供のころ母が作ったコロッケとかそういうものが好きである。一つだけ変わったのはプリンが食べられるようになったことで、子供の時はプリンは何か牛乳の生臭さが感じられてダメだった。なのにスーパーへ行った時、チョコプリンの黒いのの素を見つけて、これなら食べられるかも、と母に買ってもらい作ってもらったら、やっぱり食べられなくて、母が怒って私を部屋から外へ出してしまったことがあった。

だから私には美食趣味というのがほとんどなく、最初の妻からは「食に関心がない」と非難されたこともあるし、若いころ、外で食事をして帰宅すると、母が、深い意味はないのだろうが「おいしいもの食べてきた？」と訊くのがわりあい困惑の種だった。高級料理店とかでうまいものを食べるという概念が私にはなく、母が作る料理が一番おいしいと思っていた。だから母が六十八で死んだ時は、私には食べ物のことなどほとんどどうでもよくなってしまった。

学校へあがるので勉強机を買ってもらい、家の右奥にある、父の仕事部屋だった部屋を当面私の部屋ということにして、実際には勉強に使ったりすることはなかったのだが、そこへ勉強机とランドセルを置いて、前日の夜になるとランドセルに翌日の準備をするようになった。奥には父の仕事机があり、これは死ぬまで使っていたが、時計修理の道具が所せましと置かれており、父は時どき、目にはめる型のレンズをつけて時計修理をしていた。会社の仕事とは別に、家計の補いにやっていたアルバイトだった。

茨城県は「いばらき」と読むのが正しく、大阪の茨木市と同じである。だが一番の問題は肝心の茨城県民の多くが「いばらぎ」と読んでいることであろう。

学校は宝来館よりさらに駅に寄った繁華街の真ん中にあった。私が三年生の時にさらに遠くに移転したのだが、その時はもう私は埼玉県へ転居しており、元の校舎は歴史的建造物だったので、水戸に移築されて今も存在している。さて教科書をもらい、担任の先生は海老原昭子先生という人で、国語教育に熱心で、一日に二回国語の時間があった。昼食は弁当なので、母は今度は毎日弁当を作ることになった。弁当をとる時には、学校からは、びんに入った牛乳一本が支給された。私は牛乳がちょっとは苦手だったが、必ず下痢をするほどではなかった。しかしだいたい和食である弁当に、牛乳は合わなかったろうと思うが、気にせず飲んでいた。

最初の授業のことは、忘れられない。最初は「国語」だったから、私は国語の教科書を出すべく座席に座っていた。しかし先生は、やおら、「じゃあみなさん、ニワトリさんの描いてある本を出してください」と言ったのである。私はその時、あっこいつら、字が読めないんだ、と暗い気分になりつつ、ニワトリの赤っぽい絵が表紙に描いてある「こくご」を取り出したのである。もちろん今なら、小学校入学前にひらがなくらいは教えているのが普通らしいが、当時の田舎の小学校では、何も知らずに入学してくるという前提だったのだ。

体育の時間に、いわゆる「体育ずわり」を教えられたのも覚えているが、その時先生は「体育のすわり方」と言ったのも覚えている。

またこんなこともあった。「みなさん、卵を産む動物は何でしょう」と問われて、前のほうに座っていた私が「ウズラ」と答えると、海老原先生が真顔で「あんた、グズラなんて怪獣、ホントにいると思ってるの?」と訊いたのである。私は少し青ざめながら、「ウズラ!」と繰り返して分かってもらえた。当時「おらあグズラだど」という題名からして下品なアニメを放送しており、私も確かに観ていたのである。しかし単に「ウズラ」と言っただけでこんな誤解を受けるとは何ということか、と私は軽い絶望を覚えた。

それで思い出したが、グズラは注射が苦手という設定で、当時の漫画にそういうのはよくあったが、私は注射が苦手ということはなかった。確かに好きではなかったが、別に大騒ぎするほど嫌なものではなかったし、実際の子供で、普通の注射が嫌で逃げ回るなどということはなかったような気がする。むしろ、子供は注射が嫌いというのは、大人の側が面白がって作った神話だったろう。

最近になって気づいたのだが、私はこのころから、他人をバカにして生きてきたらしい。国語とか算数とかは、教科書を読めばすぐ分かったから、授業は退屈であった。何を分かり切ったことをくどくど説明しているんだろうと思った。だが、社会科は難儀であった。六年生になって歴史が始まるまで、私はこの、社会党だか共産党が戦後作ったという社会科という科目が、何を教えようとしているのかとんと分からなかった。やたらと魚屋とか消防士とか人の職業について語るのだが、それが何であるのかが分からない。この現象は今でも続いている。たとえば経済学というものがあるが、政府では何人もの優秀な経済学者を使って政策を建てるが、それでも経済失政というのが起こる。では経済学は役に立たない学問ではないかと私は思うことがある。経済学は原理については語ることができるし、歴史について語ることもできるが、これからどうしたらいいかについては人によって言うことがまちまちで、それならいっそ原理と歴史についてだけ語っていればいいではないかと思うこともある。

小学校で下駄箱（私が子供のころは下駄を入れていなくてもそう呼んでいた）の使い方を先生に教わり、きちんと靴を揃えて入れること、と言われた。私はもちろん揃えて入れたのだが、先生が授業中に、では下駄箱を見に行ってみましょう、と言ってみんなで行ったら、私の靴が乱れていて、叱られたのだが、自分ではちゃんと入れたので泣きだしたら、「また、泣くー」と言われたから、それまでにも泣くことがあったのだろう。そのあとみながいなくなってから、私の靴をわざと乱してみせてニヤッと笑ったいじめっ子がいるのを見たが、これはわざと見せているわけで、隠れてやっているのではないが、要するに何かいじめたくなるものが私にはあったのだろう。実際私は、その悪童に飛びかかったり文句を言ったりすることができず、むしろそいつが怖くて、悪少年が去っていったあとで、怯えるようにして自分の靴を直した。小中学校では、校内では上履きを履いていたが、高校へ行ってからは土足で校内を歩くようになり、上履きというものの存在もしばらくは忘れていた。

小学校に入ってからしいのだが、私は日曜日の朝に近所に習字を習いに行くことになった。筆とか硯とか和紙とかフェルトの下敷き一式を買ってもらい、それでちょっと豪勢な気分になったりして、例の床屋の少し先にある先生のところへ通い、朱墨で書かれたお手本をもとに字を書いて、「二、四、五、六と持ってきてください」と先生が言うとおり、二枚目、四枚目、五、六枚目と持っていくのだ。しかしこれは別に面白くはなかった。

弟はとてもかわいかったので「××たん」と愛称で読んでいたが、母から、もう小学生になったんだから「××たん」じゃなく、ちゃんと名前でお呼びなさいと言われ、名前で呼び捨てにするようになった。それより前だったか、「パパ、ママ」と呼んでいたのも、「お父さん、お母さん」に変えさせられた。

三月で「ひょっこりひょうたん島」が終わり、四月から小松左京原作のSF人形劇「空中都市008」が始まったが、これは面白くなかった。四月から、木曜の夜六時半から「ウルトラセブン」の再放送が始まり、六月十九日には、ひばく星人が登場するのでそのあと欠番となる「遊星より愛をこめて」が放送されており、私は観た記憶があるのは、初回放送ではなくこの時観たのだったろう。やはり四月から始まったアニメ「もーれつア太郎」は、ア太郎やデコっ八、ココロのボス、ニャロメ、ケムンパス、べしなどおなじみのキャラクターが出そろうもので毎回観ていたが、あとになって、オープニングの歌を聴いたら、あまりに浪花節調なのに驚いたのと、その後私が赤塚不二夫が苦手だと気づいて、あまり好きなアニメではなかったなと思った。

赤塚不二夫は、全共闘世代に、価値の転倒みたいなものを見出すのか、絶賛する人がいるのだが、私にはピンとこない。「天才バカボン」も面白くないし、「レッツラゴン」にいたっては意味が分からない。意味がないから「ナンセンス」なんだが、そのナンセンスがなんでいいのかが分からない。

もっともニャロメの歌の「いいたいことを言え、ニャロメ」というのは、内容的に好きだった。

マンガ史的には、時代はすでに月刊誌から週刊誌に移り、『少年キング』『少年マガジン』『少年ジャンプ』『少年サンデー』が覇を競う時代になっていたというが、私はあとあとまで、週刊誌のペースについていけなかったし、ついて行く気もなかった。高校生になったって、週刊漫画誌を毎週買っていたらけっこうな出費になるので、実際は大学生が買っていたんじゃなかったかと思う。私は『ぼくらマガジン』などを、表紙の「ウルトラセブン」目当てに買ったりしていたのだが、あとになって当時のものを入手すると、巻頭グラビアの当時見たものはともかく、マンガのほうは、いかにも見すぼらしさ、つまり現代から見ての技術水準の低さが目について、失望してしまう。

学校から帰る時、例の床屋の脇の道を来ると、母が弟を負ぶって待っていてくれるのが通例だった。通学し始めてほどなく、近所のおばさんとほかの生徒と一緒に帰ってくると、おばさんが、途中から曲がって、家の前の県道を渡らせてあげると言う。しかしその道を通ると、待っている母とすれ違いになってしまう。ところが、そこの県道で私が車にはねられたことを知っているおばさんは、絶対に私を一人では渡らせないつもりで手を引っ張るのだが、私は、こっちへ行けば母が待っているんだからと言い、振り切って歩きだした。果たして母はいつものところで弟を負ぶってねんねこ半纏を羽織り、弟をゆすりながら待っていたが、一緒に県道まで出ると、さっきのおばさんが駆けてきて、

「ああ、あっちゃんもう渡っちゃったかなあ、渡っちゃったかなあと思いながら駆けてきたのよ」

などと言った。母はにこにこしていた。私は、何を言ってるんだろう、お母さんが待ってるって

言って、現にこうして待っていたじゃないかと思った。

家から県道を行くとほどなく右手に水海道二高があるのだが、その手前を左手に折れると、ぐるっと回って元の道へ戻ってくる通りがあり、その途中にサーカスが掛かったことがある。午前中に見に行ったら、空中ブランコで、片方のズボンが脱げてしまうのがあって、とても面白くてゲラゲラ笑ったのだが、従妹が遊びに来て、その子を連れて午後にも見に行ったら、同じようにズボンが脱げたので、ああ、最初からそうなるようにできているのか、と思ったことがあった。

お腹が痛いというので、その道の途中にある内科医へ連れていかれたこともある。母としてはあまりこの医者はなじみがなかったらしく、医者は私の腹を押して、私が痛がったら、「盲腸ですね。切りましょう」と言った。母は外へ出てから、あなたが痛がったりするから、あの医者切りたがってるだけよ、とか言って、別に手術することもなく済んだこともあった。

母は弁当を毎日作るのが大変なので、時どき、明日は無理だなと思うと、あんパンとかメロンパンとかの菓子パンを買ってきて弁当がわりにした。私は前日の夜にそれをランドセルに入れた。ところが、時どき、学校で昼になってパンを出してみると、それがかじられていることがあった。何しろ子供だから、変だなあと思いつつ、そのまま食べていた。あとになって、夜中にネズミが齧っていたということが、ランドセルについた傷から分かって、よく変な病気にならなかったものだと思った。田舎には不思議なことがあり、子供はそれを親にも伝えずに生きていたりするから怖い。

この家には、来歴は不明だが般若の面の小さいのがあって、それが一番奥の和室の鴨居のところに掛かっていたのを覚えている。その後転居の時になくなってしまったようだ。

雑誌の懸賞というのも、子供のころは母にやってもらって何度か出し、何か当たったことがある。ある時、応募にははがきを使うことになっていたのを、たまたまはがきがないので、その辺にあったやや厚めの紙を母が代用しているのを見て、ちょっと驚いたことがある。子供のころ「当選者の発表は商品の発送をもって代えさせていただきます」という、よく聞く言葉が何とも不思議で、頭の中では、それでは誰にも発送しなくても誰にも分からないということだ、などと考えていた。のちもっと頭を悩ませたのが、雑誌などである商品について「お頒ちいたします」と書いてあることで、「おわかちいたします」ってそれはタダでくれるってこと？　と母に訊いたら、うーん、それはやっぱり何がしかのお金と引き換えなんだろうねえ、と言われ、さらに「何がしかの」という曖昧な言葉に頭がモヤモヤしたことがある。

水海道小学校で覚えているのは、校門のあたりで私が「紫頭巾ごっこ」をしたことで、物陰に隠れるとセーターを脱いでそれを頭にぐるぐる巻きにして、「フッフッフ私は紫頭巾」と言ってみなの前に現れるのだが、「紫頭巾」という時代劇は、私が生まれる前と、このあとにテレビでやっていて、映画にもなったが、観た記憶はないのが不思議で、要するに伝聞とその響きだけで勝手に想像したのであった。

七月二十日には、アポロ宇宙船が月に着陸した。それをテレビで観たかどうか覚えていないが、私はむしろ、十年後には人類は普通に月世界旅行をしているだろうと思っていたから、五十年たってもできていないことに今驚いている。だいたいその当時の未来予想はそんな感じだった。

八間堀《はちけんぼり》という川が東のほうを南北に走っていて、町の中で西に折れて鬼怒川へ注いでいた。鬼怒川のそのあたりには「豊水橋《ほうすいきょう》」という橋が掛かっており、怪談の累の伝説があるのはそこをさかのぼったあたりである。おじさんの車に乗って豊水橋を渡って西へ向かうと岩井という町があるのだが、その左手の野原に「常磐ハワイアンセンター」という野立て看板《ビルボード》があり、そのせいもあって、私は「イワイ」が「ハワイ」に思えて、この先にハワイがあるような妄想に耽ったものだ。

　県道と鬼怒川の間を並行に走る道はよく使った。途中で八間堀川を渡るところがあり、大通りにかかった橋は桜橋、こちらの道は、そばに昔水海道城というのがあったため、「御城《みじょう》公園」という大きな公園があり、その脇の橋を「御城橋」と言っていた。私はこの御城公園で、怪獣か何かの写真を買ってもらったのをベンチの上に置いて遊んでいたら、母が自転車で迎えに来たが、その時には写真はなくなっていて、寂しい気持ちで母の自転車の後ろに乗って帰宅したのを覚えている。

　この御城公園のこちら側で、大雨が降っていて、母が迎えに来てくれたのか一緒に帰途についている時、自分より小さい感じの女の子が雨でずぶ濡れになって「おかーちゃーん！」と泣き叫びながら走って行くのを見た記憶がある。

　小学校二年のころだろうか、高校の裏手の小さな公園で子供二人と遊んでいて、石のようなものがはねかえって顔に当たって鼻血が出て、うわーんと泣きながら家まで走って帰ったことがある。途中で、立ち話をしているおばさんがいたので、鼻血に気づいたら何かしてくれるかと思って、後ろに立ってわあわあ泣いていたがなかなか振り向いてくれず、しょうがないから立ち去ろうと思ったころに振り向いて、「あっ、血！」と言ったのだが、その時はもう家へ帰りたくて、そのまま帰ったら、母がびっくりして、寝かせて氷で冷やしてくれながら、「そこでまたクルマにひかれたのかと思ったわよ」と言ったから、ああ母にそんな思いをさせて悪かったなあ、と思ったことがある。

八月には、母の姉の伯母さんと、従兄のゆうちゃんと一緒に、読売ホールで木馬座が演じる「不滅の人リンカーン」を観たが、私は初めて観るナマの演劇に感動した。

子供だから、劇場というのは暗く、しかも前の人などが邪魔で良く見えなかったように思うのだが、最後にリンカーンがブースに撃たれて、妻や子が、

「あなた!」「お父さん!」「あなた!」「お父さん!」

と繰り返し叫ぶのが印象に残った。母はその日、越谷市西方《にしかた》の伯母宅で待っていて、私たちはそこへ帰った。有楽町だから電車だけで一時間程度だったろう。帰ってすぐ私はその「あなた!」「お父さん!」をやってみせたのを覚えている。もしかしたらそこで泊まったのだろう。この年九月まで「木馬座アワー」というテレビ番組をやっていて、ケネス・グレアムの「蛙の冒険」(たのしい川べ)を原作とした「ケロヨン」がすごい人気だったから、その木馬座の公演だというので行ったのだろう。私は蛙は嫌いだったが、ケロヨンはあまり嫌いな蛙ではなかった。このあと、私はずっと「自分は演劇が好きだ」と思い込んでいたが、それがのち大学へ入ってから演劇好きになる下地ではあった。

伯母の家はあとで市内で転居したが、当時は四号国道から「スバル」の建物のあるところを東側に入ってしばらく行ったところにあった。私は当時「スバル」というのをカブトムシ型の自動車の種類だと思っていて、あとでそうでないことが分かり、「セダン」とかいうのは「トヨタ」などとは別種の車の種類だということで頭がこんがらがったことがある。今でも自動車の種類はよく分か

らないから、事件の調査で警察に調べられた人が「黒のカローラが停まっていて」などと言うのをドラマなどで聞くと、よくそんなことが分かるものだなと思う。大学生のころ、富野由悠季《とみのよしゆき》のアニメ「重戦機エルガイム」に、「マーク2」というのが出てきたから、マークツーというのは自動車の名前だと思っていたので驚いたことがある。

そのころ、カブトムシを捕まえるのが流行していた、というか、男の子はその当時、夏になるとカブトムシを捕まえに森の中などへ行ったものだ。ところが子供の間で、カブトムシの牝の口に触ると小児マヒになる、という都市伝説が流布していた。考えてみると、カブトムシの口というのは確かに女陰めいたところがあって、女性嫌悪的な口碑《こうひ》だったのだろうが、小一の私は本気にした。父のバイクに乗ってカブトムシ捕りに鬼怒川のほうへ走っていたら、カブトムシが逆さになって転がっているのが見つかった。私がバイクを降りて見にいくと、牝だった。父は、ほらつかまえて、と言うのだが、口に触っちゃいけないと思うからなかなかつかまらないで、父があとから来てひょいと持ち上げたということもあった。

ほかにも、子供の間ではスイカの種を飲み込むと盲腸炎になる、という口碑があったが、私が聞いたのは、髪の毛を飲み込むと盲腸炎になる、だった。そういえば小一の時だったか、校庭で園芸の授業をしていたら、一人の生徒が青い顔をして先生のところへ来て、

「先生、大変だ。ミミズにおしっこかけちゃった」

と言ったら、先生が、

「それは大変だわ、早くおちんちん洗ってきなさい」

と言ったことがあり、私はミミズにおしっこをかけるとおちんちんが腫れるという俗信自体知らなかったから、何を言ってるんだろうと思ったが、あとで知って、先生がそんな俗信を信じていたことに驚いたことがあった。

「怪獣王子」という特撮番組は、無人島で育った少年が、育ての親のブロントサウルスの子供とともに、侵略者が送り込む恐竜と戦うという破天荒な話だったが、その主題歌を天地総子《あまちふさこ》が歌っていた。小学二年生のころ、同級生がその歌のサビの部分を「うんこの山を〜ゆく」と歌っていたので、私もそんな風に歌って母に咎められたのだが、実際、変わったメロディーの歌で、歌詞がよく聞き取れなかったのだ。今改めて聞いてみると「青い海にジャングルに」と歌っているところのメロディーで、「うんこの山」とは似ても似つかないのがおかしい。

当時から今に至るまで、漫画やアニメに出てくるような私の愛称とかあだ名というのはほとんどなかった。親戚の間ではもちろん「あっちゃん」だったし、当時は小学生が下の名前で呼び合うとかいうことはなかったし、何かの理由であだ名がついた子供以外は、姓で呼び合っていたが、私についたあだ名があったとしたら、あまり使われなかったが「こやし」で、それは小谷野という姓から、農村の子供が思いついたものに過ぎなかった。

子供用のビニールの小さなプールを家の庭に出して、夏はそこで水浴びをしたこともあった。そこで私は歌を作った。「大きな海に小さな象さん、ズンタタッタ、ズンタタッタ、何食べる。バナナが大好き、それ食べる」「大きな海にマッコウクジラ、ズンタタッタ、ズンタタッタ、何食べる。イカが大好きそれ食べる」ときて、「小さなプールにぼくひとり。ズンタタッタ、ズンタタッタ、もう出よか」と歌って出るのである。

テレビの「水戸黄門」が始まる前には「あかるーいナショナール、あかるーいナショナール」とスポンサーの宣伝音楽が流れていたが、クラスの男子で、赤や青のセロファンを目の前に張り付けてこの歌を歌っていたのがいた。こういうスポンサー音楽では、「クイズダービー」のロート製薬が割と最近まで残っていたが、当時はアニメの主題歌に、そのままスポンサーの宣伝が入り込んでいて、「遊星仮面」なら「ゆうーせいー、かめん、グリコ、グリコ、グリコー」だったし、これは観ていなかったが「風のフジ丸」など、そもそも藤沢製薬の一社提供だから「フジ丸」で、歌も「風のフジ丸少年忍者、ふじさーわー、ふじさーわー、ふじさわやーくーひーん」とやっていた。「ハリスの旋風《かぜ》」なんか、ガムを作っていたカネボウハリスがスポンサーなので原作からして題名にスポンサー名が入り込んでいる例である（題名の由来はハリス学園が舞台だから）。

民放ではCMがあり、NHKではない原理は母から聞いて理解したが、時おり「水はタダ」「テレビはタダ」と言われるのは、水道料金や電気代があるからタダではないんじゃないかと疑問に思って母に訊いたこともある。

十月から、日曜日のフジテレビは、六時から八時まで三十分ごとにアニメをやる体制になって、六時から「ハクション大魔王」、六時半から「サザエさん」、七時からは、十二月まで「モーレツ欲張りゲーム」というバラエティ番組で、十二月から「アタック№1」、七時半から「ムーミン」になった。このあと「サザエさん」が今も続く長寿番組になることも、「ムーミン」の枠がのちに世界名作劇場になることも知られてはいない。また「タイガーマスク」も日本テレビで始まった。

「アタック№1」はスポ根ものの少女ものだから、その時間はNHKでも観ていたのだろう。

少女向けアニメでも、私は、ちばてつやの「みそっかす」を原作にした『あかねちゃん』は好きだった。これは一九六八年から六九年の放送だったが、この『あかねちゃん』は、おてんば娘の話で、声も松島みのりだし、のちの『キャンディ♥キャンディ』に明らかに影響を与えている。『キャンディ』がアニメ化されるに際しては、あかねちゃんのキャラクターを大いに参照したはずである。高校生の時に私が、アニメ『キャンディ♥キャンディ』の再放送を観ていてたちまちとりこになったのは、幼い頃に『あかねちゃん』が好きで観ていたことと関係があるだろう。もちろん、『あかねちゃん』が好きというのは、あかねちゃんというヒロインが好きということで、私の中にもともとそういう傾向があったのか、『あかねちゃん』を観て醸成されたのかといえば、卵が先か鶏が先かのような話になるが、恐らくその両方で、もともとそういう傾向があったところへ、『あかねちゃん』でそれが強化されたのだろう。というのは私の女性の好みのことで、私はこういう、そばかすがあったりするけれど本当はかわいくて、おてんばで、けっこう頭が良くてというのが、原型的な好みなのである。後に実際に好きになった女性には、ここからずれる場合もあったけれど、あかねちゃんが原型であって、その脇役で三枚目のヒデバロと呼ばれる少年が、あかねちゃんが好きなのだがちょっとおつむが弱い。そこで私はヒデバロとあかねちゃんの関係をどこかで理想化したのかもしれない。

私は自分が『あかねちゃん』が好きだったことを、長いこと忘れていて、それを思い出したのは、大学一年だった一九八二年の秋に、『テレビまんが主題歌のあゆみ』という、四枚組のLPを買って、その主題歌を聴いた時のことだった。

しかし、スポ根は嫌いだったから、『アタックNo.1』は観なかったが、これは七時のNHKニュースの時間だから都合が良かった。『サザエさん』と『ムーミン』は観たし、『ムーミン』は一年間を置いてまた放送された時も観たが、どっちも好きではなかった。いかにも家庭向きで、微温的で、ムーミンパパは説教ばかりしていた。それに、ムーミンはあの主題歌がいやらしい。原作ではスノークのお嬢さんと言われ、アニメではノンノンと名のついたヒロインがムーミンに語りかける形式だが、「おねんね」なんて、子供には意味が分からなかったし、今になってよく考えると、この歌は何だか年増の娼婦が初めて登楼した若旦那に話しかけているみたいだ。作詞は例によって井上ひさしだが、井上ひさしは『ひみつのアッコちゃん』の歌詞もヘンテコで、「そいつの前では女の子……それはなあに?」という、子供には理解不能ななぞなぞになっていた。

そのころ、私は書店でムーミンの漫画『あぶない!ムーミン』(講談社)を買ってもらったが、これが実に奇妙なものだった。今となっては、トーベ・ヤンソンの弟ラルスが描いた漫画として、全巻の翻訳が筑摩書房から出ていて、これは全部買ったが、その当時は、アニメは子供向けなのに漫画や原作の一部は大人向けで、北欧人らしい皮肉が効いたもので、とうてい子供が読んで分かるものではなかった。ヤンソンはスウェーデン語で書いていたが、あとで考えたら訳者名もなかったし、英訳からの重訳じゃないかと思った。しかしヘンテコで面白い、ということに気づいたのは中学生になったころだった。

水海道では、駅の周辺に三つくらいの書店があった。駅にいちばん近かったのが北村書店で、うちでは本を注文する時はここを使い、私が小学一年生になって、小学館の『小学一年生』を毎月とるようになった時もここに頼み、発売日になるとバイクで書店員が持ってきてくれた。「小学館の学習雑誌」といっても、事実上マンガ雑誌ではあったが、こういうのを隅から隅まで読んでいると割といろいろ教養が身についたものだ。この北村書店は、二〇〇八年に行った時はまだあったが、今ではなくなったようだ。この書店で私は父から、子供向け『ドン・キホーテ』を勧められたことがある。父は「面白いよ」と言ったが、果たしてどの程度実際に読んでいたのかは分からない。せいぜい、ドン・キホーテが風車に突進するところを知っているだけだったかもしれない。

小学校ではどこでもそうだが、学校の少し手前に、文房具などを売る小さい店があった。私はある日、消しゴムを買うため、母に小遣いをもらって入ったつもりが、払う段になって、お金を忘れてきたことに気づいた。店のおばさんは、明日でいいよ、と言ったから、翌日持っていったら、よく持ってきたねえ、とひどく褒められてご褒美に何かもらったような気がする。当然のことをしたのになぜ褒められたのか、謎だった。

夏休みには、「夏休みのれんしゅうちょう」みたいのを渡されて、各科目の練習問題が載っていた。私はこういうのはすぐとりかかるのだが、国語の問題で、「ぼくが庭にある池で」といった作文が載っていて、問題として「……したのは誰でしょう」というのがあり、私は頭を抱えた。答えは「作者」とか「書き手」なのだが、それに相当する言葉が私の中になかった。「ぼく」というのも頭をかすめたが、私が「ぼく」と書いたらそれは自分のことになってしまう。母に相談しなかったのは、「ぼく」と言われたら嫌だなと思ったからかもしれない。だから私はそこだけ空白で提出したが、果たして答え合わせをしたら「ぼく」が答えだったから、そういうインチキをするんだなあ、と憂鬱な気分になった。

このころ、私は絵の才能を表していたらしく、虫をたくさん描いた絵がどこかで賞を受けて（心許ない話だが）、海老原先生が熱心に、次作を描かせようと、母と二人で指導したのだが、私は時計を並べた絵を描いたのだが、「うーん」という感じで、うまく次作は描けず、それっきりになったようだった。

十月に、K子おばちゃんが、越谷の人と結婚することになり、結婚式に私も行くことになったのだが、別に学校を休んでもよさそうに思うのだが、私は生真面目に学校へ行き、体育の時間に父が迎えに来て、教室へ戻って不断着（誤記ではない）に着かえていたら、生徒の母親らしい人が教室を覗いて「あのう、先生さま」と言った。父は、「あっ、ボク先生じゃないんですよ」と言ったのを聞いた私は、父は家では「オレ」だったが、大人が「ボク」と言うのか、と驚いた。その驚きがのち、私の一人称を「わたし」にする一因になった。

私がものごころついてから、母の弟三人の結婚式があったが、出席したのはおばちゃんの時だけだったか、はっきり記憶していない。当時の田舎の結婚式の引き出物というのは実にヘンテコなもので、鯛の作りものに砂糖が詰まっているようなものなど、食べ物には違いないのだが実際に食べることは考えていないというようなものだった。大学院生になって、大学での同級生の結婚式に出て、もらった引き出物が近代的でちゃんとしたものだったから、ああ今では引き出物もこんな風になったのか、と思ったものである。

海老原先生が休みだった日、代わりの男の先生がやってきた。教室の入り口が右手にあり、そっちが北向きだったから。

「私は北から来た」

とその先生が言って、みんな笑った。私も笑った。子供を笑わせるのは簡単だな、とあとで思った。

再放送で「ウルトラセブン」を観て楽しんでいたころ、「怪獣パノラマ」という見開きで、レコードのついている本を買ってもらった。結果的にはあまり面白い本ではなく、ただ見開きの画面に多くの怪獣の絵が描かれていて、レコードをかけると、「こんにちは、森次浩司《もりつぐこうじ》です」と、モロボシ・ダン役の俳優がいきなり名乗ったから驚いた（のち森次晃嗣）。「モロボシ・ダン」と名のるならまだ分かるが、俳優名で名のるのが意想外で、母に訊いたら、それも「藝名」であって「本名」ではないと言うから、俳優には本名と藝名とモロボシ・ダンのような役名と三つも名前があるのか、と混乱した。

冬になると、教室の真ん中にだるまストーブが置かれ、昼どきになるとみな弁当をそのストーブで温めてから食べていた。子供はどういうわけか、突然吐いてしまうことがあって、私などはそういうことはなかったのだが、ある日、これで一日の日程が終わって解散という時に、吐いてしまった男の子がいて、先生が「もーう」と言って怒っているのを見て、いや吐いたんだから（具合が悪いんだから）怒らなくたって、と思ったことがある。

一年生の三学期が始まったのが、一九七〇年の一月七日あたりだろう。始業式で、生徒たちが校庭に整列している前で、校長先生が話を始めたのだが、「今年は昭和四十五年です」と言ってから、六年生だったかのある組の、背丈順に低い方から並んでいる一番前の生徒を指して、「西暦では何年ですか」と訊き、その生徒は「一九七〇年です」と答えた。「そうですね」と校長は満足そうに頷くと、私の組である一年二組の、やはり一番前の生徒を指名して、「干支は何ですか」と訊き、補足するように、「去年は酉《とり》歳でしたが、今年は何でしょう」と言った。私は、背は低かったが、前から三番目だった。

私はどきっとした。今年は戌年である。私には分かるが、一番前の生徒に分かるだろうかと思っ

たからだ。果して、その生徒は、分からなかった。一瞬の沈黙があったのち、

「イヌです」

と答えたのは私だった。指名されてもいないのに答えてしまったのである。校長は、それに気づいただろうが、素知らぬ顔で、そうですね、と言った。それから教室へ帰ると、海老原先生が、

「××くん、えらかったわね」

と言った。これは、一番前の生徒の名であった。ほかの生徒たちは、口々に、

「ええー、言ったのは小谷野君」

と言ったが、海老原先生は、あら××くんでしょ、と言って相手にしなかったのは、私が指名もされていないのに答えたのを、咎めるのを避けるためだっただろう。私はどきっとした。

私は、それからたびたび、この「どきっ」という感覚を味わうことになる。指名されているのは他の者だが、自分には答えられる、という時の、もどかしい感じを、味わうことになるのではないか、という「どきっ」である。

前年の十月から「タイガーマスク」のアニメが始まって、観ていたが、『ぼくら』で見ていたのとタイガーマスクの顔が全然違っていた。のちに『デビルマン』のアニメを見た時、デーモンの将軍のザンニンとムザンが、アニメのタイガーマスクと同型の顔をしているのに気付いた。しかしプロレスの描写は子供にはなかなかきつく、しばらくして悪役レスラーがタイガーマスクの胃袋を摑むという荒技を見せた時、気持ち悪くなって、台所へ行き、母に、「ねえお母さん、胃袋つかんでる」と言ったら、「そんなの観るのやめなさい」と言われ、観るのをやめてしまった。

四月に、二年生になっても海老原先生の同じクラスだったが、十年ほど前に、海老原先生と連絡をとることができて、それで思い出させられたのだが、私は一日の終りに、「小谷野君のおはなし」みたいに、一つ話をしていたらしい。それは家で『ほらくらべ・ばけくらべ』や『むかしむかし』で読んだ昔ばなしを話すのだが、小学校一年生か二年生でそんなことができるなんて、天才ではないか。だが、私ならそれくらいやっただろうという気はする。どんな話かというと、一例として「やるべとるべ」というのがあった。

田舎の人が、一度は京都見物をしたいと二人で旅に出た。帳面を用意して、旅の途中で新しく知ったことをこの帳面に書きつけようということになった。途中の宿で「お客さんは上洛《じょうらく》かね、下洛《げらく》かね」と言われ、?と思うと、「上ることを上洛、下ることを下洛といいます」と教えられた。二人は帳面に「上ることをじょうらく、下ることをげらくという」と書きつけた。また行くと、人々が石を投げて受けとりまた投げるという遊びを「やるべ、とるべ」と言いながらやっていた。そこで二人は「石のことを、やるべとるべという」と書いた。またしばらく行くと、宿で真っ赤な膳に真っ赤なお椀が出たから、びっくりして、「これは何ですか」と訊くと、「朱膳朱碗といいます」と言ったから、「赤いものを、しゅぜんしゅわんという」と書きつけた。またしばらく行くと人だかりがしていて、のぞくと中で牛が一頭死んでいた。誰かが「おなめ（女）の牛だ」と言ったから、「死んだものを、おなめのうしという」と書いた。

またしばらく行くと、木の上に柿の実が生《な》っているのがあり、片方が木に登ってそれをとろうとしたが、上から落ちて石に頭をぶつけ、気を失い、頭から血が出ていた。もう一人は驚いて医者へ飛び込んだが、「木の上に、上洛をして下洛の際に、やるべとるべにぶちあたり、朱膳朱碗がうちいでて、早く手当をしないとおなめの牛になります」と言ったから、医者では目を白黒させたといいます。

というような昔話のこっけい話だった。

ところが、そういう話ができる子供だから、人望があって人気者だったかというと、そうではなかった。まず体育がひどく苦手で、三年生からあとの通信簿を見ると、ひどく運動神経が悪いと書いてあるし、実際そうだった。しかし、この稿のために通信簿を見てみたら、もっと成績がいいと思っていたら意外に悪かった。伊藤詩織の『裸で泳ぐ』を読んだら同じことが書いてあり、伊藤詩織もＡＤＨＤだと言うから、落ち着きがなくて成績が悪くなったのだろう。

一年生の時だったか、知能テストを受けたのも覚えているが、別にそれで知能指数を教えてくれたわけでもなかった。あとになって、知能が高い子は教えてもらえるらしいと思って、自分はそんなに知能が高くなかったのか、とがっかりしたことがある。

背の順で席が決まることも多く、背が低かった私は一番前の席に座っていたことがある。それは一年生の時なのだが、その時、後ろに座っている女の子の、全然美人でもなく出っ歯で、「えぼちっちー」という口癖の子を何かの拍子で「好き」になって、キスをしようとして手を引っ張るのだが嫌がられるなどということをしていたのだが、周囲の生徒も一年生なので意味が分からずぼんやりしていて、あとで二年生の終りころになって、「そういえば小谷野って昔……」みたいに初めて意味に気づいた男子が言ったりした。

ある時は左のほうの窓際の席で、松原敦子という女の子と隣同士になって、これも不美人なのだが頭がよく、漫画を描くので、一緒に漫画を描いて仲良くしていたこともあった。おそらく学期ごとに席替えが行われただろうから、松原敦子が隣だったのはうち一学期に過ぎないだろう。小学校一、二年生だと、男女で仲が良くても、当人も周囲も別に気にしなかった。敦子は成績は組でも私と一二を争う感じだっただろうか、優等生タイプで、私は成績は良くても（体育を除いて）、落ち着きがない、協調性がない、統率力はまるでないというので「優等生」ではなかった。敦子はいつも、はきはきと物を言い、私は気弱そうにぼそぼそと物を言い、私はいじめられっ子でもあった。なおその当時、「クラス」という言葉は使われなかった。「組」である。二年生の時、学年全体で演劇をやることになった。先生が生徒たちに、誰を推薦したいか聞いた。私は、自分が推薦されると思っていたが、誰も推薦せず、推薦されたのは松原敦子だった。

そのすぐあとに、やはり全学年での踊りの催しの話があって、私は演劇で推薦されなかった悔しさから、自分で手を上げて立候補した。

その後の実技などをへて決まったのだろうが、敦子はその演劇で主役をやることになった。そう言えば、先生が「松原さんが主役に決まりました」と言ったような記憶もある。そして恐らく一か月後くらいに、講堂で行われた本番を観て、私は自分を推す声がなかった理由に気づいた。舞台中央に現れた敦子は、山羊の扮装をしていた。動物たちが住む村の話だったわけである。そして敦子は中央にすっくと立って、講堂全体に響き渡るような声で、

「めえええー、めえええー、僕はこの村の……」

とセリフを言い始めたのである。あ、と思った。小学二年生だからとはいえ、まったくおめず憶せず、ひるみというものがまったくなしに、腹の底から全力で声を出していたのである。これは、僕にはできなかった、とその時気づいたのであった。これは、演劇をやろうとする人間がしばしば陥る過ちで、声を出すというのが演劇の基本であることを知らず、台詞さえ言えればいいのだと思ってしまう。それを私はこの時学んだような気もしたが、それはさて、踊りのほうで手を挙げてしまった私は、まことに情けない思いをしなければならなかった。もちろん群舞だが、日本舞踊でなかったことくらいしか覚えておらず、どういう曲に合わせてどういう踊りを踊ったのかも覚えていない。だいたい踊りというのはスポーツの一種だから、運動神経のダメな私にうまく行くはずもなく、練習中にもさんざん注意されて、泣きたいほどだった。母が作ってくれた妙な衣裳をつけて出て、両親とも観に来てくれたが、何だかただ恥ずかしかった。

それに、担任はもちろん、級友も、

（小谷野のやつ、本当は演劇に出たかったのに、誰も推薦しなかったもんだから……）

と思っているような気がした。

しかし考えてみると、私の人生というのはこういうことが多いような気がする。大学院生の時は将来東大教授になるつもりでいたのが、東大どころかどこの教授にもなれなかったとか、そういう人生である。実に三つ子の魂百までと言おうか。

一年生の十二月に『小学一年生』の一月号が届いたが、そこで連載が始まったのが「ドラえもん」である。藤子不二雄はすでに「パーマン」や「オバケのQ太郎」でおなじみの漫画家だったが、これを藤子（藤本弘）は一年生から六年生まで全部描き分けていたとあとで知った時は驚いた。同じ学年誌には谷ゆき子の、最近やっと単行本になった伝説的かなしいバレエまんが「さよなら星」も連載されており、小学一年生三月号から、小学二年生四月号へ、という風に連載は続くのであった。

私の誕生日は十二月二十一日なので、クリスマスと一緒にされることが多かったんじゃないですか、と言われるが、確かにプレゼントなどはまとめられてしまうことがあったが、ある年、誕生日プレゼントをもらったから、今年はこれで終わりだなと思っていたら、クリスマスプレゼントも別にもらって大層うれしかったことがある。五年しか住んでいなかったこの水海道の家で、一番幸福だったのは、十二月の誕生日とクリスマスだった。あとで訪れた時、私は土地の美しさというようなものより、母と一緒に住んでいたといったことに、土地の懐かしさを感じるばかりで、土地そのものの風光明媚とかいったことには、二次的な関心しかないことを思い知るのだった。もっとも大人の目から見ても、水海道は中途半端な東京郊外の小さな町に過ぎず、美しさなどというものは微塵もなかったが。

あるクリスマスには、母は「きよしこの夜」「ジングルベル」「赤はなのトナカイ」「わらの中のしちめんちょう」の四つのクリスマス・ソングが入ったレコードを買ってきてくれたが、ジャケットに横書きでタイトルが書いてあり、「わらの中のしちめんちょう」が長いので二段にわけて書いてあった。母は「ほかのは四つしか入ってなかったけど、これだけ五つ入っていたから買ってきたのよ」などと言っていて、私は、ばかだなあ、二段に分けてあるだけじゃない、と言って笑ったものだった。

そのころ、戦時中の大ヒット漫画だった「のらくろ」の復刻版が講談社から出ていて、友達の間ではやっていて、七〇年十月からはアニメ「のらくろ」が始まるくらいだったから、私も、確か「のらくろ決死隊長」の復刻版を買ってもらった。「のらくろ」には歌があって「くぅろいからだに大きな目……」というのを「勇敢な水兵」の節で歌うのだが、なぜか私は「勇敢な水兵」の節を知っていて、それで歌っていたのは、父にでも教わったのだろうか。その復刻版の後ろに、当時ののらくろのレコードの広告が載っていて、母が「買ってきてあげようか」と言った時、あれ？ と思ったのだが、それは当時の広告だから「あっ、今は売ってないのか」と言う母であった。

犬を飼うことになったのも小学校へ入ってからだったか。近所から雑種の子犬をもらってきて、私が「カピ」と名づけたのは、エクトル・マロの『家なき子』に出てくる犬の名前で、「カピターノ（親分）」から来ているのだが、それを聞いた人はたいてい「変な名前だな」と言い、母の長兄の伯父などは「カビみてえだな」と言っていた。父が犬小屋を作ったのだが、木切れを拾ってきて作ったのであまりいい小屋ではなかった。食べさせるものも残飯だったし、私も大して散歩にも連れて行かず、かわいそうなことをした。

どこの家でもそんなものだろうと思うが、金づちとかペンチとかの大工道具は、適当な大きさの箱にまとめて入れられて、押し入れに置いてあった。それは水海道の家でも、越谷へ移ってからも、押し入れの場所が違い、箱が数年ごとに変わる程度のことで、変わりはなかった。金づちとペンチと、懐中電灯とかボンドとか、そういうものはみなこの箱にまとめて入れられていた。同じように薬箱もあったが、これは当時売りに来ていた富山の薬売りのおばさんが、最初は時々見に来て入れ替えてくれたりしたものだが、埼玉県へ越したあたりから、そういうおばさんも来なくなり、町の薬店で買ってきた買い薬などが適当に放り込まれていた。風邪薬ならベンザ、胃腸薬なら最初は正露丸、あとではミヤリサンなどで、あとは傷バンだが、この傷バンは私が小学生のころはだいたい「絆創膏」と言われていた。当時のテレビのCMで、通称傷バンという、「あいてってってって、ハンザプラスト、ぺったんこ」という歌が流れるドイツ製のもののCMが印象に残っているのだが、これは大正製薬がドイツの会社と提携して販売していたもので、のちに花王に譲渡したらしい。小さいころは転んで怪我をしたりすると、「オキシフル」という消毒薬をつけるが、すると酸素と化合して白い泡がしゅうっと出るのだった。小さな怪我には赤チンというのを塗っていた。

「ウルトラセブン」に出てくる、ウルトラホーク1号のプラモデルを買ってもらったことがあるが、小学二年生にはまったく手にあまる複雑なプラモで、結局父が作ってくれたが、こちらは（犬小屋と違い）時計職人だけあって精密な仕上がりだった。

二年生くらいになると、一人で、または友達と町まで出かけることもあって、一時期、町で売っている、チョコレートに小冊子がついたのが好きで、何度か買いに出かけたことがあった。その日も、近所の友達と一緒にそれを買いに行こうとして家のそばの原っぱを歩いていたら、年下の子供が何か悪さをしているのを見かけて注意したことがある。どういう悪さだったか忘れたのだが、動物をいじめるとかではなく、何かゴミを捨てているみたいなことだった気がする。次の瞬間、意識がなくなり、家から母が駆けつけてきた。さっきの子供が石を投げてそれが私の頭に当たり、大きな声を出したらしかった。これは別に大事にはいたらず、そのまま町へ出かけたような気がする。

私の頭には、右の後ろ側に腫瘍があって、生まれた時からあり、産道で傷がついたのがもとらしく、私はこれでずいぶん精神的に苦しむことになる。母は言わずにいたが、たぶん周囲の子供が言ったので知ったのだろうと言っていた。もっとも手で触ると分かる。

小学校にも、友達といえるような子はできていた。一人は北條澄人君といって、学校とうちの中間あたりにあるキリスト教会の息子だった。私はその教会へいっぺんだけ行って、お父さんの牧師さんの話を聞いたことがある。紙芝居のようなものを使って、「はい、この悪い人は誰ですか」と言うと、そこの子供が三人いて、「×××」と答えたりしていたが、私には何だかちっとも分からなかった。今でも、聖書に出て来る悪い人というとユダくらいしか思いつかない。幼稚園はキリスト教系だったのに、私には今日に至るまでキリスト教の教養というものが身についていない。

もう一人、松崎聡君というのがいて、自己紹介の時「僕の名前は耳ハム心です」と言うのだった。この二人が、成績もいい方だったのだろう、仲良し三人組だった。松崎君が、復刻版「のらくろ」を持っていたので、借りて読んでいた。よく漫画の入門書などでは、戦前の漫画はこんな風に、舞台の上のように人物が右から左へ行き来するだけだという悪い例として挙げられるものだが、結局そういうことは様式の問題でしかなくて、私にはとにかく面白かった。旧かな遣いのまま復刻されていたから、これで私は旧かな遣いを学び、軍隊の階級についても知った。のらくろは二等兵からだんだん昇進していって、曹長の時に士官学校へ入って少尉になり、大尉で除隊するのだが、そのため私は士官というのはエリートで、最初から士官学校へ行って士官になるもので、兵隊が下士官から士官になったりはしないものだというのはずっと後になって知った。曹長になるとサーベルを下げられるというのものらくろで知った。牧野大誓《たいせい》という、やはり戦前の物語作家で、その当時は消息不明だった人の『長靴の三銃士』の復刻版を、松崎君は、私が転居する時に、くれた。

一年生の時だったか、生徒一人一人が植木鉢に朝顔の種を蒔いて観察した。芽が出てある程度伸びてきたところで、それ以外の雑草を間引きするように先生が言ったのだろうか、私はぼうっとしてそれを聞いていなくて、ほかの生徒が抜いているのを見て、朝顔それ自体を引っこ抜いてしまったことがあった。先生が見つけてびっくりして、立派に育っていたのに……と言っているので悔しくなったことがある。この、話を聞いてないというところは、算数や国語が、教科書を読めば分かるから話を聞かなくなるのだ、と昔は思っていたが、私はだいたいタルコフスキーの映画の長回しなんかに退屈してしまう退屈しがちな人間なので、話がまどろっこしいと集中力が続かなくなるだけなのである。

ヒマワリの種を自宅で蒔いて伸びるのを観察したこともあるが、当時の副読本で、一番高くなる草花がヒマワリ、二番目がダリア、三番目がカンナと書いてあったのを覚えていた記憶がある。

一九七〇年の二月ころ、一家で日曜日にちょっと遠足に出たことがあった。利根大堰《とねおおぜき》、という、利根川にできた堰だったはずなのだが、自転車に乗って行ったので、そんなに遠くはないし、今調べても利根川まで行けるはずがないから鬼怒川に違いないのだが、どこだかちょっと分からない。「老人と子供のポルカ」という、左卜全《ひだりぼくぜん》と子供たちが歌う曲が、父の持っていたトランジスタ・ラジオから流れていたので、この頃だと特定できたのだ。「やめてけれ、やめてくれ、やめてけ〜れゲバゲバ」という歌詞で一世を風靡したものだ。私は長いことこの歌詞の意味を知らなかったのだが、のちにフルコーラスを聴いて、その後が「ストスト」「ジコジコ」になっているので、内ゲバ、ストライキ、交通事故について歌っていたのだと気づいた。もちろん私は、学生運動のことなど何も知らなかった。うちには自動車はなかったから、恐らく両親の自転車に、私と弟を乗せていったのだろう。日吉ミミの「男と女のお話」とか、森山加代子の「白い蝶のサンバ」がはやっていた時代だ。子供が大人の恋の歌を聴くと珍妙な解釈をするものだが、前年秋に出た奥村チヨの「恋泥棒」の「一度だけお茶なんか　飲んではみたけど」なんか、お茶がおいしいかどうかという話だと思っていた。

母が六十過ぎてから聞いたことだが、どうもこの頃、父が会社の女と浮気していたらしい。詳細は知らないが、母は大分つらかったようである。会社の女だったらしく、「若い女に夢中になって……」などと言っていた。

その三月に、宝来館で、大映の「ガメラ対大魔獣ジャイガー」を上映するので、観に行きたい、と母に言うと、それは、行ってもいいのかどうか、先生に聞いてごらんなさいと言った。そこで訊いてみたら、ああそうだと言われて、鑑賞券が業者から回ってきているからというので希望者に配って、観ることができたのだが、ゴジラ映画の「怪獣総進撃」は、私は観たかったのだが二年前の東京での上映時にはここではやらず、この年の冬にやることになっていた。東宝と大映では違うということだろうか。

二年生の時だったか、北條君の教会のあたりで数人で遊んでいたら、墓地で、若い男女がベンチに座っていちゃいちゃしていたから、みなでからかって遊んだことがあった。あとで考えると、私にもあんな無邪気な悪ガキ時代があったんだなあ、と思うくらい、あとでは妙に生まじめな子供になってしまうのだが、これが学校に通報されて、名札でもついていたのかバレて数人で先生に叱られた。

「空中都市008」は不評のため一年で終わり、再度、井上ひさし・山元護久の脚本にひとみ座の人形で「ネコジャラ市の11人」が始まったのが七〇年の四月である。ネコジャラ市という架空の市で、猫のガンバルニャンが、ネズミたちに迫害されて困っているというので、助っ人を頼むという「七人の侍」みたいな出だしだが、これはテーマソングがひどく前衛的だった。ガンバルニャンの声は熊倉一雄で、鼠たちの親玉は、アルチュール・ランボーという。詩人そのままだが、私はむろん知らないから、長いことそういう詩人がいることに気づかず、鼠の名前だと思っていた。ガンバルニャンの味方には、タメコムXというゴミ拾いがいた。マルコムXのパロディである。ドサ・ザ・グレートというのもいたが、これはコナン・ザ・グレートか。あと、ホニャという、何ともしまりのない名前の人物が出るのだが、これはもしかすると、アルバニアの独裁者エンベル・ホッジャのもじりではあるまいか。当時、依然として国際社会は中華人民共和国を認めず、中華民国（台湾）を中国の正統政府としており、一年後にニクソンが中共を電撃訪問して中共を認めるに至るのだが、一貫して中共を支持したのがアルバニアだったのである。もっとも、トルコの頓知話の主人公、ナスレッディン・ホジャかもしれない。ほかには、チャビンスタイン博士（アインシュタイン）、ライヤッチャ将軍など、名前にいろいろパロディがあって、ガンバルニャンは「ジャン・バルジャン」から来ているんだよと、父が教えてくれた。実は当初の登場人物は十人しかおらず、「十一人目は、あなたです」という前宣伝を覚えている。

ところがこれも、最初から観ていたがあまり面白くなく、実際視聴率も悪かったようで、四か月で、火山が噴火してガンバルニャン以外の人物がすべて死んでしまうという荒療治をやって、「ひょっこりひょうたん島」路線に戻そうとし、ドン・ガバチョの代わりに、藤村有弘《ありひろ》が声をあてるバンチョ・ホーホケ卿が登場した。これはビデオも残っていないし、シナリオも「ひょっこり」のように公刊されていないし、もちろんリメイクもされていないから全容は池田憲章《のりあき》の『NHK人形劇のすべて』の解説を頼りにするしかない。

そのあとは、ぼちぼち観るという感じだったが、ズズチャズ・ズチャーズのテンダイム・ストアなどというのはアメリカのロヂャースのもじりだろうし、吸血鬼のシラケラーはドラキュラをもじったのだろう。バンチョの母校の友達が訪ねてくるエピソードもあり、バンチョ大学の校歌を歌ったりしていた。「西郷さんの銅像も冬というのに浴衣がけ」などという歌詞を覚えている。

ガンバルニャンは、元は金持ちだったのだが、ネズミとの戦いでか火山の噴火でか財産をなくして貧乏で、その悲哀がテーマの一つになっていた。井上ひさしの『吉里吉里人』で、英単語の覚え方について「ラーメン食べるような悲しい気持ち」でlamentableを覚えるというのがあり、インスタントラーメンだから貧しい食事で悲しいのだが、主人公にとってラーメンはごちそうだったから単語を間違えて覚えた、というのがあって、これは「ネコジャラ市」っぽいなと思った。しかし今の日本でラーメン食べるのが悲しいと思う人はあまりいないだろう。

たとえば、ほかの人が持っているカバンを買おうとガンバルニャンがズチャーズの店へ行くと、カネが足りなくてカバンは買えず、ようやく買えたのが風呂敷で、ガンバルニャンが「ほんじゃあ、ね」と寂しそうに言って店を出ていくシーン。それから、ほかの人たちが即席ラーメンを作って食べているので、ガンバルニャンも作ろうとするが、単なる小麦粉にお湯を入れるので何度やってもスイトンしかできないというエピソード。ここで私が不思議に思ったのは、これは明星チキンラーメンのことで、歌も、

おそばの袋をサササッのサ、鍋の中に放り込み、あとは鼻歌数え歌、一、二、三、四……出来あがりいいよー

というのだが、私は当時チキンラーメンを知らなくて、サッポロ一番みたいな調理系のインスタントラーメンか、カップヌードルしか知らなかったため疑問だった。

つまり即席めんは、チキンラーメンのような、いきなり丼に入れてお湯を注ぐだけ、というものから、鍋で調理して後から粉スープを入れるというもの、そしてカップヌードル系と進化したのである。これらは、それぞれにおいしさが違っていた。私はこの年か翌年あたり、初めてカップヌードルを食べた時に、あまりのおいしさに驚いたものだ。サンヨー食品は、後追いで、サッポロ一番カップスターというカップラーメンを出したが、おいしさではカップヌードルに叶わなかった。日清食品というのは、私は日清製粉の子会社だと数年前まで思っていたくらいで、即席めんをめぐるサンヨー食品との関係は、子供時分にけっこう混乱したものである。ほかに明星食品のチャルメラなどもあったが、いわば日清とサンヨーでデッドヒートを演じているようなところがあった。

さて、井上ひさしらは、恐らくそのチキンラーメンを想定してこの部分を書いたのだろうが、観ている子供たちの世界では、チキンラーメンはもう古いものになっていた、ないしは知られていなかった、ということである。むしろ一九八〇年代に、南伸坊がCMに出て「すぐおいしい、すごくおいしい」とやったので、若い世代に初めて知られたようなところがあった。

『オバケのQ太郎』などに登場する藤子不二雄のキャラクター「小池さん」は、即席ラーメンが大好きである。その小池さんが結婚することになり、奥さんが、ラーメンじゃ体に悪いといってまともな食事を作り、ラーメンを食べさせてくれなくなって小池さんは苦しみ、ようやく奥さんも、ラーメンが好きなんだと理解してくれる、というエピソードがあった。実際、インスタントラーメンが好きなのであるということを理解してくれない女性というのは多い。

このガンバルニャンが恋におちるメス猫が、貴族の令嬢ミケ・ランジェロなのだが、おかげで私は「ミ」にアクセントを置いてミケランジェロと言うようになり、あとで笑われたりして、努力しないと「ミ」を下げてミケランジェロと言えなくなった。そのおつきの侍女がババ・バロネッタで、このへんの命名のうまさは井上ひさしである。

その夏は大阪万博があったが、関東の田舎町から、わざわざ大阪まで行こうなんて人はあまりいなかったし、学校でも行ったという話は聞かなかった。金持ちが行くんだろうと思っていたし、特に関心もなかった。考えてみたら、私は博覧会というものに行ったことがない。博覧会は近代初期のもので、今では意義が失われたとフーコー的に言う人もいるが、私のように初手から関心がないと、それもどうでもいい。

通っている学校よりさらに先のほうに、新校舎が作られていて、翌年四月には移転することになっていたが、その近くにプールがあって、そこへ泳ぎに行ったことがある気がする。そういえばそれより前に鬼怒川で泳いだこともあり、帰宅してカルピスを飲んでから具合が悪くなったこともあった。そのあたりの草むらで、メスのカマキリがオスのカマキリをむしゃむしゃ食べているのを、父に見せられたこともあった。

カルピスというのは、子供のころよく飲まされたが、私はあれを飲むと口の中にカスが残る。これは個人差があって、できる人とできない人とがあるという。それで、私はあまり好きではなかった。ヤマザキマリの『テルマエ・ロマエ』という漫画で、古代ローマ人が現代日本の銭湯へタイムスリップして、フルーツ牛乳を飲んでそのおいしさにたまげるというシーンがあったが、子供のころ私は当然のごとく、コーヒー牛乳は大好きだった。だから、コーヒーというのもこんな風に美味しいものだろうと思っていたから、あとで実際に飲んだ時は、そうでもないなと思った。もちろん、子供の口にあうものではないからである。あと、医者へ行くと子供用にシロップの薬をくれることがあったが、あれも甘くて美味しかった。もちろん、それで医者へ行くのが楽しみになるほどではなかったが、特殊な甘さであった。コーヒー牛乳といえば、当時の牛乳は瓶に入っていて、厚紙の蓋がつき、さらにビニールで覆われていたから、家ではビニールをとって爪を立てて紙製の蓋を開けるわけだが、しかるべき店などへ行くと、針のついた蓋開けがあり、これを斜めにビニールの上から突き刺すと、スポンと紙製の蓋までとれてくるので、うちにもこの蓋開けがあったらいいなあ、などと考えたものであった。その当時は、粉ジュースというのもよくあって、水に溶かして飲んでいた。

父が勤めていたシチズンの修理工場が、新潟へ移転することになり、父はそれでそこを辞めることにしたという。「小谷野さんが辞めるなら俺も辞める」と言う人もいたという。それで、代わりの勤務先として、外国時計の会社が候補に上がり、ロレックスかラドー、などと言っていたが、ロレックス時計を輸入している、丸の内のリーベルマン・ウエルシェリー・エンド・カンパニー・エス・エイという長い名前の外資系企業へ勤めることになり、年明けから父はそこへ通い、四月には埼玉県へ越すことになった。なお「エス・エイ」というのはフランス語の「株式会社」で「ソシエテ・アノニム」の略だという。

詳しい経緯は知らないが、埼玉県越谷市には、K子おばちゃんも母の姉も、母の次兄もいたから、そこに転居するのが一番都合がいいのだが、場所がなかったのか、その南の草加《そうか》市の谷塚《やつか》というところが候補になったりした。私は「創価学会」というのが大人の会話に出てくるのを、草加に本部がある「何か」だと思っていた。新興宗教という概念は当時の私にはなかった。

五月には、家族で筑波山へ登った。土浦駅で降りると、まっすぐの坂道が見えて不思議な光景だったし、今はなくなってしまった筑波線という電車に乗って行くと、筑波山の山肌が茶色く荒々しい感じで目に写り、むしろ着くまでのほうが驚異的な感じであった。あとはガマの油売りとか、コマ展望台とか、そう大したものではなかった。

その頃家に、『新潮国語辞典』があった。昭和四十年刊行、山田俊雄・築島裕編で、新潮社が出した唯一の辞典ではあるまいか。恐らくは父が買ってきたものだろうが、私はこれも愛読した。言葉を調べるのはもちろんだが、特に愛読したのは、附録の、度量衡の表で、しかも長さを表す単位が、センチメートル、ミリメートルの下に、ミクロン、ミリミクロン、オングストロームとあるのを覚えた。

九月十六日に、NHKで「たそがれよとまれ」という単発ドラマをやったのを観たことが、最近確認された。というのは、これは家庭内ドラマなのだが、暴君的な父親が、鉄の棒をいつも備えていて、背中でそれを曲げようとしていて、最後に妻が愛想を尽かして出ていこうとする時に、その棒を曲げて、倒れてしまう、というのを覚えていて、ロバート・ボルト作の「花咲くチェリー」という戯曲を読んでいたら同じ筋だったので、さてはその翻案だなと思って調べたら分かったのである。主演は加東大介だった。

十月一日に届いた『小学二年生』に、かいじゅうカードがついていた。当時は再放送に合わせて、こういう特集をしたものだが、ここに入っていたのが、「ウルトラセブン」第十二話のスペル星人で、放射能で被爆した星人が地球人の白血球を奪いに来るという話で、スペル星人のデザインも白い肌にケロイドがあり、ここで「ひばく星人」と書かれたのを見た子供が、原爆反対運動家の父親に話して、被爆者を怪獣扱いするとは、というので問題になり、『小学二年生』は、四十六年（一九七一）二月号の後ろのほうに、一ページにわたる謝罪文を掲載した。そしてこの回が欠番となって放送されなくなったというのだが、私は最近、これより前の七〇年三月の『週刊ぼくらマガジン』の付録「世界の怪獣王・円谷英二」に載っていた「ウルトラ怪獣一覧」で、スペル星人の名前だけが消えているのに気付いた。『小学二年生』以前に、何か「これはヤバい」という動きがあったのだと思う。ところでこれについては「ひばく星人」という雑誌側の勝手な命名が問題だったとか、作品そのものは核兵器に批判的だとか擁護する声がある。私は円谷プロが何も説明せず欠番にしているのはよくないと思うが、むしろスペル星人のデザインに明らかに問題があり、円谷プロでそのあたりをはっきり言明して欠番を続けるのが筋だと思う。

十月から、「謎の円盤UFO」が始まった。当時は「ユーフォー」じゃなく「ユーエフオー」だったが、このドラマは子供には難しかった。むしろ、アニメの「意地悪ばあさん」が始まって、これを観ていた。「子供って残酷さ」で始まる主題歌を覚えている。「ハクション大魔王」が終わって「いなかっぺ大将」が始まり、これも観ていたのだが、川崎のぼるの原作で、しかし川崎のぼるというのは不当に評価の低い漫画家だと思う。「巨人の星」も川崎だが、同じ梶原一騎（高森朝雄）原作でも「あしたのジョー」はちばてつやの才能で名作になったが、「巨人の星」はお笑いになってしまったという文章を見たこともある。そしてちばてつやは文化勲章受章で藝術院会員である。しかし川崎にも「いなかっぺ大将」「荒野の少年イサム」（山川惣治原作）「てんとう虫の歌」というヒット作があるのに、何だか忘れられた漫画家のようになっていて、当時愛読していた子供として義憤さえ感じる。

『マンガのかきかた』という本を買ったのは確か水海道でだった。冒険王編集部編となっていて、一九六二年に秋田書店から出たもので、当時はすでに石森章太郎の『マンガ家入門』も出ていたからちょっと古いものだったが、書店にあったのだろう。それからいくつかマンガの描き方の本は読んだが、漫画といえども基礎デッサンはちゃんとすべきだとか、ペンの種類、羽根ぼうき、スクリーントーンなど道具の基本的な使い方はいいとして、漫画の描き方には、絵を描くことと、ストーリーを作ることとがある。日本で盛んなストーリー漫画というのは、原作者と作画者が分かれているものもあるが、まず「漫画家」を目ざすと、両方できるということが普通で、これは一応は別の才能なので、ストーリーはうまいが絵が下手な漫画家、絵はうまいがストーリーが下手な漫画家などがいて、市場では前者のほうが重んじられる傾向がある。

私は実際、中学生のころまでは、将来は漫画家になろう、と思っていたのだが、イラストレイターの叔父に、絵が下手だと言われたのと、小説のほうが面白くなったのでやめたのではあるが、では原作者になるのはどうか、というと、それも気が進まなかった。つまり自分で筋をこしらえてそれを絵にしていくということの快楽が、日本の漫画には明らかにあるのである。もっとも、筋をどうこしらえるかという点については、「小説の書き方」のような本を見てもはっきりとは分からず、父が持っていた丹羽文雄の『小説教室』の、実体験を変形するというのが、一番基礎的な小説の練習になるやり方だった。あと叔父は、映画をたくさん観るように、と言ったのだが、これはマンガのコマ割りは映画に似たところがあるから重要なアドバイスだと思った。

そのころ学校でくれた演劇のチケットが、「劇団野ばら」というのが、駅の近くの公民館で上演する、重森孝作《しげもりたかし》「ぞうとじゃがいも」だったが、これは行かずじまいになった。どうやらあの「かわいそうなぞう」と同じ話だったらしい。

そのころ、「ウルトラセブン」の再放送を、月曜から金曜まで夜六時台にやっていたが、十一月十二日に「遊星より愛をこめて」は飛ばされた。そして十一月二十五日に、三島由紀夫の事件が起こるのだが、これは水曜日で、私はもちろん学校へ行っていて、帰宅しても、小学二年の子供に説明するのは難しいから、何も言われなかった気がする。その三日後の二十八日に、母の父の豊次が、一人でうちへ泊りに来た。祖父は母を特にかわいがっていたというから、埼玉県へ転居する前に、というので来たのだったろうか。翌二十九日の朝、近所の、自動車を持っている人が、ボウリングに誘いに来た。当時、中山律子の人気が上昇してボウリング・ブームになり、幹線道路のあちこちに雨後のタケノコのようにボウリング場が開設されていた。のち、死ぬ前の母は「あの時、なんでとうちゃんが来てるのにボウリングなんか行ったんだろう。近所の人に言われて断れなかったのかねえ」と言っていたが、実際、泊まりに来ている祖父と弟を置いてボウリングに行ったのは不思議である。両親と私だけで行き、そこで私はファンタを飲んだのを覚えている。当時すでにプルトップ式の缶入りのジュースやコーヒーはあったが、まだ多くが瓶入りで、この時も瓶入りを呑んだ気がする。あとで従兄から、この瓶の口なんか、大腸菌がいっぱいついてるんだぞ、と脅かされたこともある。当時のプルトップは、開くと離脱してしまうプルタブ式だったから、飲み終えると中へ入れて捨てていた。開いてもくっついたままのをステイオンタブ式というが、これが出て来たのは九〇年代ではなかったろうか。

帰宅したのが十一時ころだったろうか。私は習字に行く時間だったので、気が進まなかったが家を出た。門のところまで来ると、門の左手に大きな車が止まっていた。向こうを見ると、床屋のあたりに、ちょっと嫌な感じのおじさんが二人立って話していて、あそこを通るのは嫌だなあと思った。ふいっと、私は左手の車のわきを抜けて道を渡ろうとした。そこへ左から車が来て、私は二度目の交通事故に遭った。げふっと、さっき飲んだファンタが口から出た。倒れているところへ人が集まってきたのが分かった。

この時は、左足の大腿部を骨折、左肩を怪我したので、意識はあった。はねた車を運転していたのは、母が結婚前に、自転車を引っ張っていちゃいちゃしていた人の兄だったから、「バチが当ったのか」と思ったと、死ぬ前に母が言っていた。私は多分その人の車で病院へ運ばれたが、「歩道橋があればなあ」と口にしていた。そのあと、手当のためにズボンをハサミで切り取っていたのを覚えている。

「交通戦争」という言葉は、愛知県警が使い始め、昭和三十六年（一九六一）十二月から「読売新聞」の連載記事の題名となったことから流行語になったもので、一九七〇年は全国で交通事故死者が最も多い年だったのである。だが、その後死者数は減ったが、交通事故そのものの件数は増えている。私はこの後、自分だけは交通事故には遭わないと信じているらしい人が多いのを知って、愚かだなあと思うことがたびたびあった。

実はこの事故の日づけは推定で、私は長いこと、三島事件のころだと記憶していたのだが、最初は水海道の病院の個室に入院していて、数日後に父がもう一人男の人とテレビを運び込んでくれて、「これ、観たいだろうと思ってさ」と言ったのが、その日放送される「ガメラ対ギャオス」だった。二〇〇〇年ころに私は国会図書館で新聞を調べて、その放送が七一年一月十四日（木曜）であることを突き止め、では事故は一月だったのかと長いこと思っていたが、その後資料を調べたら、年末に同じクラスの生徒たちからの見舞状が来ているし、通信簿を見て欠席日数を調べるとどうしても十一月末になることが分かった。

しかし、水海道の個人医院のようなところの一室に入院しており、そこで「ガメラ対ギャオス」のほか、TBSで午後五時から再放送していた「サインはV」の岡田可愛《かわい》版を観たのをはっきり覚えているのだが、これは七一年になって始まったものだから、どうしても一月十四日あたりにどこかに入院していたことになるので、謎である。

とにかく、数日して下妻の病院に移ったのは確かで、そこで、手術をするかどうかが問題になり、私が、手術は怖いと言って拒否したので、ギプスをつけてゆるゆる治すことになった。

確かそのころ、宝来館で、二年前の「怪獣総進撃」を上映することになっていて、私は楽しみにしていたから、ベッドに寝て、スケッチブックとマジックペンで、「怪獣総進撃」などとふくらみ文字で描いたりしていた。ふくらみ文字はこの時覚えたからうまくなったが、毎日そんなことをしていたから、目が悪くなったとも当時は思ったりしていた。夕方になると母が来てくれるのが楽しみだった。部屋にはテレビが入っていて、夕方から「レインボー戦隊ロビン」の再放送に、「泣かないで！母ちゃん」というドラマに、「忍者ハットリくん&忍者怪獣ジッポウ」を観て、六時台には「ネコジャラ市の11人」を観て、七時半からアメリカのアニメ「幽霊城のドボチョン一家」を観ていた。

ちょうどこの時、「ネコジャラ市」では、バンチョの大学の友人が訪ねてきて、バンチョ大学の校歌を歌っていた。

かたむくボロ家は、われらが母校、バンチョ、バンチョ、バンチョ、バンバラバンバンバンなどというのである。バンチョはドン・ガバチョと同じ藤村有弘だが、なお藤村は、一九七九年に始まった人形劇『プリンプリン物語』で、プリンプリンらがひょうたん島と遭遇するエピソードがあり、その時にドン・ガバチョの声をあて、昔の仲間たちについて、「選挙に夢中になっている人もいる」と、ハカセくんの声をやっていた中山千夏《ちなつ》を皮肉ったが、藤村はその三年後、一九八二年に四十八歳で急逝してしまったため、九一年に『ひょっこりひょうたん島』がリメイクされた時は、ドン・ガバチョの声は名古屋章《あきら》が演じた。つまり藤村は、『ひょうたん島』が終ったあと、一度だけドン・ガバチョをやったことがあるわけだ。

入院中、民放の番組の間のCMで「キューリのQちゃん」が流れた時に、ここに出ている人は自分のように病院のベッドに横たわってはいないんだな、と当たり前のことを考えたのを覚えている。結局、誕生日もクリスマスも年末年始もここで過ごしたのか、いったん帰宅したのかも覚えていない。二十一日に、海老原先生が、クラスの全員からのお見舞いの手紙を持って、クラス代表の斎藤明彦と松原敦子と一緒に来てくれた。手紙の内容は、早く元気になって帰ってきてください、というものだったが、海老原先生は一応、内容を検閲しようとしたらしいが、みんな封をしてしまっていた、と言っていた。

この入院中に初めてボンカレーを食べたのだが、もしかしたら、誕生日で、ボンカレーを食べさせてくれるということだったのかもしれない。当時はレンジご飯などないから、その場で母がご飯を炊き、初めて見るボンカレーを載せて食べたのだが、正直、それほど美味しくは感じなかった。それまで食べたことがなかったのは、「バーモントカレー」のようなカレールーを買ってきて調理するより高かったからである。UCCコーヒーが発売されたのも一九六九年のことで、一九七一年には、あのカップヌードルが発売されて、マクドナルドの店が初めて出来、日本人の食生活に、今日にまでつながる革命が起きることになる。

ハウスの「バーモントカレー」が発売されたのは、昭和三十八年（一九六三）、私が産まれた翌年のことで、爆発的なヒット商品となった。しかしハウスは三十五年（一九六〇）に「印度カレー」を発売しており、同じ年には江崎グリコが「ワンタッチカレー」を、明治製菓が明治キンケイインドカレーを出している。いずれも、私が子供の頃はよくテレビCMが流れた商品だが、バーモントカレーは、甘口のものがひときわ美味しかったようで、私のような子供のいる家庭で歓迎されたのだろう。母もよくこのバーモントカレーを調理していた。もちろん、じゃがいも、人参などをふんだんに入れたものだったが、私は小学校六年くらいになって初めて、それがカレールーというものを商品化したもので、もともとカレーというのは、「カレー粉」に小麦粉などを混ぜて作っていたのだということを知ったものだ。それまでにも、スーパーマーケットで、あの小型の缶に入ったカレー粉を見ていたのだが、子供だから突き詰めて考えなかったのだ。

だが当時はみな、この「カレールー」のことを「カレー粉」と言っていたのは、「練り歯磨き」のことを「歯磨き粉」と言うのと同じで、これもまた、昔は本当に歯磨き粉という粉を使っていたのだと知ったのは数年後のことだった。なお、バーモントカレーは、米国ヴァーモント州のリンゴと蜂蜜を使っているという触れ込みだったが、のちに、ヴァーモント州の人は、日本にそんな商品があることはまったく知らない、と新聞記事が出たりした。

子供の頃は、当然のごとく、「甘口」を食べていて、両親もそのお相伴で甘口を食べさせられたのだが、大人の舌にはさぞ物足りなかったろう。子供でさえ物足りなくて、醬油をかけて食べていた。醬油をかけないと食べられないほど甘いなら甘口はもうやめれば良さそうなものだが、やはり茨城県から来た母は、何でも醬油をかけるというやり方で、目玉焼きも醬油をかけて出したし、天ぷらを揚げても醬油で出したから、私は子供のころ、目玉焼きも天ぷらも嫌いだった。のち大人になって、目玉焼きは塩をかけて、天ぷらは家で美味しいのを作るのは難しく、天つゆにつけて食べるものだということを知り、いずれも悔しく感じたものだ。天ぷらはともかく、たかが塩をかけただけで目玉焼きというのはこんなに美味しくなるのに、両親ともその食べ方を知らなかったということがショックだった。もっとも中学での友達だった後藤は裕福な家の子だったが、大人になって、おでんというのは辛子をつけて食べると旨いのだということを初めて知ったと言っていた。もっともおでんは私も今は辛子をつけて食べるがキムチというのは食べられないし、日本は東アジアでも特に味つけが甘いとも言われており、微妙なところだ。子供のころ、みそピーナツというのを食事時によく食べていたが、それが今でも好物なのは、私の舌は結局子供のままで、大人になりそびれたからだろう。

当然のごとく、当時私は「ソース」というのを、ウスターソースのことだと思っていて、のち軽い衝撃を受けることになるが、かきフライにウスターソースをかけるのだけは、大人になってタルタルソースをかけて食べてからも、ウスターソースのほうが美味いと思った。

カレーのほうは、中学生になった頃から、中辛をへて、遂に辛口を食べるようになる。もともと、赤い缶のカレー粉を出していたのはS&B食品で、エスビーは一九六四年にエスビーカレー、六六年にゴールデンカレー、一九七三年にディナーカレーを出し、ハウスとカレールー商戦にしのぎを削った。多種多彩なカレールーを次々と出したのはエスビーで、商品によって甘口、中辛、辛口の辛さの度合いが違っており、数年後には、それが箱の裏に一覧になっていたので、それを見て適宜選んだりしていた。だが私が中学生になっても、弟は五歳下だから、五年くらいの過渡期には、母も弟用に甘めのものを作るなどしたのだろうと思う。

ボンカレーは大塚食品だったが、ハウスのククレカレーが発売されたのが、やはり七一年のことで、しかしどういうわけか、ククレはボンカレーほどに美味しくなかった。ハウスはククレシチューも出したが、エスビーはあくまでルー一筋で十年がんばり、初めてレトルトカレーを出したのは私が大学へ入った一九八二年のことだった。

即席ラーメンのほうは、私などの世代にはあるややこしさがあって、サンヨー食品の「サッポロ一番」が発売されたのが昭和四十一年（一九六六）で、もちろん私は大好きだったが、六八年には日清食品から「出前一丁」が発売されて、これも賑やかなテレビCMが展開され、私はこちらのほうが、あの最後にラー油を入れるのが美味しくて好きだった。もっとも母は、こんなものあまり食べると体に良くないというのでそうそうは作ってくれなかったし、中学生の頃の友達も、あれはセメントで出来てるんだぞなどと言っていた。

母の料理には美味しいものが次第に増えて行った。母は時おりは働きにも出ていたが主婦だったから、食べ物のレシピのカードなどを買ってきたりしていろいろ研究していた。特に私が好きだったのは母の作るけんちん汁で、カナダへ行った時、ああいうけんちん汁を作って食べてみたいと思ったが、材料自体揃わないし、無理して作ったら悲惨なものができた。母が死んでからはもうあの味は食べられないと思ったから、食べ物の何が食べられないといったことは基本的に諦めてしまった。鶏肉でダシをとるので、うまい肉の時はきれいな澄まし汁になって実に美味いが、うまくいかない時は濁った汁になってあまり美味くはなかったが、美味い時はそれだけでご飯が食べられるほどだった。

みそ汁ははじめ白みそを使っていたが、越谷へ来たころから赤みそに変わった。具には大根の千六本や、しじみ汁が出た。しじみでもアサリでも、私はもちろん中の肉まで食べていたが、高校一

年の秋に読んだ太宰治の「水仙」という短編に、友人の上品な奥さんと太宰らしき青年が食事をしている場面があって、

蜆汁がおいしかった。せっせと貝の肉を箸でほじくり出して食べていたら、「あら、」夫人は小さい驚きの声を挙げた。「そんなもの食べて、なんともありません?」無心な質問である。

思わず箸とおわんを取り落としそうだった。この貝は、食べるものではなかったのだ。蜆汁は、ただその汁だけを飲むものらしい。貝は、ダシだ。貧しい者にとっては、この貝の肉だってなかなかおいしいものだが、上流の人たちは、この肉を、たいへん汚いものとして捨てるのだ。

とあるのを読んで愕然として、以後は、しじみ汁の肉は食べないようになった。母にも、これからは食べない、これはダシだ、と気の毒にも宣言したような気がする。

交通事故に話を戻すと、子供の脚なので、回復も早く、恐らくは年内に退院して自宅へ戻って自宅療養していたのではないかと思う。七一年一月二日には、久しぶりの特撮怪獣もの「宇宙猿人ゴリ」が始まっていて、これは病院で観た記憶がないからだ。

「宇宙猿人ゴリ」は、うしおそうじとピープロの企画である。うしおそうじは鷺巣富雄《さぎすとみお》が本名で、「エヴァンゲリオン」の音楽で知られる鷺巣詩郎の父親といえば若い人にも通じやすい。円谷プロ

のウルトラそっくりの、スペクトルマンという人間が変身した巨大ヒーローが、宇宙から来た天才的科学者ゴリがあやつる怪獣と戦うというものだが、新機軸を出そうとして、タイトルを「スペクトルマン」ではなく敵方の「宇宙猿人ゴリ」にして、ゴリは惑星Eから追放されるという悲しみを背負っているという物語をつけたが、結局途中で「宇宙猿人ゴリ対スペクトルマン」をへて「スペクトルマン」に改題し、今はその名で通用している。これから数年の特撮・変身ブームでは、新機軸を出そうとして、無理に「二段変身」とかやったりして、妙に醜悪だった。ゴリの造形は、「猿の惑星」の真似だったが、割と重要だったのは、当時万博のあとで公害問題がクローズアップされて、「ゴリ」では、ヘドロンとか、公害を怪獣にしたものを出し、戦闘チームも「公害Gメン」として発足したが、自動車事故の「クルマニクラス」や、鳩とネズミの「ネズバートン」とか、公害じゃないんじゃないかという地震の「モグネチュードン」とかのあと、ネタが切れ、普通に「怪獣Gメン」になった。二話完結方式の上、スペクトルマンの造形は泥臭かったが、どういうものか視聴率がよく、一月はじまりで翌年の三月まで一年三か月放送された。しかしこれは、当時だから全然話題にもならなかったが、何のことわりもなくネズバートンの回を再放送するとか、当時まだ長編版の翻訳が出ていなかった『アルジャーノンに花束を』のパクリをやるなど（「ノーマン」の回）、いろいろやらかした番組であった。

『宇宙猿人ゴリ』は、当初、三回と四回は、怪獣とスペクトルマンの戦いを、人形アニメにしたり、ゴリのたった一人の部下であるラーがあまり面白くなく活躍したりしたが、そこを過ぎると普通に怪獣番組になっていった。それでも、円谷のものに比べたら、スペクトルマンの着ぐるみも汚らしいし、普通のスーツ姿の公害Gメンも冴えないし、泥臭かったが、それでも人気があったから不思議である。原作者であるうしおそうじに、やはり何ほどか独自の世界観があったということだろう。

奇妙なことだが、六〇年代後半の特撮、SFアニメは、『光速エスパー』、『怪獣王子』、『悪魔くん』、『マグマ大使』、『ジャイアントロボ』、『レインボー戦隊ロビン』など、少年を主人公に据えることが多く、全体として若々しく、シャープで虹色で、往きて可ならざるはなし、だったのが、七〇年代のそれは、『仮面ライダー』、『帰ってきたウルトラマン』、『レインボーマン』など、悩める青年を主人公にすることが多く、鈍重で泥臭いものになったことで、これは原作者でいえば、横山光輝と石森章太郎の違いという感じだった。

一九七〇年にはゴジラ映画はなく、代わりに「ゲゾラ・ガニメ・カメーバ　南海の大怪獣」という変な映画が上映されて、これはのちにテレビで観たのだろうか。七一年の夏、公害を主題とした『ゴジラ対ヘドラ』を封切ったものの、私はその時もその後も、長くこれを観る機会がなく、ゴジラが空を飛んだとだけ聞いていたが、ずっとあとになって観て、あまりに特異な演出で、怪獣映画の枠をはみ出していたのに驚いた。

一九七〇年のヒット曲は、皆川おさむという子供の歌う「黒ネコのタンゴ」だった。私は当然、タンゴというのが猫の名前だと思っていて、そうではないらしいと知って、なおかつ分からなかった。

ところでこの当時放送していて、あとで再放送もあった番組で、主題歌は覚えているのだが題名が分からないのがあった。海外もので、実写なのだが、着ぐるみを着た四人組がドタバタする話だった。ところが「キック・アス」という、クロエ・グレース・モレッツが話題になった映画を観ていたら、この主題歌の音楽が流れたので、そこからたどってやっと分かった。「マンガ大冒険！ドタバタ30分」というわけの分からない題名のついた、東京12チャンネル（テレビ東京）でやっていたものだった。声の出演が柳家かえる（現・鈴々舎《れいれいしゃ》馬風《ばふう》）だった。

脚の骨折はつながったわけだが、ギプスをつけていた後遺症で脚が曲がらなくなり、それを治すために毎日曜日に下妻の病院へ通うことになった。軽部という、何だか熱血教師みたいな人が担当で、私をうつぶせに寝かせて、曲がらない左脚を毎回ぎゅうぎゅう力で曲げるのだ。電気枕などを使うと水がたまったりするというのでこれをやるのだが、四週間くらいこれをやられて、私はすっかり憂鬱になった。

それで、誰が言い出したのか知らないが、私は作文を書くことになったのである。私は、小学生の頃、作文というのがたいそう苦手だった。物語ならいくらでも書けたのだが、作文というのは本当にあったことを書かなければならず、しかもそれは、周囲の人々を傷つけないような「ちょっといい話」でなければならないのだ。そんなものが書けるものか。

だが、その時書いた文章は、当時の私には珍しい、真情を吐露したものであった。私があそこまで自分の心情を吐露したものを書いたのは初めてであり、立派な作文だったようにも思うのだが、現物が残っていないのは残念だ。ぼくはこれから、日曜日は笑うことはないだろう、といった話から始まり、自分は三百歳くらいまで生きたい、というようなことが書いてあった。

ところが、この作文を、母が軽部に見せてしまい、私が通院した時に、軽部がそれを持っていて、

「僕は笑うことはないだろう」「三百歳まで生きたい」などと読み上げて、へへへっと笑って私をからかうのである。私は、返せっという風にそれを取りあげようとした。あれは何だったんだろう。

この時、医師の側の認識と私の側の認識にずれがあったのを、私は覚えているのだが、医師は、子供と侮っているのが分かったたし、こちらはこちらで真剣に書いたと思っていた。あと明確に覚えていないのだが、そこには多分、大人になったらどうするかということも書いてあって、偉い学者になるとかそういうことが書いてあったと思う。といっても、当時の私が空想していたのは、『ウルトラセブン』に登場する博士とか、『サイボーグ００９』のギルモア博士とかの、自然科学の学者だった。

とにかくこの四週間だか三週間だかは、入院中よりもつらかった。終わって、これからは水海道の整骨院で続きをやると言われ、また無理やり曲げられるのかとびくびくしながら行ったら、小さい整骨院でおじいさんの医者が電気枕で温めながら治してくれたから、なんだ、電気枕でいいんじゃないかと思ったが、ある程度たったからそれでいいということだったのだろう。

松葉杖をついて学校へ行った記憶はないから、ともかく歩いて学校へは行ったのだろう。海老原先生によると、補習をしてくれたというから、それもあったのだろう。それにしても、弟がまだ三歳だというのに、母も大変だったろうとは思うが、当時はまだ三十一歳で、若ければこそそんなこともできたのだなと思う。

そのころ、K子おばちゃんから、お見舞いとして吉田としの『まがった時計』という児童文学をもらったのだが、時計の話ではなくて、ごく純文学的な、ちょっと問題を抱えた家庭を描いた、タイトルは比喩的なもので、以後中学生になるまで、私は「純文学」という言葉は知らなかったが、名作文学というのはつまらないものだと思い続けることになる。もっともそれはこの作品が原因というより、繰り返し読まされた「読書感想文指定図書」のおかげである。

当時の総理大臣は、在任五年目を迎えた、安倍に抜かれるまで歴代最長記録を持っていた佐藤栄作である。当時、葉書の値段は七円、封書は十五円だった。郵便番号というのは一九六八年に制定され、私が物心ついた時にはもうあったから、後になって古い郵便物にはないのを見て母に訊いたことがあった。水海道市の郵便番号は、三〇三だった。

母は、二度あることは三度あるというので、二度交通事故に遭った私を心配して、人形を作り、家の裏で、伯父の自動車に撥ねてもらっていた。私が笑うと、こっちはまじめにやっているのに、と言って母は怒った。

多分その前の年かに、「小学館こども百科事典」全八巻を買ってもらい、あちこち面白がって拾い読みしては母に質問したりしていた。中に、アニメーションの作り方を説明した項目があり、題材として「悟空の大冒険」のオープニングが使われていたが、私はあまり「悟空の大冒険」は好きではなかった。「演劇」の項目に「舞台装置」というのがあるのを見て、演劇好きになっていた私は興奮して、居間と反対側にある部屋の窓際に少し高くなっているところがあったのを、舞台に見立ててしばしぼんやりしていたこともあった。

私が引っ越すというので、友達から『長靴の三銃士』の復刻版をもらったことは前に書いたが、その松崎聡君は、確からちまで来て、二人で殺し合いみたいな芝居をして、うぐぐと言いながらのたうち回って遊んでいたのを覚えている。

三年生になると、校舎が移転し、クラスも担任も変わるのだが、本来なら春休み中に越谷へ転居しているはずが、私の怪我のせいもあってか遅れてしまった。四月から「帰ってきたウルトラマン」が始まるのだが、第一回は四月二日で、これはまだ水海道で観ていた。その当時、土曜日の八時から放送されていたのが、絶大な人気の「八時だョ！全員集合」というドリフターズの番組だが、母はこれを「下品だ」と言って嫌ったが、父はわりあい好きなようだった。もっとも、父がいちばん好きなコメディアンは伊東四朗らしかった。ところが、この四月から、趣向を変えて、一回り年上のクレージーキャッツによる「八時だョ！出発進行」に変っていたのである。

七日ころには三年生の学期が始まり、私は登校して、三年生の教科書までもらった。担任は男の先生だったが、今では名前も顔も覚えていない。「えー、小谷野くんは、今度東京のほうへ転校することになっています」と言ったから、私はびっくりして、あとでその先生のところへ行って、「あのー、東京へ行くって誰が言ったんですか」と訊いた。ここで「東京じゃないです、埼玉です」と言わないところが、のちの私の、段階を踏むというやり方を先どりしているだろう。もちろん先生にとって、埼玉なんてのは東京と似たようなもので、関東人が甲子園球場を大阪にあると思っているのと同じなので、先生はびっくりして、生徒たちに訂正していた。あとで母がその話を聞いてゲラゲラ笑っていた。

引っ越しの時、カピを六軒へ預けることにした。これは本当にひどいことをしたもので、私も犬を飼うだけの心構えができておらず、両親にもそれがなかった。やはり動物を飼うのには中産階級的な精神の余裕が必要だったのだ。

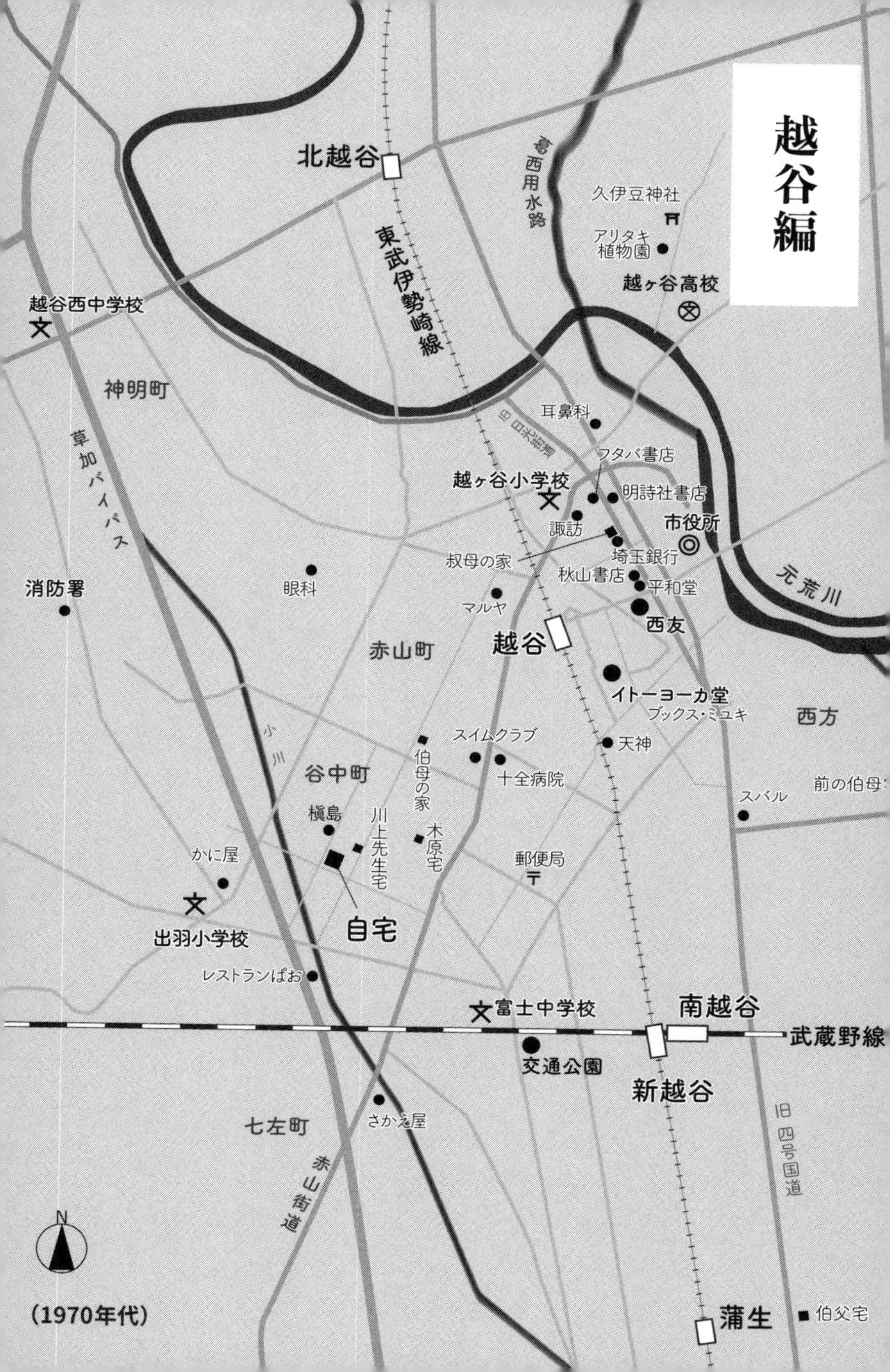
越谷編
北越谷
東武伊勢崎線
葛西用水路
久伊豆神社
アリタキ植物園
越ヶ谷高校
越谷西中学校
神明町
耳鼻科
フタバ書店
越ヶ谷小学校
明詩社書店
草加バイパス
諏訪
市役所
叔母の家
埼玉銀行
秋山書店
平和堂
元荒川
消防署
眼科
マルヤ
西友
越谷
赤山町
イトーヨーカ堂
ブックス・ミユキ
西方
スイムクラブ
小川
天神
伯母の家
谷中町
十全病院
前の伯母宅
スバル
槇島
川上先生宅
木原宅
かに屋
郵便局
出羽小学校
自宅
レストランぱお
富士中学校
南越谷
武蔵野線
交通公園
新越谷
旧四号国道
さかえ屋
七左町
赤山街道
N
(1970年代)
蒲生
伯父宅

引っ越しができたのはやっと四月十日の土曜日になってのことだった。だから私は三日しか新しい学校へ行かずに、教科書ももらったけれど捨ててしまった。越谷市の、昔は出羽《でわ》村といったいわゆる「在」の谷中町《やなかちょう》というところで、学校の周辺には「七左エ門《しちざえもん》」とか「越巻《こしまき》」とか奇妙な昔を思わせる町名がついていた。トラックを雇って、家の中のものを入れて行ったのだろうが、おそらく田圃だったところを埋め立てた新興住宅地で、あちこちに空き地があり、私たちの二階建てのちんまりした家と、隣の関口さんという家と、そのまわりにポツポツ家が建っていた。家の周囲には二年目にブロック塀を建てまわしたが、最初はないからただズボッと家が建っているだけだ。建売の五百万円で買ったという。

東向きに居間の縁側があって、今の住宅事情が分からないので念のため言っておくと、夜になると畳敷きの部屋では雨戸を閉め、真っ暗な状態にしていた。ガラス戸もその当時はアルミサッシではなく、鍵を立ててくるくる回して締める方式になっていたが、三年目くらいにアルミサッシに変えられた気がする。
『帰ってきたウルトラマン』という題名を最初に知った時は、当然ながら前のウルトラマンが帰ってくるのだと思ったが、それは違っていた。三月になると、雑誌が『小学三年生』に代わり、四月号が配達されてくる。小学館では、学習雑誌の編集部は、「一年生」を担当すると次の四月からはそのまま「二年生」を担当することになっていて、「六年生」を終えるとまた「一年生」から始めるのだという。それはもちろん、ずっとあとになって聞いた話だが、というのは、編集部もまた、読者とともに成長してしまう、つまり感覚が、二年生の始めから終りへと進んで行ってしまうからだという。

その附録の小冊子は、ウルトラマン特集になっていて、そこで私は、今度のウルトラマンが、ゾフィー、旧ウルトラマン、ウルトラセブンというウルトラ兄弟の弟として設定されていることを知った。デザインも前とは違っていて、体についている赤い模様に線が増えたのと、「パンツがみじかくひきしまった」と書いてあったのを覚えている。ゾフィーというのは、『ウルトラマン』の最終回で、ゼットンに倒されて命を落としたウルトラマンを、ウルトラの星から救いに来た上司だが、ゾフィーというのは、そもそもドイツ人の女性の名である。その時適当につけた名前が、その後も使われてしまったわけだ。ウルトラセブンの最終回でも、セブンの上司というのが現れるが、これはデザインがセブンとまったく同じで、かつ名前もなかった。ゾフィーは胸に星が並ぶなど、独自のデザインを持っていたために、兄弟の長兄として設定されたのだろう。もっともこれは、学習雑誌が先に設定して円谷プロが追認したものだとも言われている。

ところが、それより前に『少年マガジン』で、「ウルトラの星」の図解特集があって、そこでは、ウルトラマンとウルトラセブンとが外見が違うのに同じウルトラの星（M78星雲）から来たことを説明するために、銀色の体のマンを「シルバー族」、赤いセブンを「レッド族」として、ほかにセブンと同じ形で体色が緑のものを「グリーン族」、青いのを「ブルー族」とし、シルバー族とレッド族は戦士だがこれらは職人であるといった説明をしていた。種族によって、ないし体の色によって職業に違いがあるなど、今なら人種差別だと言われてとうてい使えない設定だが、雑誌編集部、あるいはまたしても大伴昌司《おおともしょうじ》あたりが考えたものだろう。それに第一、マンやセブンのあの体というのは、裸体なのか。

というわけで、この設定は正式には採用されず、のちウルトラマンタロウが、レッド族のはずなのにシルバー族のウルトラの父と母の子だとされた。これものちの話だが、「ウルトラ兄弟」というのが、実の兄弟ではなくて義兄弟で、ウルトラの父と母の実子はタロウだけだという設定も、後で驚かされたことである。

谷中町の家の隣には関口さんという、私の一学年下の男児がいる家があり、その前後はまだ空き地だった。ここは昔出羽村といったところで、学校は出羽小学校だった。おそらく徳川時代には、出羽守といった人が支配していたのだろう。合併して越谷町になる前は出羽村といっていたが、小学校は戦後にでもできたのかと思って今回調べてみると、明治初年に原型はできていて、明治十四年に育幼学校、十九年に四丁野《よんちょうの》学校、二十二年に出羽尋常小学校、二十九年に越谷町立出羽小学校、三十三年（一九〇〇）に市制施行で越谷市立出羽小学校になったという、歴史のある学校だった。

日曜日だったようだから、四月十一日のことだろう、私と父は、学校のある場所を探しに行った。多分まだ電話も通じておらず、地図もなく、近所の人にも何も訊かずに、ただあっちの方向らしいというので出かけたのだが、まだ田植えの始まっていない田んぼの中を通り抜けたり、のちに四号国道になるバイパスの歩道橋を渡ったりして、どうやらあれらしいと見当をつけて帰って来た。

それで、私が道が分かったと言ったのであろう、翌月曜日、母が化粧をして、私にもしかるべき服装をさせ、もうすぐ四歳になる弟の手を引いて、学校へ挨拶に出掛けたのだが、たちまち、橋のない小さな川に突き当ってしまった。あちら側には道があって、そこを行けばいいのだが、橋がなかったのである。それから一年くらいして橋が架けられたが、父と行った時には、川が地下へもぐった方からでも行ったのだったか。しかし母は、化粧の浮いた顔で私を睨みつけ、分かってるって言ったじゃないの、と言ったように記憶する。私が泣きそうになっていると、母は弟の手を引いて、川沿いにずんずんと右手の方へ歩いて行ってしまった。もちろん学校へは着いたのだが、私はあの時の母の異様な怒りが忘れられない。それに、後で考えてみたら、道順など父が母に説明すれば良いことで、そういうことを怠って小学校三年生に頼ったことになる。子供というのは、しばしばこういう暴虐に遭遇するものだ。

実はこの四月三日には、「ヘンシーン！」がブームになった、などという形で世相史に描かれることの多い『仮面ライダー』の放送が始まっているのだが、私はこれを始めは観なかった。そんなに特撮が好きなのに、なぜという感じだが、私の記憶では、『小学三年生』のような学習雑誌では、もっぱら『帰ってきたウルトラマン』で、『仮面ライダー』の宣伝活動があまりなかったように記憶している。原作はむろん石森章太郎だが、制作が東映である。実は、ゴジラは東宝、ガメラは大映で、ほかに怪獣映画ブームに乗って、日活が『大巨獣ガッパ』、松竹が『宇宙大怪獣ギララ』を製作したのだが、東映では怪獣映画を作らなかった。私は『ギララ』は確か早い時期に映画館で観たが、『ガッパ』のほうは、正月にテレビで放送したのを観たという記憶が強いが、これは一九七〇年一月一日の朝九時半から東京12チャンネルで放送したものだ。

ガッパは夫婦怪獣で、人間が日本へ連れ帰った子供ガッパを救うために日本を襲い、最後は羽田飛行場で人間が子ガッパを帰し、三匹連れだって飛び帰って行くという話で、このストーリーはよそでも使われたように思うのだが、よく考えるとそうでもない。『帰ってきたウルトラマン』に、シーゴラスとシーモンスという夫婦怪獣が現れるが、子供はからんでいない。『モスラ』がそもそも、人間が持ち帰った小美人を救うためにモスラがやってくる話なので、その変形だろう。だが、ずっとあとになって、『ギララ』を観た時は、そのちゃちさに驚いた。日活は二度と怪獣映画を作らなかったが、松竹は最近またギララを使っておふざけ映画を作り、私はひどく不快だった。

さて、『仮面ライダー』は、今では分からないだろうが、その題名が、当初は、特撮ものらしく見えなかったのである。当時、私くらいの世代だと、「月光仮面」を知らない。第一月光仮面自体、今だったら特撮ではないだろう。「仮面」「ライダー」というのが、「ウルトラマン」「ジャイアントロボ」など、オール片仮名の特撮ものに慣れた目には、ちょっと違うものに見えたのである。もっともそれを言えば、『マグマ大使』や『光速エスパー』もあるのだが、第二に、初めのうち登場する怪人が「蜘蛛男」や「ハチ女」だったため、違和感があった。第一、「ヘンシーン!」などと言っているが、初めは本郷猛がバイクを走らせながらの変身であって、変身ポーズは、第九回以降、事故のため藤岡弘（、）が急遽降りて、佐々木剛《たけし》が二号ライダー一文字隼人として登場してからのことである。のちに本郷猛も戻ってきて、こちらが新しい変身ポーズを採用したために一般に知られていないが、放送開始当時二か月ほどの『仮面ライダー』は、地味で暗かったのである。「ヘンシーン！」などと言っておらず「へんしん！」に過ぎなかったのは、小保方晴子が「スタップ細胞は、あります」と言ったのを揶揄するマスコミが「ありまーす」と書いたのと同じ悪意が籠ってい
る。「ヘンシーン！」の場合は、子供文化への軽蔑である。

しかも、転居の当時、挨拶のためか、越谷に住んでいる伯父の家にでも行った時だろうか、雑誌連載の『仮面ライダー』の漫画を覗いて、むやみと暗いのに辟易したということもあった。実際、石森章太郎は、のち石ノ森と改姓するが（もっとも本来「石森」と書いて「いしのもり」と読ませる出身地に基づく筆名だったのに世間が「いしもり」と読んでしまったせいである）、七〇年以降は、ほとんどテレビ番組の原作漫画ばかり描くようになり、収入も名声も上がったが、漫画家として独自性のあるものは次第に描けなくなっていく。しかも、『人造人間キカイダー』『ロボット刑事』など、人間ではないことの哀しみを抱えた主人公という主題を繰り返し、『００９』の時のように、かっこ良さを前面に出すことはなくなっていった。一時は『週刊少年サンデー』に、『キカイダー』と『イナズマン』を同時連載して、「石森章太郎劇場」などと銘打たれていたが、子供ごころにも、ちっ、と思うようなところがあった。『秘密戦隊ゴレンジャー』なども、石森原作とされていたが、石森はもう決まり切ったヒーローものを描くのに飽きていたのだろう、原作は途中で

ゴレンジャーごっこと称するギャグ漫画になったりした。その後ヒットした『マンガ日本経済入門』など、最初のほうは誰が見たって石ノ森の絵ではなく、むろん漫画家は大家になるとたいていはプロダクションと称する工房に描かせるようになるのだが、それは本人の絵に似せて描くもので、永井豪なども、自分で描いたのと工房で描いたのと区別がつく感じではあったが、石ノ森のこれの場合、全然似ていないので、いったいどういうつもりかと思ったものだ。

漫画家は、手塚治虫など短命が多く、石ノ森もその例に漏れず手塚と同じ六十歳で死んだが、晩年、中央公論社で描いた『日本の歴史』も、無意味に長くて、これは絵は石ノ森だっただけに、虚しい仕事だと思った。

あの「特撮ブーム」の時は、漫画家はたいてい、テレビ番組の原作で駆り出されて、手塚治虫でさえ『サンダーマスク』のようなタイアップ原作ものを描いて、失敗している。ほかにもそういう人はいるだろうが、私くらいの世代では、特撮番組の製作者たちが、本当は大人番組をやりたいのに、「ジャリ番」と呼ばれて差別されている特撮の仕事を、いやいややっている人もいたとか、『ウルトラセブン』の中の、怪獣の出てこない回、たとえばマゼラン星人マヤの回など、斬新に思っていて、脚本家が上部に逆らって人間ドラマを描いたのだと思っていたら、単に怪獣の着ぐるみを作る予算がなくてそういうものを描いたのだと知ると、それなりにショックではあった。七三年の『ウルトラマンタロウ』で脚本を書いていた阿井文瓶《あいぶんぺい》は、のち阿井渉介《しょうすけ》の名で小説家になったが、ある時『タロウ』のことで質問をする機会があった。しかし阿井は、怪獣ものの脚本を書くのが嫌で、シナリオに怪獣の名前を書くのが恥ずかしくて「怪獣」とだけ書いて怒られた、などと言っていた。『タロウ』は脚本がひどいので有名だが、こんな人が書いていたのでは無理もないと思った。のち、私くらいの世代の、子供の頃怪獣ものを観て育った者たちが、平成ウルトラシリーズを作ることになるが、これは好きで作っているのだから、出来が違ったのも当然だったと言えるだろう。実際私自身、大人になったら怪獣ものを作る仕事をしたいと思ったこともある。

出羽小学校の建物は、鉄筋コンクリート四階建てのものが、子供数が急増して足りなくなったため新しく建てている最中で、三年生の私は、その工事の間の間に合わせのプレハブ校舎で授業を受けた。中学一年の時もプレハブ校舎だったが、その頃越谷市はベッドタウンと呼ばれて、東京の会社などへ通う人たちが次々と住みつき始めていたのである。

当初は、転校生ということで、松田君という、勉強もそこそこ出来て、長髪でハンサムでスポーツマンの少年がいちばん前に坐っていた、その隣に坐らせてもらったのは、担任の女性の町田先生が、松田君なら面倒を見てくれると思ったからだろうし、実際そうだった。のち母が、

「松田君って活発な子よねえ……」

と言ったが、この「活発」こそ、私から最も遠いもので、私はこうした性質に憧れを抱いた。松田君は、いわば、ディケンズの『デイヴィッド・コパフィールド』に出て来る、偶像的な生徒・スティアフォースのようなもので、中学と高校にはそういう生徒はいなかったが、大学ではこれまた、そういう、こんな男になりたい、と思い、またこの人と友達になりたいと思うような、理想的な男性というものがいた。しかし、いずれも、彼らは私の友達にはならなかった。

事故のため、二年生の三学期をほとんど休んでしまったが、特に支障はなかった。国語、算数に

ついては、教科書を読めば分かった。特に算数は、読めばすぐ分かるので、好きではなかったが楽だった。体育が苦手だったのは言うまでもない。しかし困ったのは社会科と理科で、社会科というのは、六年生になって歴史をやるようになって、初めて苦手ではなくなったが、それまでは、いったい何を教えようとしているのか分からなかった。地理については、地図を見るのが好きだったから良かったが、ここではボーキサイトが採れるとか、越谷の名産は慈姑《くわい》だとかいうのが、何を意味しているのか分からなかったのである。

歴史と地理を除く社会科というのは、戦後になって、左翼的な思想から生まれた科目である。それにつらなって、三年生の頃などはよく、「はたらくおじさん」といったテレビ番組を、社会の授業の代わりに見せられたりしたが、ちっとも面白くなかった。そこには、男の子が好みそうな冒険談も愉快な話も何もなく、ただ凡庸な世界が広がるだけだった。あるいは、社会科見学と称して工場や消防署へ行ったのだが、唯一私が関心を持ったのは、消防署員のつけている肩章が、「のらくろ」で知った軍隊のそれに似ているということだけだった。

つまり、子供の私には、生活するのに金がいるのは分かったけれど、それは父親が会社へ行って給料を貰ってくるもの、としか認識されていなかったのである。小学校の北側には、ずっと農村地帯が広がっていたから、農家の子供も多かったろう。後に、大学生になって、アルヴィン・トフラーの本を読んで、初めて経済の仕組みというのが分かったが、私は根っから経済というものに関心がないらしく、未だに経済について本を読んだりすることができない。なかんずく、暴力革命によるる社会主義というものが否定されて、自由主義経済と議会制民主主義が維持される限り、微温的で保守的な中産階級や農民、小商人などが、適当に政治家の言に騙されながらだらだらと続くだけだし、どの道自分に運用する資産などない以上、経済のことなど学んでも意味がないのである。

あと理科で困るのが、教科書に答えが書いていなかったことである。これまた、戦後のおかしな風潮の中で、自分で実験をして確かめるという建前でそうなっているのだが、実験などというのは小学校で常に厳密にできるわけのものではないし、いろいろ困ったものであった。

さて、松田君は、授業でセンチメートルやミリメートルの話になった時、私が、もっと小さいの知っているよ、と言ったために、二人で黒板のところへ出ていったのはいいが、ミクロンの書き方が分からなくて頭をかいた、ということがあった。だが、松田君が私の相手をしてくれたのは、せいぜい一か月くらいだったろうし、もっと短かったかもしれない。

昼食は、給食になり、初めて、テトラパックの牛乳というものを飲んだ。「先割れスプーン」が食器としてついていて、Lーリチン入りと書いてある食パンが出て、これはまずかったし、当初はたいていマーガリンがついていて、それが四角い形をして固まった状態で銀紙に包まれているのだが、冷えているから硬くて、塗るのも難儀だった。当時の私はマーガリンというのがバターの代用品で人造バターと言われていることなど知らず、バターもマーガリンも似たようなものだと思っていたから、のちに代用品だと知って、そういえばバターのほうが美味しく感じられるなと思った程度であった。時々、鯨の龍田煮《たつたに》とかいかリング揚げといったものが出て、それらはそれぞれに美味しかった。いかリング揚げは、ソースをかけて食べるとうまかった。

その頃だったかもう少し後だったか、同じ市内にある、父の妹が結婚して住んでいる家を訪ねたことがあった。日本は母系の強い社会なので、母方の親族とのつきあいが多くなるが、私のうちなどは特にそれが甚だしかったようで、田舎へ行ってもたいてい泊まるのは六軒で、父のきょうだいとのつきあいは、私に関してはほとんどなかったので、この時訪ねた家についても、恐らくそうだろうとしか言えない。

大人が儀礼のための訪問をする際に連れていかれた子供は、その家に同年輩の子供がいなければ、することがない。そうなると、その家にある本を読むことになるのかもしれないが、私が読んだのはマンガだった。それはちばてつやの『ハチの巣大将』だったが、私はこれを夢中になって読んだ。主人公の医師が、コレラに襲われた部落へ向うためバイクに乗って行くと、勝鬨橋《かちどきばし》が跳ね上がる時間になっていて、主人公はバイクで半ば跳ね上がった橋を飛び越える。強烈な印象を与えられて、私は帰路につき、全部読んだと思っていたが、後で、というのは三十過ぎてからだが、確認したら、半分も読んでいなかったことが分かった。

これは昭和三十八年（一九六三）、『週刊少年マガジン』の連載で、恐らく私が読んだのはその前年に出た虫コミックス版だったろう。いわゆる「部落」ものマンガで、のちに『朝日小学生新聞』に再掲連載された望月あきらの『がんばれ！　ドカベン先生』はこれの焼き直しのようなものだった。東京の海沿いの貧民街に、医者の息子の熱血青年が現れ、貧民たちの生活にとけこんでいくが、この部落に火事が起こる。町の医師だった老人が瀕死の状態で病院にかつぎこまれるが、うわ言に「コレ…コレ…ラ…」と言い続けるが、火をつけたのはこの医師だという噂がある。もう一人、目をやられた子供も入院していて、主人公はこの子供から、町にコレラが発生したために老医師は火を放ったのだと聞かされる。「そんなバカな、コレラはもう日本では根絶されたはずだ。港でもない限り、コレラが広まるなんて……」と言う病院の医師に、ああそうだっ、あそこには港がある、と言った青年医師は、バイクで駆けつける、という展開である。

臼井吉見《うすいよしみ》は、高校でおこなった講演で、少年時代に『中央公論』のような雑誌で、谷崎潤一郎の「或る少年の怖れ」や、菊池寛の戯曲「順番」を読んでぎょっとした、と言っているが、同じように私は『ハチの巣大将』を読んでぎょっとしたのである。貧富の差とか、コレラとか、知らない世界がそこにあった。だから、この当時のことを思い出すと、『ハチの巣大将』の印象は圧倒的なのである。

だが、だからといってそのコミックを買って続きを読んだりはしなかった。暗かったからである。暗いものは、率先して読みたくはなかった。

後に母から聞いたところでは、転居・転校した私は、なかなか新しい環境に順応できず、この年は病気ばかりしていたという。自分では、病気をしたのは覚えていたが、それほどに転居・転校が影響したとは思っていなかった。

確かにいろいろとおかしなことはあった。おかしなというのは、ある日、今度の土曜には「いっせいげこう」(一斉下校)をするよ、と先生が言ったのだが、私は一斉下校というものを知らなかった。放課後、全員が校庭に整列して、グループになって下校するのである。その前に、歯の健康診断があると聞いていた私は「いっせいげこう」というのを、歯の診断のことだと思っていて、みながぞろぞろと校庭に並ぶのについて行っても、これから歯の診断があるのだと思っていたりした。

あるいは、業者が国語辞典を売りに来るということがあった。これは、別に買わなくてもいいもので、要するに業者と学校の何らかの癒着だったのだが、私は、買わなければいけないものだと思い込んでいて、しかもその当日、代金を持って行くのを忘れてしまい、ほかの生徒たちが買いに行っているのに自分だけ行けないのが悲しくて、町田先生に話しに行った。先生は、どうしても欲しい？　と訊いて、私が、うん、と言うと、顔をしかめて自分の財布から金を出して貸してくれた。もちろん金は翌日返したが、別に買わなくてもいいものだった。買わなければいけないような気持ちにさせる業者も学校も、罪深いものだと後になって思った。

世間智というものの乏しい子供だったのは、言うまでもない。実に子供の頃から現在に至るまで不思議なのは、勉強の成績は良くないのに、いたずらをするとか人をだますとかいうことでは頭の働く人間がいることで、大人の場合、そういう世界に出入りして手口を学ぶとも考えられるが、子供の場合も、周囲の環境がそうなのだろうか。この場合だって、別に買わなくてもいいんだと悟って買わなかった子供もいただろう。

ほかの子供たちも、漫画は描いていたが、自分より絵が下手だなあと思ったのは当然ながら、これまた不思議だったのは、ほかの子は「ふきだし」を、人物の口から直接出るように描くことで、それではふきだしが絵にかぶさってしまうのだが、そうするのである。いくつも漫画を見ているはずなのに、ふきだしというのはその人物へ向けてとんがり部分が向っていればいいということが、なぜ分からないのかと、それから後も、子供の描く漫画を見るたびに思ったことだった。

当時の小学校では、下校時刻になると、いわゆる香具師《やし》めいたおじさんが校門のところに現れて、生徒たちを集め、言葉巧みに、教育器具のようなものを売りつける、ということがあった。学校の外だから何も言えなかったのだろうが、最近ではそういうのもなくなったのだろう。もっとも、小学生はお金を持ち歩いてはいけないことになっていたし、私は、幾分かは興味を唆《そそ》られながら、買いはしなかった。だから香具師は、いっぺん家へ戻ってお金を持って来るように言ったり、中には規則に反して金を持ち歩いている生徒が買ったりするだけで、大して成果は上がらなかったのではないかと思うのだが、のち弟が小学校時代に、この手の香具師に引っかかりかけたことがあって、急いで家へ帰ってくるといきなり、

「ね、お母さん、とっても大事な話なの」

と言って、その香具師の口上どおりのことを伝えた、などということもあった。

学校から父母（当時は「父兄」といった）あてのワラ半紙に印刷された手紙の配布などがあると、「この学校にお兄さんやお姉さんのいる子はとらないで」と言って配られた。私はもちろん、いつもそれには該当しなかった。子供だから、文書の内容には関知しないが、何か返事をする必要があると、母に「あの……学校からきた、変な紙」と言うのだが、あとで聞いたらわりあい多くの子供が、この「変な紙」という表現を使うものらしくて、おかしかった。

金曜日の七時からは6チャンネルで『帰ってきたウルトラマン』、土曜の七時からは8チャンネルで『宇宙猿人ゴリ』だったが、子供だから、TBSとかフジテレビとか言わないで、そういう風に言うのである。それが首都圏でしか通用せず、関西では2チャンネルがNHKだと知ったのは、三十歳過ぎて大阪へ赴任した時のことだった。だが、いわゆる「アニメ・特撮史」で、どうしても

漏れがちなのが、当時は盛んに放送されていた主として米国製のアニメで、水海道時代には、午後五時から、「キングコング」や「親指トム」をやっていたし、越谷へ来てからも、「大魔王シャザーン」「幽霊城のドボチョン一家」「マイティ・ハーキュリー」「シンドバッドの冒険」「ユーバード」などを、夕方あたりに、10チャンネル（当時はNETといった）や東京12チャンネルを中心に放送していて、私のような子供は、そういうものを手あたり次第に観ていたのである。これも、最近になって、アニメ製作者のハンナ・バーベラの名の下に、主題歌集、といっても日本で独自に作ったものを集めたCDが発売されて、インターネット上でも、私と同世代の人たちがこれらに関する記事を書くようになり、忘却の淵から蘇りつつある。

何しろ、その当時、「チンパン探偵ムッシュ・バラバラ」というおかしな米国製の番組があって、これも時々観ていたのだが、これは特撮らしく、チンパンジーのムッシュ・バラバラというのが探偵として活躍するのである。その日本製の主題歌が「ちょいと出ましたチンパン探偵、ボクちゃんサルちゃんチンパンちゃん……」という、八木節をもじったもので、二〇〇三年に、島田雅彦が『エトロフの恋』『美しい魂』を出して、皇太子妃をモデルにしたとされ、当時いわくつきの作品だった「無限カノン」三部作を刊行した際、福田和也がその出来について『新潮』誌上で批判したのだが、その書き出しは、二段組み二頁にわたって、島田が友人であり、自分は昔「チンパン探偵ムッシュ・バラバラ」という番組を観ていたのだが、誰もそれを信じてくれず、中にはわざわざ泉麻人に問い合わせて、そんな番組はありません、と言ってくる人もいたのに、島田だけはその番組があったことを認めてくれたという、泉麻人のあたりは絶対ウソだろうという人を喰った文章を書いていた。今ならインターネットで検索すればいくらも出て来るしユーチューブにも上がっているのだが、昔はこういう状態だったのである。

さて、その中で、確か七時くらいから東京12チャンネルでやっていたのが「スーパースリー」で、これはわりあい有名なほうだが、あとはNETでやっていた「電子鳥人Uバード」と「銀河トリオ」があった。あれはもう秋だったろうか、私は目にものもらいができて、夕方、母に連れられて眼科へ行ったことがあった。田園地帯の中の、ちょっとした町めいたところにある、古めかしい眼科医で、そこで麻酔をして切り取ってもらった。この眼科のあったあたりが、なんで町めいていたのか、あとになって不思議に思い、ストリートビューで見てみたりしたが、さすがに四十年もたってまったく様子は変わっていた。これはちょうど、田舎に警察署があると、免許の更新のために人が集まるために、その周囲に代書屋ができたり食堂ができたりしてちょっとした「町」になるのと似た感じだった。

そして、片方の目に眼帯をして帰ってきて、その時に「銀河トリオ」を観たように記憶しているのだが、もしかしたら別の時だったかもしれない。少なくとも、母に連れられて医者へ行って帰ってきて観たのは確かだ。

「銀河トリオ」の主題歌は「銀河トリオのデッパツだ」といったもので、出発のことをデッパツというのだが、その当時、おかしな言い方がはやったもので、「ちり紙」のことを「ちりし」と言ったりしたし、「キンチョール」のCMソングが流行して、「おら知らねー」というフレーズがあったのを、下品だというのでPTAで問題になり、担任の先生が触れたことがあったが、後で考えたら

「おら知らねー」が下品だというのは何か差別的ではなかったのか、と思う。

それはともかく、その三年くらい後になって、自分が「銀河トリオ」を観ていたことを思い出して、いいものと悪いものの区別がつかずに、あんな低級な番組を観ていたということを、淋しく思い返す、ということがあった。その頃下品ということで話題になっていたのは、何といっても永井豪の漫画『ハレンチ学園』だった。これは一九七〇年十月から七一年四月まで、テレビドラマ化されていたが、下品なものを嫌う母のいるわが家では当然観ることは許されなかったが、別に観たいとも思わなかった。だから、伯母の家で観ているらしいと知った時は、こういうものを子供に見せる家もあるのかと驚いたものだ。

私の、小学校から大学までの閲歴というのは、大衆的なもの、下品なものから離れて、高尚なものへ向おうとする流れだった。それを導いたのは母だったが、それが最後には母を越えて高尚なところへ行ってしまうことになる。だから、中学生の半ば頃から、大衆的なものを嫌い始めた私は、周囲から浮き上がることもあり、上野や浅草を嫌った。だが大学院へ行くと、今度はまた別種の趣味の違いに遭遇することになるのである。しかしそれは、また別の話だ。

父親の趣味は根生《ねお》いに大衆的で、日曜の昼は大正製薬の『大正テレビ寄席』で、牧伸二の「あ～あやんなっちゃった、あ～あ～あ驚いた」というのを毎週観ていた。翌年七月に、佐藤栄作が退陣して田中角栄が首相になると、牧伸二は「砂糖の次は角砂糖」と歌ったのを覚えている。私が、政界の変動を初めて意識したのは、この時のことだった。

日曜の午後二時ころになると、当時「ディズニー劇場」という番組をＴＢＳでやっていて、ディズニーといってもアニメではなくて、動物もののドキュメンタリーだった。私はこれを毎週観ていた。ただ一回だけ、バレリーナを主役としたドラマもあった。あれは何という題名だったか……。

さて、『帰ってきたウルトラマン』は、初めのワンクールつまり十三回までは、どうもあまり面白くなかったように記憶する。『セブン』のようにかっこ良くないし、郷秀樹という主人公の名前は、何だか十代の人気歌手だった郷ひろみと西城秀樹をあわせたようだと後で思ったが、実は郷と西城のデビューは翌年だから、偶然（または郷と西城が影響を受けた）だったのである。これを演じる団次郎は、子供だから気づかなかったがハーフで、線が細く、どうも魅力を感じなかったし、マットという怪獣と戦うチームの内部も陰湿で、女性隊員がちっとも美人ではなかった。その上、『ウルトラマン』が第二回からバルタン星人を登場させたのに対して、『帰ってきたウルトラマン』の怪獣は、ワンクール目ではことごとく地中から現れる地球怪獣で、地味だったし、後で大人になってから再放送を観て、うわあと思ったのだが、シナリオはまじめに書かれていて、のちの『タロウ』のようなとんでもないものではないものの、子供受けはしないだろうと思った。

私の家は、住宅地として造成されていたが、隣の関口さんの家があって、その前と後ろは、それぞれ二軒ずつ家が建つ広さだったが、その頃は空き地だった。家の左手もずっと空き地で、今ではその辺りもびっしりと家が立ち並んでいるが、昔は空き地が多かったのである。その向うに建った高木さんの子供と、初めは良く遊んだ。高木君は怪獣の絵を描いて「しゅうとん」と名をつけていた。私は、怪獣の名前なのになんでひらがななのだろうと思ったが、この年代の子供には、怪獣の名前だから片仮名といった認識も乏しかったのである。そのくせ、その変わった響きがいいような気がして、自分で作った怪獣に名前をつけるのに、何かそれらしいものを、と考えて「ゴシュトン」とした。

その高木君に関しておかしなことがいっぺんあって、二人で遊んでいて、夕方になったので、じゃあねというのでそれぞれ家へ帰った。ところが私は、ふと「いいこと」を思いついて、といってももちろん子供の「いいこと」だからたわいのないことなのだが、高木君に話そうと、その家の門を入ると、すぐそこに家の窓があったので、ひょいとそこから覗くと、多分外から帰ってざっとひと風呂でも浴びたのか、高木君が、一糸まとわぬ全裸姿で、膝立てで坐ってテレビを観ていた。あ……と私が思うや、高木君がこっちを見て、わあ、と言って奥へ駆け込んで行った。私はびっくりして逃げ戻り、家の蔭から見ていると、高木君のお母さんが、何か羽織ったらしい高木君と一緒に出てきて、門扉《もんぴ》の外で左右をきょろきょろ見廻して、誰もいないわよ、というようなことを言っているようだった。もしかして、外が暗くて、高木君はあれが私だと気づかなかったのだろうか、とどきどきした。

なぜか知らないが、私の中には、他人は自分よりどこか優れている、という感覚があったのである。それは妙といえば妙なもので、たとえば、ランドセルがぼろぼろになっている子を見ると、自分のランドセルはきれい過ぎると思ったりするのだ。それは単にランドセルを乱暴に取り扱っているだけなのだが、それを何か偉いように思うのである。たとえば、学校から帰ってくると、ランドセルを玄関へ放り出して、遊びに出かけたりする、そういうのを正しい子供だと思ったりする。もっとも、不良高校生がわざとカバンをぺちゃんこにしたりするのと、似た心理といえるかもしれない。あるいは、ノートが落書きだらけのを見ると、自分のノートはきれいすぎると思ったりするのだが、むしろその際に憧れているのは、きれいか汚いかではなくて、乱暴な字の元気の良さだっただろう。

私は「グッド・バッド・ボーイ」ではなかった。悪ガキだけれど大人からかわいがられる、という子ではなく、理屈っぽくて大人から嫌われる子供だったのだ。眼鏡をかける前の写真を見ると、頭は良さそうだが物事を斜に構えて見ている嫌な子供に見える。

その一方で、私は「落ち着きのない子」だった。今なら、ＡＤＨＤと言われるであろうくらい、授業中は落ち着きがなかったのである。言い訳をするなら、国語や算数は、教科書を読めば分かるから、先生の話を聞く必要がなく、ほかも概して先生の話が面白くなかったからである。

当時の通信簿を見てぎょっとしたのだが、三、四年生のころは、運動神経がはなはだ悪い、のほか、試験中に分からないところがあると、うなり声をあげたり体をゆすぶったりする、と書いたところがあり、そういうことを書く教師もどうかと思ったが、自分では記憶になかったから軽いショックで、やはりADHDだったのだろうなと思うほかなかった。

しかし、この落ち着きのなさは、今に至るまで全然直っていない。大学時代に、先輩の女性と一緒に歌舞伎座に行った時も、観劇中に体をもぞもぞもぞもぞ動かしているから、「小谷野君って、落ち着きのない子ね」と言われたこともあり、じっと坐ったり立ったりして何かを見ているということが出来ないのである。それは私の閉所恐怖症ともつながっているし、のちに神経症になって、むやみと夜の街を散歩したりしたのも、それと関係がある。それはもちろん、よほど面白い映画や演劇を観ているのならいいが、大抵はそうではない。私がじっとしていられるのは、自分で調べものをしている時か、さもなくば、大きな書店や図書館へ行って、並んでいる書籍に興奮している時くらいになってしまった。

私は引っ越し前に自転車を買ってもらって乗る訓練をしていたのが、交通事故のため中断した形になっていたのを、この谷中町の家の前で、父親に手助けされながら稽古をして、やっと乗れるようになったのが、五月頃だったのだろう。

さて、当時私は、「のらくろ」の真似をした『シバ二等兵』という漫画を描き始めていたが、ほかに『ウルトラロボ』というのも描いていて、こちらは明らかにウルトラセブンとジャイアントロボを合わせた名前で、内容もほとんど模倣だった。これはB6判の紙をまとめて二枚折にしてホチキスで留めて書くのだが、その紙は、紙の売買をしている母の兄で越谷に住んでいる伯父（「紙屋のおじさん」）が持ってきてくれていた。しかし最初に書いた時は、画用紙を二枚折にして、母に糸で縫ってもらっていた。おかしかったのは、「ウルトラロボ」の登場人物、つまり「隊員」の名前で、日本人なら藤村とか高田とか、そういう名前をつけるということが、小学三年生には思いつかず、「絵礼」などという変な名前をつけたもので、一年くらい後には自分でも変だと思ったが、以前、戦前の芥川賞を受賞した長谷健の「あさくさの子供」を読んだら「江礼」という人物が出て来たのでちょっと苦笑した。「えらい」と読むらしいが、そんな姓が実在するのだろうか。

『シバ二等兵』は柴犬ということなので、雑種ののらくろとは全然違ってしまうのだが、当時の私には、犬の種類というのが、犬という種の中の品種であるという認識がなかった、ないしよく分かっていなかった。

安藤と井上という二人組が、家まで遊びに来たりするようになっていた。安藤は顔つきがまるっきりキツネ顔で、『ドラえもん』のスネ夫のようだったが、割に背は高く、いじめっ子というわけではなかったが悪童で、対して井上のほうは、下ぶくれの色白というより青白い顔をした気の弱い子で、何とか安藤にくっついて生きている感じだった。二学期になると、木原という子が転校してきて、家が近かったせいもあり、同じクラスのまま四年生になって、ずっと一緒に遊ぶのはもっぱら木原になったが、そのほかは、これという友達もなく、安藤や井上とは、別につきあいたいとも思わなかったが、遊んでいたのである。

夏になって、クラスでプールへ入るために、みなが教室で着替えをしていた。三年生だから着替え用の部屋になど行かず、男女ともに、みなバスタオルで体を巻いて着替えるのだったが、ふと廊下へ出ていた安藤が、いきなり全裸で教室へ入って来ながら、

「みなさん、これがふりちんというものであります」

と大声で言ったから、騒然となった。安藤はにたにたしながらすぐに水泳パンツを穿いたのだが、

「お前もやれ」と言われたに違いない井上が後からやはり全裸で「みなさん、これがふりちんというものであります」と同じことを、顔を真っ赤にしつつ言いながら入って来た。井上もすぐ、水泳パンツを穿こうとしたのだが、慌てていたからうまく入らず、あれっ、などと言って失笑を浴びていた。ところが、それからほどなく、井上は、結核だということで学校を長期に休むことになったが、その後どうなったのか、分からない。

それはいかにも『ピノキオ』に登場する、キツネとネコの二人組みたいな二人だった。その二人が自転車で誘いに来て、これから安藤の家へ行こうというので、自転車に乗って出発したが、二人の自転車が速くて、ようやく乗れるようになった私には追いつけないで、必死で漕いだ。家の前から、長いまっすぐな舗装道路があって、そこを走って行き、途中で左側へ曲がって農道へ、二人は入って行った。やはり自転車に乗り慣れていない私は、スピードも落さないままそこを曲がろうとして、みごとに転倒した。起き上がってみて、半ズボンの右脚の腿から血が流れているのを発見した。ブレーキが突き刺さったのである。

私は泣き喚きながら、ずいぶん先へ行ってしまった二人に、

「待ってくれー、待ってくれー」

と大声で呼びかけた。二人が戻ってきたので、私はその腿の怪我を見せて、母を呼んできてくれと頼んだ。安藤は、「なんだよー、うち行こうぜー」などと言った。子供というのは、こんな風に、遊びの予定というものを急に変更することができず、不思議なことを言うものである。それでも、渋々ながら母を迎えに行ってくれた。私はその時、じっと待っていた。しばらくして、安藤たちが自転車で来る後ろから、母が、サンダルばきのような姿で、こちらへ走ってくるのが見えた。私は、なんで自転車で来ないのだろうと思った。農道の反対側も新興住宅地だったので、何人かの人が出てきて、あれっ、怪我してるよ、などと言っていた。


それが六月のことだったと分かったのは、近所の人から、そこから駅へ行く中間あたりに、その日、十全医院という割と大きな医者が開業したと聞いて、そこへ向ったからである。これはのちに十全病院になって、今でもある。母が漕ぐ自転車の後ろに乗っていたのは覚えているのだが、まさか、私の子供用自転車を使ったのではなかろうし、近所の人にでも借りたのか、それとも自宅まで取りに戻ったのか。母は心配とある種の疲労のためか、私に対して怒っていて、自転車は乗り始めは事故に遭いやすいから気をつけるように言ったのに、と叱りつけ、後部座席で私は、ごめんなさい、と涙ぐんで言っていた。私本人の頭の中では、全然違う時期のことになっているのだが、実際はその前の年の暮れに交通事故に遭い、六月にこの事故を起こしているのだ。何という手のかかる子供だろう。

しかも、その新設の医院の医者は、穴状になった傷口にガーゼを詰めるという、とんでもない処置を施したのである。素人が考えたって、そんなことをしたら傷口が自然に癒着するのを妨げるだけである。果して、それから一年ほどして、この医院は、医師の資格のない者が治療行為をしていたとして問題になり、うちでも、ああ、あれは、という感じの会話がなされたのである。

さらに、母がついてきてくれての通院が数回続いたあと、土曜日だったか、母が、一人で行けと言い、私が嫌がっていたら、父が母の指令でか私を怒った。それがまた下手な怒り方で、ヤクザが人を恫喝するみたいに「なんだよてめえ」とか言いつつ洗面所の壁に押し付けるというやり方で、私は泣いてしまって一人でとぼとぼと行ったのだが、待合室で座っていたら母がいて、見に来てくれたのであったが、それじゃ何のためだか分からないではないか。

ところでこの時ではないのだが、父が私を怒って大声を出すと、母が、

「お父さん、ご近所に聞こえるから」

と言ってとめるということがあったが、あれは本気で近所に聞こえるとまずいと思ったのか、ほかに制止する意味でもあったのか、よく分からなかった。

はるかのち、父と喧嘩して、父が「デレスケ野郎」と言ったことがある。これは茨城の方言である。ところが、森鷗外が日露戦争中に妻に出した手紙に、でれでれしたあげく「とんだデレスケ野郎だね」と書いている。しかし方言の「デレスケ野郎」はそういう意味ではなく、単に「このバカ」というような意味なのである。津和野出身の鷗外は、どこかで「デレスケ野郎」という茨城方言を耳にして、意味を勘違いしていたに違いない。

そういえば子供のころ、正座などして足がしびれると「よびれた」とふざけて言っていたが、あれは落語でいう「しの字嫌い」だなとあとで気づいた。父親の趣味は、将棋、プロ野球が主で、あと若いころはパチンコもやっていたから、私もパチンコ屋へ連れていかれたことはある。まだ手動式で一個一個打つやつだった。落語だけは私と趣味が一致したが、それは私が中学へ行ってからのことだ。

隔世の感があるのが、当時はゴミがたまると、家の前の空き地で燃やしていたことである。家の前面が空き地だったのを、あとで余裕があった時に買ったはずだが、その間にコンクリ塀を一度作ってから壊したような気もする。燃やしているうちにそこの雑草に燃え移ったこともあり、通りかかった警察官が消火を手伝ってくれたこともあった。今なら、こんなところでゴミを燃やさないで、と警官から注意されるところだ。

燃やすといえば、私が子供のころは、夏休みにはよく花火遊びをしたものだ。自宅の庭や家の前の道路で、大型の花火に火をつけたり、線香花火を長持ちさせるのに執心したり、ねずみ花火を面白がったりしたし、田舎へ帰れば大勢で何袋もの花火で遊んだものだ。今でも夏になるとコンビニなどで花火のセットを売っているのは目にするが、実際に子供が花火で遊んでいるのを目にすることはなくなった。やはり道路などで火をつけたりすることが憚られるようになり、人目につかないところ、倉庫の中ででもやっているのだろうか。

うちの近所に中華料理店があり、日曜日の昼など、そこからラーメンの出前をとることがあったのだが、ラーメンの出前など、とるものではない。着くころには伸びていてまずくなっている。しかるにそれに気づかないで、「ここのラーメンはまずいね」などと言っていて、ある時など配達に来た店員がまだいるのに、弟が「まずいラーメン」と言ってしまって慌てたこともある。チャーハンでもとれば良かったのに、そのへんが両親の頭の悪いところである。

その年最大のヒット曲が、小柳ルミ子のデビュー曲「わたしの城下町」だった。当時小柳は十九歳、「黒ネコのタンゴ」とか「老人と子供のポルカ」とか、「帰ってきたヨッパライ」などの変わった曲が流行した後で、小柳、天地真理、そして森昌子や桜田淳子、山口百恵といった若い女性歌手がぞろぞろっと現れてくるのである。

子供と歌謡曲の七〇年代における関係というのは、好個の研究主題ではないかと思う。歌謡曲の多くは恋の歌であり、子供時分の私は、なぜそうなのか疑問に思っていた。しかもそれが「流行歌」になると、子供も、半分くらい、ないしは全然意味が分からずに口ずさむようになる。今では大分状況が変わったようだが、当時の流行歌というのは、国民規模で知られているものだったのだ。中条きよしの「うそ」（七四年）「理由（わけ）」や、金井克子の「他人の関係」（七三年）などの、内容的に「大人」なものでも、子供はよく知らずに歌っていたものだ。その趨勢を見た阿久悠は、山本リンダ、フィンガー5、ピンク・レディーなどに、子供向けともいうべき曲を数多く作って一時代を劃した。一九七〇年代の歌謡曲と子供の関係というのは、前近代的の庶民社会における、性的な事がらを子供に特に隠さない文化と、近代的で啓蒙主義的な性の解放との中間地点でバランスをとったものだったと言えるだろう。大人たちも、どうせ分からずに歌っているのだと思って放置していたのだろう。

私が登校する経路は二種類あって、例の橋のなかった小川は、それからほどなく小さな橋がかけられたから、そちらからも行けるようになった。こちらはそのあと歩道橋でバイパスを渡って、南埼コンクリートという工場の脇を通っていくと、かに屋の所へ出る。かに屋というのは、学校の隣にあるよろず屋で、薄汚く、雑貨から玩具からお菓子、野菜まで売っていた。だがこちらはあまり使わなかった。普通は、家の裏手のほうへ回って、その小川の続きに掛かっている木の橋を渡って少し行くと、当時バイパスと呼ばれた、今の四号国道に出るから、そこの歩道橋を渡り、雷魚がいると言われた、淵とも言うべき川沿いに行くと、すぐ学校の裏門へ着く。子供の距離感覚というのはおかしなもので、水海道であんなに遠くまで通っていたというのに、町田先生が家庭訪問に来る時に、「うちは遠い?」と訊かれて、はい遠いですと答え、先生を案内して行って、「全然遠くないじゃない」と笑われた。大人の脚なら十分もかからなかったろう。もっともこの話も、今考えると、なぜ先生は地図を見なかったのだろうと思う。もしかするとこの当時、地図を見て移動するというやり方は、一般的ではなかったのかもしれない。

バイパスは、今では四号国道そのものになっているが、出羽小学校の校歌の二番は「武蔵野線やバイパスは　われらの未来へつづく道」と歌われていた。むろん今ではこの歌詞は使われていないだろう。もっとも調べて驚いたのは、この校歌は私が転校してきた前の年に作られたものだったことだ。

その四号バイパスを百メートルほど南下したところに、当時「レストランぱお」という、レストランにプールがついたものがあり、夏になるとよくそこのプールへ入りに行っていたらしい。私はすっかり忘れていたのだが、当時のアルバムを見たら「ぱお」と書いてあり、弟に聞いて場所も分かった。いつなくなったのかは分からない。

さて、その雷魚のいる淵の脇に「ホテル平安」という、割と敷地の大きそうな建物があった。寝殿造を模したようなものだったが、要はラブホテルだった。しかし当時ラブホテルという言葉はないに等しく、人々はそういうのを「モーテル」と呼んでいた。今なら、学校のそばにラブホテルを建てるなどといえば住民の反対運動が起きるところだが、その辺は農家と、うちのような引っ越してきたばかりの人たちで、そういうまとまりはなかった。さて、子供の私は、それが何をするところなのかは知らないながら、何か子供が訊いてはいけないものだというような頭があった。

私が、人間の男女が性交というものをすることを知ったのは、小学五年生の時だった。五年生になって、私は数人の友達ができたのだが、その一人である木戸が、

「はめっこ四十五度って知ってるか」

と言ったのが始まりで、その当時は性交のことをそんな風に言ったのである。だが、それが具体的にどうするのかを知ったのは六年生の時で、級友と一緒に、休み時間に図書室まで駆けて行って、百科事典で「性交」とか「陰茎」などというのを引いては、わあわあ騒いでいた。ところが私には、売春についての漠然とした知識があり、「ホテル平安」というのを、売春をするところ、つまり遊廓だと思っていたのである。それで、五年生か六年生の頃、友達ととんちんかんな会話をしたことがある。

「男が入ってな、部屋へ行くんだ」

「それで、女が来るんだろう」

「うん、来る来る」

「女は何人もいるのか」

「えっ、いや一人だ」

「一人？　何人もいるんだろう」

「いや、だって男が連れて来るんだから」

「そうなの？」

といった具合であった。

今ではありえないことだが、その当時、昼のドラマなどで、裸の男女がからみあっている場面などが流れていたもので、私の家では母親が用心してそういうものを見せなかったが、田舎へ行った時に、そういうのが流れているのを見て、しかも大人が止めに来ないのでびっくりしたことがある。

よく、私より年長の、というか親の世代くらいの人が「お医者さんごっこ」について書いているのを見たものだが、そういうのは私たちの間ではなかったし、考えてみると戦前生まれの人たちのやっていたことではないかと思う。

町田先生は、二十代後半だろうが、小太りで、目つきの鋭い人であった。しかしよく笑顔を見せる人で、生徒たちからは慕われていたようだ。しばしば、思春期の少年や大学生が女の先生に憧れるというような話があるが、私は高校も大学も先生は男ばかりだったし、中学にも、一人だけ少し綺麗な音楽の先生がいたけれど、私の担当にはならなかったし、憧れるというほどではなかった。

その町田先生が、ある日突然、

「このクラスに、番長っているの?!」

と険しい顔つきで言い出した。

「番長」というのも、古めかしい表現で、「夕やけ番長」などという漫画はあったが、それはどう考えたって高校生とか中学生の話であり、小学三年生で「番長」というのも、何やら滑稽に思えたが、なぜか教室の雰囲気は張り詰めたものになり、誰かが「松田君」と口にすると、松田君が、唇をきゅっと噛みしめながら立ち上がり、下を向いた。ほかにも、クラス内でリーダー格というような男子らの名前が上がって、四人くらいが立った。先生は、

「番長なんて許さないからね。そんなのいたら先生がやっつけちゃうからね!」

と厳しい声で言ったのだが、何が何だか分からなかった。もしかすると、何か喧嘩事件でもあったのだろうか。

もっとも、その時私が感じたのは、「番長はいるの?」と言われて立った者たちへの、嫉妬の念に近いものだった。転校生だったからというより、これから先も、仮にこういうことがあったとして、私が名指されて立つなどということはないだろうと思ったからである。勉強の成績はいいけれど、喧嘩など全然出来ない、いじめられっ子で、体育は大の苦手、かといって人望があるわけでもなし、自分がそういう人間であることを、何だか私はわざわざ思い知らされたような気がしたのである。そして、多分この社会でうまく生きて行くのは、松田君たちのような「グッド・バッド・ボーイ」であって、私ではないのだ。

あと町田先生で覚えているのは、女子に性的ないたずらをする男子がいる、と注意した時のことで、両手をあわせて指二本を突き出して女子の下半身に差し出すしぐさをして、こういうのは大変危険で、将来子供を産む体に傷をつけることになる、と言っていたことがある。私はそういうのは目撃したことはなかった。

越谷市はその当時で人口二十万人くらいだった。徳川時代には「そうか（草加）、越谷、千住の先だよ」と洒落にも使われた。北にあるのが春日部市だが、これは徳川期には粕壁と書かれていた。日光街道沿いであり、同時に奥州街道でもあったから、町の中心部には細い街道道があって、古ぼけた宿屋も残っていた。日光街道沿いに東武伊勢崎線が走っていて、これはさすがに電車だったが、起点は浅草で、北千住を通って群馬県伊勢崎に達するのだが、ほかに日光線、宇都宮線が分岐していた。市内の駅は、私が越してきた時点で、南から蒲生《がもう》、越谷、北越谷、大袋《おおぶくろ》、せんげん台であった。蒲生は比較的古い町で、それから二年くらいたつと、書店目当てに自転車で蒲生へたびたび出かけた。

ちょうどその頃が越谷の発展時代で、越谷駅と蒲生駅の間を、東西に国鉄の武蔵野線が通り、その交点に新越谷駅ができたのは、私が六年生の時だった。越谷駅は当然田舎の駅然としていて、越してきた当初は、切符も自動販売機ではなかったように思う。窓口で、東武線全体の路線図の書かれた薄っぺらで大判の、薄いオレンジ色の紙にパンチングをして貰って乗ったように思うが、果して三年生の頃に、電車に乗ったことがあったかどうか。駅前には広場もなく雑然としていて、東口しかなかったから、西側へ出るために、南と北に踏み切りがあった。南の踏み切りの脇には、「天神」という大きな結婚式場があったが、人々が結婚式場など使わなくなると潰れて、家具店に変わった。北側の踏切は、時おり開かずの踏切になった。そこから東の方へ行くと越谷小学校があり、その向いに、プラモデルを売っている諏訪という店がある。〇に久の字の屋号だったから、「きゅうさん」と子供たちは呼んでいて、出羽小の連中もここへ遠征のようにしてやって来るのだった。

踏切を西側へ渡ると、赤山町《あかやまちょう》という一帯で、まっすぐ赤山街道というのが走っていて、それが七左衛門のあたりで四号バイパスと交差するのだった。七左衛門というのは、その当時の地名で、かつてそういう名前の地主がいて、元は「七左衛門田圃」などと呼ばれていたのだろうが、数年後に七左町《しちざちょう》と改称された。その北側の、出羽小からさらに北へ行くと、そこは「腰巻」といって、みな、恥ずかしい地名だと言っていたが、これも神明町《しんめいちょう》に改称された。この腰巻あたりは農村地帯で、住民も気性の荒いところだった。ほかに「大間野《おおまの》」という地名は新川町《しんかわちょう》に改称された。

その赤山町一帯は、碁盤の目のように細い道路が走る住宅地だったが、信号も何もないところを自動車も平気で走るのだから、交通安全の観点からはずいぶん危険なところだった。私はそこで、自転車が車に撥ねられるのを目撃したこともある。幸い、乗り手に怪我はなかったようだった。そういえば、家の裏手の淵に掛けられた橋は、細い上に両側に何もなく、ある時、下校の際に、そこを渡った後から、どうやら本屋のおじさん（といっても青年だったかもしれない）が、バイクでそこを渡ろうとして苦労していたのが、あっと踏み外して下へ落ちてしまった。といっても下まで二メートルもないし、水もほとんどなかったのだが惨事には違いなく、私はすっ飛んで家まで帰ると、母は、K子叔母が来ていて縁側で話していて、私は、たいへんたいへん、今そこで本屋さんが、と言って母を引っ張って行こうとしたのだが、母は笑いながら、いいわよ、と言うのを、無理やりのように引っ張って行ったことがある。本屋さんは、泥だらけになりながら、何とかバイクを引きあげているところだった。

あるいはその二年くらい後、バイクで豆腐を売り歩いていた人が、例の私が自転車で転んで怪我をした道を走っていて転倒し、稲穂の茂る田圃へ転げ落ちたのを見たこともある。日本の道路があちこちで舗装されるようになったのは昭和三十年代で、この当時はまだあちこちに、舗装されない土道が残っていたのである。しかしその舗装が、便利さと引き換えに、水はけを悪くし、夏はむやみと太陽光を反射して耐えがたいほどの暑熱を引き起こすことになったのを思えば、舗装前の世界に郷愁を抱いても許されるだろう。柳田國男の「木綿以前の事」に倣って言うなら「舗装以前の事」である。

ところで、いったい当初、母はどこで買い物をしていたのだろう。越して来てから数年で、その豆腐屋がひっくり返った手前に、「槇島《まきしま》」というよろず屋、今でいうコンビニのようなものが出来、以後、夕飯時にちょっと醤油が足りないなどという時は、私がそこまで買いに行ったりした。母の買い物は、もしかすると北側の踏切を渡ってイトーヨーカ堂か西友へ行っていたのか、ないしは例の橋のなかった川のほうにちょっとしたショッピングモールがあったからそのへんで買い物していたのか。

その頃母は「越谷へ行く」という言い方をしたので、私は怪訝に思って、ここも越谷でしょ？

と言ったのだが、母は、中心部の市街地のことを「越谷」と言ったらしい。「町」という言い方もした。

豆腐屋が自転車に乗り、「パープー」とラッパを吹いて売りに来るのは、八〇年代まであったが、私が自分で買いに行ったことは一度くらいしかない。スチールのボールを持って買いに行くわけだが、豆腐屋に来てほしい時は昔は白い旗を出していたようだが、私の当時は何を出していたか。スチールのボールを出しておくんだったか。「夜泣きそば」というのは、ラーメン丼か何か持って買いに行くのだろうか。これは遭遇したことがないから分からない。「ちり紙交換」というのも、越谷へ来てから現れたもので、「古新聞、古雑誌……」とスピーカーでアナウンスしながらトラックが通っていく。サオ竹屋は当然ながら利用したことはないが、古新聞は良くもっていってもらった。もっとも「チリ紙交換」と言いながら、実際に置いていくのはトイレットペーパー一巻であった。

「石焼き芋」も時々来たが、買ったことははっきり記憶にはないながら、新聞紙で作った汚らしい袋に焼いた芋を入れてもらった記憶はあるから、一度ないし三度くらいは買ったのだろうか。幼かったころ、三輪車を逆さにして石焼き芋屋の真似をしたことがある。そのあと、越谷駅前では「天《てん》津《しん》甘栗」を売っていて、母は時々買ってきたが、私はそんなに美味いものとは思わなかった。むしろ、地方によって呼び名が変わる「甘太郎」のほうが好きだった（今川焼とか大判焼とか太鼓焼とかいう）。家の周囲で遊んでいて夕方になって暗くなってくると、蝙蝠《こうもり》が飛び交っていた。これは水海道では見たことのないものだった。

そういえば子供のころ、街中で、豆を煎っているような臭いがしたことがあり、決していい臭いではなかったが、あれは豆腐の製造過程で大豆を加熱している臭いだったのだろうか。豆腐といえば、木綿と絹があることは小学生のころから知っていた。絹というのが、カイコからできることも知っていた。自分たちが着ている服について、母が「綿《めん》百パー」などと言うのも聞いていたが、木綿というのが木から出来ることを知ったのは高校生のころで、絹が上等だということは知っていたが、絹というのは薄くてペラペラで、着ても寒いんだろうと最近まで思っていた。「おかいこぐるみ」という言葉は知っていたが、高級なものを着ているが暖かくはないんだろうと思っていた。

歯磨きというのは、子供のころは当然、ライオンの子供用の練り歯磨きを使ってやっていたのだが、私も周囲もずっと「歯磨き粉」と言っていて、高学年になるころに「粉」じゃないじゃないかと思ったが、慣習でずっと「歯磨き粉」と言っていて、のちに、昔は実際に「粉」を使っていて、今でも粉が売っているということを知って、四十歳を過ぎたころに本物の「歯磨き粉」を買ってきて使っていたことがある。いつごろから、大人用練り歯磨きに変えたのかは覚えていないが、考えると、一般的には毎食後の歯磨きが推奨されていたが、平日の昼食は学校でとるわけで、私などは歯磨き道具を学校へ持って行っていないから昼食の時は歯磨きなしで、ほかにもたいていの生徒がそうだったのに、学校へ歯磨き道具を持って行こうとかいう話が大人から出なかったのは、あとで考えて不思議だと思った。

その頃ふしぎだったのは『オバケのQ太郎』などで、「となり町」という表現が出てきたことである。彼らが住んでいるのは明らかに住宅地であって、その場合の「となり町」とは何なのか。これも母に訊いたが、もちろん母は、昔は今のようにずーっと宅地が連なっていたわけではなく、といった説明をするのだが、「となり村」なら分かるが、これは明らかに住宅地で、となり町との間の何もない地帯など描かれたことがないからおかしい、と食い下がったことがある。中学生の時に米国へホームステイに行って、まさに「町」がひと固まりになって農村の中にぽつりとあるさまは見たし、なればこそ一国内に時差があるというのも理解できたのだが、オバQたちが住んでいるのは、東京の練馬区あたりのようで、それで「となり町」はおかしかろうと思ったのである。

家の周りにブロック塀が作られたのが、正確にはいつだか分からないが、二年目に入る前だったろう。入口のところには両側に門柱が立ち、間に門扉が作られたが、今にして思えば、小さな家にまた物々しい入り口をつけたものだとちょっと悲しくなる。母はここを「もんぴ」と言っていたが、私は当初、どういう字なのか分からなくて、あとで「門扉」だと分かったが、母はどこでそんな言葉を覚えたのだろう。

さて、町の中心部には西友とイトーヨーカ堂があったのだが、ヨーカ堂も西友も三階建てで、ヨーカ堂の屋上には小さな遊園地があり、広場もあって、私はこの八月に、その当時良くあった怪獣ショーを観に行っている。大人になって、炎天下アルバイトの人などが怪獣の着ぐるみを着て、特段に暑いスーパーの屋上で、卒倒しそうになったり鼻血を出したりしていたことを知るが、むろんその当時はそんなことは考えない。その時は帰ってきたウルトラマンショーだったので、ウルトラマンや、アーストロンのような怪獣が現れ、するうち司会者が、

「さてみんな、姿を隠す怪獣といったら?」

と謎を掛けると、子供たちの間から「ゴルバゴス!」と口々に声が上がった。ゴルバゴスは五月

放送の第七話に登場した透明怪獣である。司会者は、してやったりという心持か、怪獣を呼ぶと、出てきたのは、忍者怪獣サータンで、司会者は「あれーゴルバゴスじゃないじゃないー」と言った。これはまだ放送に登場していなかった。サータンが出るのは八月半ばなので、それ以前に行ったことになる。しかも子供は怪獣の姿を予告篇で見るから、サータン登場前の、ウルトラセブンが登場するベムスターの回が放送された八月六日以前ということだ。

西友のほうは、裏に坂があって、そこを車で登ると駐車場になっていて、その脇に三階部分があり、食堂と、熱帯魚を売る店があった。実はこの西友には、むかし映画館が附属していて、それは向って左側だった。しかしそれも、私たちが越してくる頃までにはなくなっていて、春日部と、草加市の松原団地駅前には映画館があったが、越谷には映画館がなくなってしまった。映画館というのはヤクザが取り仕切るもので、越谷にはヤクザがいないので映画館がないのだという説もあった。私はこの西友とイトーヨーカ堂を「デパート」だと思っていて、少し後になって、デパートというのは三越や高島屋をいうのであり、西友とイトーヨーカ堂はスーパーマーケットなのだと知って驚いたことがある。その後、南越谷に出来たダイエーが、大型スーパーマーケットの始まりだというのだが、大型スーパーマーケットとデパートの違いというのは、曖昧なものである。

ヨーカ堂と西友は、私にとって大きな違いがあった。ヨーカ堂には本屋があったが、西友にはなかったのである。といっても、私は、小学生の頃から夏目漱石を読むというような神童ではなかった。女の同級生が「漱石」と言うのを聞いて、石の名前かと思ったくらいである。それに私には、性的抑圧をかけてくる両親のおかげで、子供は大人の本を読んではいけないのだという思い込みがあった。私が貰う小遣いは、三年生の時に三百円、四年生で五百円に値上がりした。だがもちろんそれ以外に、ねだって買ってもらうこともあった。とはいえ、うちは貧しいという認識もあった。私が買ったのは、漫画本でありおもちゃだった。漫画本は、全十巻の「のらくろ」の漫画全集を少しずつ揃えていたのと、『ロボット刑事』などで、友達から借りて読むこともあったが、活字の本といったら、小学館の学習雑誌の附録とか、学研の「学習」の附録の読物、与えられる読書感想文課題図書の児童文学、あとはリンカーンの子供向け伝記や、唯一『ああ無情』の子供向けのものを持っていた。

ところでこの七月に、ヨーカ堂ででもふと見つけて買ってもらったのか、表紙に鉄腕アトムが描いてあり「手塚治虫特集」と銘打った『ベストコミック』という漫画雑誌を買っている。これは、巻頭にアトムの長編が一本載っていたほか、手塚の短編がいくつか載っていた。これは今でも家にあるが、その時は難しくて多分読めず、それから五年生になる頃までに読んだのだが、それは「暗い手塚」の世界で、自伝的な「がちゃぼい一代記」と、神によって世界が消滅してしまう「七日の恐怖」、交通事故で死んだ女の脳髄をコンピューター代わりにした船を描いた「大暴走」、宇宙人めいた怪しい西洋人が出て来る「ドオベルマン」などが載っていた。いずれも、子供には怖い世界だった。特に「七日の恐怖」の、二郎という少年の部屋だけが、手違いで消滅から取り残されて中空に浮いているイメージといい、最後に造物主と名乗る老人が、二郎の願いで世界を復活させるが、その代わりに二郎は消えると言われ、ところが復活した世界に二郎はいて、だが母親は彼を三郎と呼び、二郎は消えて、しかし弟の三郎はいなくなっているというあたりに、子供の、実存的恐怖を刺激するものがあった。

誰でもそうだろうが、子供の頃、宇宙の果てとか、時間の始まりとかいうことを考えると、恐怖に襲われて一人涙を流したりするものだが、私もそうだった。もう少し後のことだが、ウィスキーのCMで「どうして僕は、ここにいるのだろう」という歌が流れたことがあったが、これも妙に実存的恐怖を唆るものであった。CMといえば、この年、「アロンアルファ」という今でも売っている瞬間接着剤が発売され、CMで盛んに宣伝していた。くっつけると絶対離れないという触れ込みだったから、子供の私らも興味を持ち、一度くらいは買ってきたことがあったが、もし本当に一度くっつけたら離れないなら、間違って指と指をくっつけたりしたらどうなるんだろう、と考えたものだ。実際にはお湯でゆるゆるはずしていけばはがれるので、機械製品などの固定に使われるものであり、子供が使うものではなかった。のち、父の仕事机の上にはいつもこのアロンアルファがあったが、それは時計修理のためで、私たちとは関係ないものだった。

また七月には、日本で初めてのマクドナルドの店が銀座三越内に出来た。それまで私たちは、アニメの『ポパイ』で、ウィンピーが、ハンバーガーが好きでいつも騒いでいるのを見ていたが、私などは、ハンバーグの一種だと思っていたし、日本ではホットドッグはあったがハンバーガーは売っていなかった。それをほどなく母が買ってきたのは、日本橋三越へ寄ったついででもあったのか、これを食べた時は、カップヌードルとは逆に、こんなものをウィンピーは好きだったのか、と思うほどに不味かった。その後、モスバーガーなどそれ以外のハンバーガー店も出来て、今はどこでも食べられるが、モスバーガーに比べたらまだマクドナルドのほうがケチャップが美味しかったとはいえ、私にはピクルスが気持ち悪く、いずれにせよハンバーガーを心から美味しいと思ったことはない。

「ティッシュペーパー」というのが登場したのもこの頃で、調べると、私が生まれた翌年の一九六三年に、十条キンバリーからクリネックスティッシュが発売されてまたたく間に広まったとあるが、私の記憶では埼玉県へ越してきたころから私たちが日常使うようになったもので、それまでは「ちり紙」が使われていて、叔母などがこれを「ちりし」と発音していたのを覚えている。

『帰ってきたウルトラマン』は、視聴率が低迷し、遂に梃子入れのため、ウルトラセブンを登場させることにした。それまで地底怪獣とばかり戦ってきたが、宇宙怪獣ベムスターとの戦いに敗れたウルトラマンが、太陽エネルギーを求めて飛んで行くうち、太陽に吸いこまれそうになったところを、セブンが助けて、新しい武器のウルトラブレスレットを与え、ウルトラマンは地球に帰ってベムスターを倒すという筋だ。「ウルトラセブン参上」という題だった。「参上」というのは、かつて『仮面の忍者赤影』で、「赤影参上!」と名乗って登場するのがお決まりのパターンで、ちょっとそれを想起させたが、翌年始まった『変身忍者嵐』では、その向うを張って「嵐、見参!」とやっていた。その後、「推参!」とやったのもあった。

本来七月三十日に放送されるはずだったのが、その日、岩手県雫石《しずくいし》で自衛隊機が全日空機と衝突する事故があって、そのニュースのため「ウルトラマン」が中止になり、一週間延期された。私はこの事故のことはまったく覚えていない。むしろその前の七月三日に起きたばんだい号墜落事故のほうが、飛行機に名前がついていただけに、うっすらと記憶にある。ばんだい号の方は一学期中だったが、学校でも特に話題になった記憶はない。私などは、なぜ国内旅行でわざわざ飛行機に乗るのだろうくらいに思っていたし、当時一般にそういう気分があり、飛行機などに乗るのはお金持ちだと、みな思っていて、別の世界の出来事のように思ったせいもある。

その頃、『小学二年生』や『小学三年生』に、谷ゆき子の『さよなら星』とか『バレエ星』といった漫画が連載されていた。ヒロインはバレリーナを目指す少女だが、病気やら、両親との生き別れやら、事故やらと不幸が次々とふりかかるという、何とも暗いもので、いわば明治期の家庭小説、新派劇などの影響下にあったが、この頃、漫画の一部は、難病ものが流行ってもいた。『巨人の星』も、第一部は、星飛雄馬が好きになった看護婦が実は悪性の病気で死んでしまうところで終っているし、『サインはV!』もしかり、『アタックNo.1』も、最後は、ヒロインが子供の産めない体になって終っている。『サインはV!』はドラマになり、私は観ていなかったが、例の入院していた時に再放送をやっていたのを、退屈なのでちらっと観たのを覚えている。しかし、これの主題歌は素晴らしいものだった。

『愛と死をみつめて』のストーリーの一種である『若きいのちの日記』というドラマもその頃放送されていて、私が観たのは昼間だったから再放送だったろう。そのオープニングを観ながら母が、

「この人、病院へ通ってるのよ、治ると思って」

と言ったのだが、その「治ると思って」という表現が酷薄に思えて記憶に残っている。

そのバレエ漫画の中に、確か両親が乗っている飛行機が消息不明になり、ヒロインが「ばんだい号みたいになったらどうしよう」と叫ぶ場面があって、それでばんだい号事件を覚えているだけな

のである。

「なぜなに理科の教室」とか「社会の教室」とかいう本も買ってもらって読んでいた。マンガ形式での学習漫画だが、古いものだったから、出てくる冷蔵庫は上に氷を入れて冷やす方式だったりした。そういう漫画では、父親などが子供にいろいろ教えてくれることになっていたから、「うちではそういうこと、ないね」と言ってしまったことがあり、母が「そうね」と苦笑していた。

その夏休みあたり、もしかすると母に連れられて、まだ内幸町にあったNHKの見学に行ったのかもしれない。というのはスタジオ内に浜畑賢吉《はまはたけんきち》のポスターがあちこちにあって、私はそれで浜畑賢吉というテレビでは観たことのない俳優を知ったからだが、ということは徳川吉宗を演じた「男は度胸」を放送していた時期で、七一年十月までということになるからである。しかしその後、浜畑は舞台に重心を移したので、あまりテレビや映画で観る俳優ではなくなってしまった。

夏休みといえば、毎日ラジオ体操に行ってスタンプを押してもらうということがあったらしいが、私の近所にはラジオ体操の場所がなかった。地域共同体がまだできていなかったのだ。だから、西方の伯母の家に泊まった時に、朝起きてラジオ体操に行ったことだけ覚えている。自分の家の近所で行った記憶はない。もっとも、ラジオ体操の歌「新しい朝が来た」というのは好きで、ずっとあとになって、これが「ミラーマン」で途中から出てきたジャンボフェニックスという戦闘機の歌に似ていることに気づいた。ああいう戦前風の明朗な歌が好きなのである。

その八月、家族で日光へ二泊程度の旅行をした。時期は多分十四日前後である。『宇宙猿人ゴリ』は、さすがにこのタイトルが無理だと思ったのか、本当は一気に『スペクトルマン』にしたかったのだろうが、五月に『宇宙猿人ゴリ対スペクトルマン』に変わった。テレビの番組表でそれを見て初めて知った私は、かつて『マグマ大使』の最終回で、ゴアが怪獣ゴアゴンゴンとなってマグマ大使と戦ったように、ゴリが怪獣化して戦って最終回になるのかと思った。そして「三つ首竜」という妙な名前の怪獣が出た二回目を観損ねたのを覚えており、それが八月十四日だったからである。だがその前日の『帰ってきたウルトラマン』の、サータンが出る回は観ているから、土曜日に出発したのかもしれない。

泊まったのは、湯元の国民宿舎・晃林荘《こうりんそう》で、後で聞くと、うちがどこへも出かけないのを心配した母の次兄（紙屋のおじさん）が、手配してくれたものらしい。しかし、弟が四歳になったところだから、それ以前の家族旅行は無理だっただろう。東武線に乗って、北春日部あたりで急行に乗り換えたのか、東武日光駅へ着いて、中禅寺湖の遊覧船に乗ったり、東照宮を観たりしたが、あれは東照宮の入口だったか、階段を昇っていくと、脇のところに、片脚のない、妙な制服のようなものを着た男が、ヴァイオリンを弾いていた。それが、傷痍軍人というものだと、私は知らなかった。宿泊先の湯元には、刈込《かりこみ》・切込《きりこみ》湖という小さな湖が二つあって、その湖辺には誰もいなかった。

このころ、仲雅美《なかまさみ》という美男俳優が歌ったロシヤ民謡「ポーリュシュカ・ポーレ」がドラマの挿入歌としてヒットし、流行したのを私も確かに聴いていたのだが、そういうこととは知らず、単なるロシヤ民謡だと思っていたし、そもそも仲雅美という俳優を最近まで知らなかった。しかも私の記憶では「緑もえる　ロシアの大地に」となっていたが、実際は一番が「草原をこえて」、二番が「ロシアの大地に」であった。

仲雅美を最近知ったというのは、映画「愛と誠」三部作を観たからで、太賀誠役は第一作が西城秀樹、第二部、第三部では変わるひどさだったが、早乙女愛は新人の早乙女愛が演じぬき、「君のためなら死ねる」の岩清水役をやっていたのが仲雅美であった。私が子供のころの漫画だから『愛と誠』もちょっとは読んだんだが、ヤクザ高校生が主人公で、結局はヒロインに愛されてしまうという話だから嫌いだった。改めて読み直したら、岩清水というのが思っていた以上に立派な男だったのに感心した。あの当時は藤子不二雄（のちのA）の『魔太郎がくる!』などという漫画もはやっていたが、私の顔が魔太郎に似ていて、実際自分はいじめられっ子だったから実に嫌なマンガだった。

西部邁だったか、子供にとって学校は一種の戦場だと書いている人がいて、二、三日病気などで学校を休んだ子供を学校まで送っていくと、校門のところで、軽い怯えに子供が捕らえられるのが分かり、父親はその背中を、がんばってこい、という感じでぐいっと押す、と書いていて、私は、それを読んだ時は大人だったが、ああそうだったなあと分かったことがあった。実際数日病気で休んだあと学校へ行く時、ちょっと怖い感じというのはあった。

紙屋のおじさんの家はそのころ蒲生にあり、私も行ったことがあった。母の実家はむろん長兄が継いでいて、そこには私と同年の娘と、四つほど下の弟がいたが、その数年後にさらに男の子が生まれた。けれどこの子は、私が高校生の頃に、水の事故で死んでしまった。次兄である和夫伯父さんの家は、当時の私には、ちょっとしたお金持ちの家に思えた。実際伯父は苦労人で、印刷業をやって、官庁から仕事を貰うために東京へ日参したというような話もあり、自動車もあり、いちばん実務的に頼りになる人だった。

その伯父に連れられて海へ行ったのも、その夏だったと思う。それが、千葉の海つまり東京湾だったか、茨城のほうだったか、日帰りだったか一泊したのかも忘れたが、この夏だったのではないかと思うのは、海の家で、転がっていた漫画雑誌で、吾妻ひでおの『エイト・ビート』を読んだのを覚えているからだ。『エイト・ビート』は、単行本が出たのはずっと後の一九七七年だからそれではない。連載されていたのは七一年の『週刊少年チャンピオン』なので、そう推定するのである。

私は泳ぎも水も苦手だが、海はとりわけて嫌いであったから、四歳の頃茨城県の大竹海岸へ行ったらしいが、この時以後は、海水浴をしたことはない。

九月になって、新学期が始まった。新しい校舎が竣工《しゅんこう》して、私たちはプレハブ校舎とはおさらばし、四階建ての校舎へ移ったが、新しい校舎へ四年生以上が移動して、私たちは古い校舎へ入ったのだった。そして、新しい転校生の木原が来たのである。木原がもと住んでいたのは、確か川崎市だったが、父親の出身地など、詳しいことは分からない。私の家の南側には、田圃があって、そこには牛ガエルがいて、夏の夜など、もおおーもおおーと牛ガエルの鳴き声が聞こえたし、林の中には鳩がいて、くー、くくっ、くー、くくっ、と鳴いた。しかし牛ガエルだと思うからもおもおだと思うのであって、実際は、ぶうお、ぶうお、という感じだった。

私は蛙が嫌いだった。蜘蛛とかゲジゲジとかそういうものより嫌いだった。こうしたものは乾いているからいいけれど、蛙のあのぬめぬめした体や、ぎょろりとした目、人間のような脚が嫌だった。牛ガエルやガマガエルが嫌だという人は多いが、アマガエルとなると、かわいいなどと言う人もいる。しかし、あの緑色の体が何とも気味が悪かったのである。のらくろの漫画を読んでいたら、のらくろも蛙が嫌いであることを知って、嬉しくなった。きっと田河水泡もそうだったのだろう。

さて、家の周囲に、「遊水地」という区画があって、子供が入ったりしないように周囲は金網で囲われているのだが、中は水がある時もない時もあり、水草が生い茂っていた。越谷は水郷と言われるほどの湿地帯なので、その辺りも、大雨が降ると家の前の通りが冠水したもので、埋め立ての際に水を逃がす場所として作られたのだろう。しかし冠水していたのでは遊水地の意味がないと思うのだが……。

家の前の道を東へ向うと、二、三年古い感じの住宅地へ突きあたる。その道を左へ行くと、舗装が途切れるかして、土道になり、その先の右手に、一階が小さなガレージめいた、小さな雑居ビルのような建物が、住宅の間に建っていて、その二階の一室に、木原は住んでいるのだった。木原には父親がいなかったのだが、それが、いつ死んだのかを私は覚えていない。木原とは四年生の終りまでよく遊んだが、クラスが変わってしまうと疎遠になり、中学二年でまた同じクラスになったから、その三年間のことだったかもしれない。ただ今考えると、そんな雑居ビルの二階の、何室あるのか分からないようなところに住んでいたのだから、うちより貧しかったのは確かだろう。転校生で、家が近いということで、木原がそれから四年生の終りまで私の唯一の友達ということになった。

木原は、ちょっと不思議な男である。多分、富士中学校へ行って、一年生の時は別のクラスだったが、その時に、越谷小学校へ行っていた後藤と親しくなり、二年生で後藤ともども同じクラスになって、それから後藤、二木、稲田といった連中と、中学を卒業して大学を出る頃までずっと遊び仲間でいたのだが、その際に、戯れにでも、越谷へ来て一番古い友達だというようなことは感じさせなかった。木原とは、水海道の敦子や、高木君のように、漫画を描いて遊ぶといったことはなく、もっぱら、沼地でアメリカザリガニを獲ったりして遊んだ記憶ばかりが残っている。

のち後藤とともに越谷高校へ進んだから、成績は中程度だったが、木原の趣味というのを聞いたことがないのも、不思議である。妹がいたが、会ったことはないように思う。その頃、男の子が友達の家へ遊びに行く時は、家の外から大きな声で、

「きーはーらー、くん！」

と叫ばなければならないという仕来りがあった。だが、私はこれが、恥ずかしくてできなかった。それについては、「原体験」説があって、説といっても私が一人で考えているだけなのだが、水海道の家の道を隔てた向いに電器屋があり、私はそこのおばさんにかわいがられていて、時どき行っては「おばさーん！」と呼んでいた。それがある時、表のガラス戸が閉まっていたためか、いくら声を枯らして呼んでも、おばさんが出て来なかったことがあった。後でそのことが分かったのだが、それがトラウマになって、大声で呼べなくなったのではないか、という「説」である。

八〇年代だったか、最近は、子供が電話を掛けて、相手の予定を聞いて遊びの約束をするということが話題になったが、今の若者には、不思議な話だと思えるかもしれない。だから七〇年代には、子供が遊びのために電話を掛けるなどというのは、もっての外だった。電話というのは、緊急の用件のためのもので、いずこの家でも玄関先に置いてあり、長電話などということは、八〇年代に、親子電話などを自分の部屋に引いた若者などが始めたもので、私もよくやったものだが、母などは時おり、玄関先に坐り込んで長電話をしていた。今思えば、かわいそうだったとも言える。電話の話のついでに言うと、たとえば私が何かちょっとした問題を起こして、母がどこかへ電話を掛けるといった時、母が「うちの敦が……」などと話しているのを聴くのがものすごく恥ずかしくて、耳

を塞いだりしていたが、これは子供には一般的な心理なのだろうか。

さて、友達を呼び出す話だが、学校帰りに家の外で待っていたり、あちらから来たりすればいいわけだし、その頃の私は、二階の勉強部屋に籠るなどということはなく、下校すれば居間でおやつを食べたり漫画を描いたりしていたのだから、昔ながらに、庭から回れば良かったわけである。今では持ち家でも、ふらりと入って庭から回るなどということはあまりなさそうではあるけれど。

さてそれである日、下校後に、木原と遊ぼうと思った私は、その家——といってもあの雑居ビル——まで行ったが、その「きーはーらー、くん」ができないため、入口から入って階段を昇り、「木原ー」とさして大きい声でもなく呼んでみたことを覚えている。しかしそれで聞こえるはずはなく、その後どうしたのだったか。その頃アメリカザリガニは、至るところにいて、私たちは、スルメを餌にして、釣り糸か何かにつけて、これを釣ったりしたものである。もっとも、ザリガニではなくて蛙がかかることもあって、私は、びくびくしながらではあった。

子供というのは、クラスが変わるとたんに友達づきあいがなくなったりする。続けなければいけないという義務感がないからで、その代わりに母親同士は時おり電話する関係にあったりして、母は、木原の母とは時々連絡をとっていたようだ。父親がいなくても、母親の実家などで経済的な面倒を見たものらしく、中学へ上がる頃には、木原は一軒家へ引っ越しており、それが後藤の豪邸の割と近くだった。それである時、木原の妹が自動車に撥ねられて、怪我は特になかったのだが、頭が痛いと言い出し、母に電話が掛かってきて相談を受けた、などという話も聞いた。

九月には、サッポロ一番・塩ラーメンと、カップヌードルが発売された。その年はほかに、尾崎紀世彦の「また逢う日まで」もヒット曲だったが、それが別れの歌だとは子供には分からなかったし、「二人で名前消して」というのも、住んでいたアパートの表示を消すのだとは分からなかった。もっともこれはずっとあと、四十歳近くなって、同年輩の女性で、意味が分かっていなかった人もいて、その人はこれを名前を消して心中するのだと思っていた。

民放の子供番組には、お菓子のＣＭも多かったが、「カール」のようにのちのちまで売られていたロングセラーはいいとして、すぐ消えてしまったものを思い出すことがある。田舎の子供が両手を広げて立つとその影が空に移る「チョコベー」という森永のチョコとか、「森永アントルメ」というソフトケーキとか、デリカとルーキーという森永のアイスとか、妙に森永のものばかり思い出す。あと小型のチョコパイがあって、前からあったのが森永のエンゼルパイで、新発売されたのが東鳩のマッシーパイだった。後者はマシュマロが詰まっていて美味しかったが、あとでマシュマロそのものを食べたら、それほど美味しいものではなく、私にはマシュマロを食べる習慣は身につかなかった。当時おかしいと思ったのが、アイスクリームを買いに行くと、大型アイスに「デラックス」と書いてあるのが多かったことで、これは本来フランス語のはずで、一九五〇年代の流行語だったようだが、私のころには、何やら滑稽感がただよう言葉になっていた。

「ミネソタの卵売り」は、私が生まれる十年くらい前の流行歌だったが、私が小学校四年生のころ、石井食品の「イシイのタマゴにベンリ」という卵加工食品のＣＭに替え歌として使われたので知ったのである。ＣＭを聴いていて、母が歌ったのだったろうか。しかし私は中学二年の夏にミネソタへホームステイすることになり、母くらいの年配の周囲のおばさんがみんなこの歌のことを言いだすくらい、当時は、ミネソタといえば卵売りだったのも、懐かしい話である。

二学期になってから、町田先生は、『春駒のうた』という児童文学を、朗読して聞かせるようになっていた。宮川ひろの、その年出たもので、評価は高かったが、脚に障害のある子供の話で、それが友達から「びっこ、たんこ」とはやされて、学校へ行かなくなる、とかいったものだった。私は、当時からこういう福祉系の偽善的な作品が好きではなく、三年生にもなって、うまくもない朗読を聴くのは嫌だったし、事実よく聞き取れなかったが、ほかの生徒たちは割と熱心に聴いていて、先生が、

「さあ、『春駒のうた』読むよー」

と言うと、数名の生徒が教卓の先生の周りに集まるようになった。

私はのち、中学から高校の始めにかけて、「名作文学」への疑念というのを抱き続けて、それが誤りであることを知るのだが、それは要するに、国語の教科書に載っているような「名作」が、実際にはさして名作ではなかったりしたのと、この手の、新作児童文学の、日教組の息がかかったようなものを、名作だといって読まされたせいである。ただ、六年生の時に教科書に一部だけ載っていたシェイクスピアの『リア王』だけは、名作だと思ったが、当然である。あるいはこの年には、おおえひでの、原爆を扱った『八月がくるたびに』なども話題になったものだが、その頃、『はだしのゲン』で知られた中沢啓治の、原爆症のために死んでしまう少女の漫画を読んで、陰惨で嫌だなと思ったこともあった。

いくら小学三年生でも、偽善を見抜くくらいの直感というものはあって、脚に障害がある子が

「びっこ、たんこ」と言われたらそれは誰だってひどいと思うのである。しかし世の中には、障害などと関係なしにいじめのようなものはあるのだ。このクラスには、守谷百合子という子がいて、ちょっと顔つきや雰囲気が、何ゆえか、汚らしい感じだった。私は当時「百合子」という名前に遭遇したことがなくてよめず「ひゃくあいこ?」などと言っていたのだが、悪い男子の数人は守谷さんを軽くいじめていた。「ハチのムサシは死んだのさ」という歌がはやっていたが、それをもじって「ハチのモリヤは死んだのさ」などと歌っていた。もっとも、女子には友達もいて、グループで前へ出て、「モーリースキンさんです」などと、悪童が使う名前を逆用したりしていた。「ハチのムサシは死んだのさ」の歌詞は、意味が分からず、母に訊いたら、「さあー権力者に抵抗して死んじゃったみたいなことかねえ」などと言っていた。

あの当時は、そういう子がクラスには一人くらいいて、六年生の時は、学校では一言も口を利かない、暗い顔つきの女子がいた。担任の教師は、朝の出席の時に名前を呼ぶのだが、それも返事をしない。たいていはそのまま通り過ぎるのだが、ある時は、三度くらい続けて呼んだこともあった。緘黙《かんもく》症とでも言うのかと思ったが、私はその頃、例の赤山町の住宅地を自転車で通りすがりに、その子が、母親らしい人と、明るく話しながら歩いているのを目撃したことがあって、つまり学校では口を利けないという、場面緘黙症の典型的なものだった。

のち、私が大学生の頃だったか、『典子は、今』という、サリドマイド児が自ら主演した映画を学校で見せられて、「ふくし映画なんかくだらない」と書いて担任に叱責され、自殺した子供がいたが、私も、そりゃあ学校でそういうもの見せられたらそう書きたくなるよなあと思ったもので、あの時は多くの知識人がそう思ったはずである。そう思うのが、小学生くらいの男子として、普通のことである。ほかの生徒たちが、本当に面白いと思って見ていたのか、単に教師に媚びるという無意識があったのかは、知らない。概して私が、教師に好意をもつということは少なくて、唯一、中学で落語研究会の顧問だった牧野先生の、洒脱でかつ厳しい時には厳しいという姿勢に尊敬の念を持ったくらいである。

そういう件が、また意外な形で私の身の上に降りかかってきた。越谷駅前で交通事故があり、三年生の別のクラスの生徒が、右脚切断という重傷を負ったのである。バスを待っていたところへ自動車が突っ込んだとかいうものだった。新聞の地方版にも大きく出たし、学校でも話題となった。小金井君というその子を、私は知らなかった。ほどなく、膝から下に義足をつけた小金井君が登校してくるようになり、町田先生は、

「からかったりしちゃダメよ」

と釘を刺した。

ほどなく、安藤などと一緒に、校舎の前で、その小金井君にばったり会った。私は彼を知らなかったが、安藤らは知っていて、あれこれと話し始めたが、話はまったく事故には触れられることがなく、「大変だったなあ」といった言葉もなしに、まるで普通にずっと学校へ来ていたかのように進んでいた。私は、不思議な気分がした。と同時に、自分もまた交通事故に二度も遭っているという、妙な連帯意識のようなものがあり、小金井君の右脚が膝から義足であるのを見て、自分が折ったのは左だったな、と思い、

「お前、右かあ」

と口にした。

そのとたん、安藤が、私のほうを見て、

「ああっ」

と言った。

「いけないんだ小谷野、そんな話して」

と、もう一人とが口を揃えて非難がましい目で私を見た。私はうろたえた。事故に触れてもいけないのだとは、思っていなかったのである。安藤は、

「反省会で先生に言ってやる」

と言った。

その日の残りを、私はびくびくして過ごした。安藤は反省会で先生に言うのだろうか、と思いつつ、自分が悪いことをしたとは思っていなかった。安藤が、忘れてしまってくれればいいと思った。

その日は六時間目まであって、終って反省会になり、学級委員が、「今日のことで何かありますか」と言った。私が恐れていると、安藤は「はい」と手を挙げて、

「今日、小谷野君は、小金井君に『お前、右かあ』とか言いました」

と言ったのである。

町田先生は目を吊りあげて立ち上がると、

「小谷野君！　小金井君をからかったりしちゃいけないって言ったでしょう！　『春駒のうた』み

たいになったらどうするの！　放課後、残ってらっしゃい！」

と言ったのである。

みなが下校したあと、私は一人で教室に残って、審判を待ちながら、からかうつもりじゃなかった、と弁明するつもりでいた。それにしても、からかってはいけない、というのが、会話をしていても一切事故に触れてはいけないという意味だとは思わなかった。しかし、何だかその日は忙しいらしく、先生はなかなか職員室から戻ってこなかった。

するうち、ふっと忙しそうに町田先生がやってくると、

「あっ、小谷野君、帰っていいよ」

と言って、自分の机から何かをとると、また慌ただしく行ってしまった。

私は解放された喜びに満ちて帰宅したが、このことは母には言わなかった。だが、その翌日、改めて先生から叱責される恐怖を感じたが、それもなく、結局このことは、それっきりになった。

小金井君は、五年生でクラス替えがあって、私と同じクラスになったが、安藤も相変わらず同じクラスで、小金井の義足は、膝に近いところに小さな穴があり、安藤はそこから指を入れて、脚の切断面の、もうすっかり固まったところをくすぐり、小金井はきゃはは、と笑っていた。私はぞっとするものがあったが、前近代的な農村的な知恵は、こういう形で人と人との関係を馴らしていくものなのかもしれない。私はそれから二十年後くらいに、小金井に会う機会があったが、背の高い偉丈夫になっていて、はじめ全然分からなかった。考えてみれば、片脚が子供の頃に義足化すると、スポーツなどはともかく、一般的な生活をするのにはほとんど差し支えなくなるのだろう。

しかし、私を脅かしたのは、「そのことを語ってはいけない」ということがあるという事実であった。高校生の時に、これと似たことがあった。一年生の時に同じクラスだった横山というのが、二年に進級する際に、クラスで一人だけ落第してしまったのである。新学期が始まって程なく、クラス替えがあったけれど同じクラスになった小島とか二宮と歩いていたら、横山に遭遇した。私は、お、という感じだったが、横山はにこにこしていて、三人はあれこれと話をしていて、落第の話は出なかったが、私は黙っていた。横山と別れると、小島と二宮は、

「けっこう元気だったな」

などと話していて、なるほど、これが例の、重大なことは口に出さないというあれだな、と私は思った。

しかし、安藤にせよ小島や二宮にせよ、こういう場合に、全然関係のない会話ができるというのは、私にはすごい藝当のように思える。もし私が一人で横山に遭遇していたら、絶対「一年生はどうだい」か何か言ってしまうだろう。

かつて私は、これは母が私に、正直であれとは教えたけれど、嘘をついたり黙っていたりする必要がある場合もあることを教えなかったせいだと思い、母を恨んだりしたこともあったが、最近では、人間に関する研究成果と、自分自身のその後とを照らし合わせて、本当のことを言わずにいられない、黙っていることができないというのは、もって生まれた本性ではないかと思うようになった。実際大人になってから、同性愛者にカムアウトされて、それを人に言ってしまったことがあるが、私は嘘がつけないのだから、とにかく私に「秘密にしておいて」のカムアウトはしないでほし

いと思う。医者や弁護士には、職業上の守秘義務というのがあるが、私はカムアウトの相手という職業を選んだわけではないのだから、言論の自由の侵害である。

交通事故については、やはり思うところはあって、『宇宙猿人ゴリ』では、五月に、クルマニクラスという怪獣が登場していた。自動車事故に遭った子供の恨みが怪獣となったもので、目は交通信号で、体には自動車のタイヤに轢かれた跡があるという、いいデザインだった。『ウルトラマン』の時にも、自動車事故で死んだ子供の霊が乗り移った怪獣ヒドラが登場しているが、これはまったく鳥型の怪獣だった。

もしかすると、町田先生は、私が交通事故に遭っていたことに気づいて、不問に付したのかもしれない。既に行政レベルで、交通地獄への対策が始まっており、学校の校庭で、生徒らを集めて、自動車が人形を撥ねる場面を実演したことがあった。人形が撥ねられた時、ほかのみなが、どっと笑い声を挙げたが、私は背筋がぞっとした。そのことを私は作文に書いて、当然ながら褒められた。何か全国レベルでの作文のコンクールに出してくれたような記憶もあるが、当選はしなかった。

自動車がわがもの顔に走り回ることへの違和感は、大人になってむしろ募り、大学生のころ木原に、

「本来人間が歩くべき道を車が走りまわってるのはおかしい」

と言ったら、

「はっ、いかにも運動神経の鈍い奴が言いそうなことだな」

と鼻で嗤われた。木原はそのころ自動車免許をとり自動車も購入して、親戚の子供を乗せてやっ

てきて、ドライブにつきあえと言い、じゃあ後藤も連れて行こうと後藤の家へ行って後藤も乗せて、東京湾まで行ったのだが、帰路、信号待ちでエンストした上、次は信号待ちの時に後ろを確認しながら、ブレーキを踏んでいるつもりでアクセルを踏んだらしく、前の車にぶつけて、助手席でシートベルトをしていなかった私は思いきりフロントガラスに頭をぶつけ、木原は狼狽して前の車の運転者と交渉したりして散々だった。

その十月には、NHKのすべての番組がカラー化されたとのことだが、うちはまだ白黒テレビだった。

日記など、私も両親もつけていなかったから、月日を特定するにはさまざまな方法を使うわけだが、ここで特定できるのが、十月二日のことである。これは土曜日で、『宇宙猿人ゴリ対スペクトルマン』がとうとう『スペクトルマン』に改題された日なのだが、その前日『帰ってきたウルトラマン』の次回予告で、怪獣グロンケンが登場した。初めのころ、アーストロンという怪獣が出て、その後でゴーストロンというのが出て、アーストロンの弟だとされていた。その日、松田君が友達と、

「あの怪獣、アーストロンに似てるな」

と、翌週の怪獣の話をしていた。少年雑誌でも、番組が始まる前は、宣伝で、はじめの頃に登場する怪獣を紹介するのだが、その後は、どういう怪獣が出て来るか分からない緊張感を保つためだろう、予告はなかった（実際にはグロンケン）。「サーストロンとかいうのかな」などと、彼らは話していた。少し離れたところで私はそれを聞きながら、

（ベガストロンなんてのは？）

と思ったが、その会話には加われなかった。それほどに、私は疎外されていたのである。それが、十月二日である、と確定できるのだ。

確かその秋ごろから、母は働きに出た。おもちゃ工場で、時々そこから、プラスチックの半端ものや、饐《す》えた匂いのするシールなどのおもちゃの残骸のようなものを家に持ち帰ったりするようになったが、あまり魅力的なおもちゃではなく、ひたすら物悲しかった。私はその頃、タカラから発売された、変身サイボーグ1号という玩具に夢中になっていた。これは男の子向け着せ替え人形で、それまで「GIジョー」のようなものがあったのをベースにして、透明のボディーに、ウルトラマンや仮面ライダーなど、人気の特撮ヒーローの服を着せられるもので、始めはビニール製だった着せ替えは、そのうち布製のものが出て、私はしばしば、着せ替えては遊び、次々と新製品を買った。当時ヒットしたようで、いろいろ製品が出たものだが、人気が沸騰したので、次々と附属品などが発売され、私は小遣いを計算して、何月になったらこれが買える、などと紙に計算をしたのを置いておいて、母に見つかって叱言《こごと》のようなものを喰らったこともある。ところが、調べてみるとこれが発売されたのは一九七二年八月で、私は七三年四月から始まった『新八犬伝』に次第にのめり込んで、特撮ものから離れるのだから、サイボーグ1号に熱中していたのは、一年にも満たないはずなのである。

私が巨大ヒーローの特撮ものが好きなのは、町や山野がミニチュアである、というところから来る幻視が好きだからである。空を飛んでいるウルトラマンが、ピアノ線で吊られているとか、怪獣はゴム製の着ぐるみに人が入っているとか、分かっていてもそれがあたかもまことのように見えるところが、いいのである。これはのちに歌舞伎を観るようになった時に、同じことを感じた。娘を演じているのが、六十近い男であり、装置は舞台の上に作られたものであり、書割の田圃や遠くの山の光景は、いかにもまずい絵でありながら、そこにあたかも本当に、山崎あたりの風景や農村が幻視されるという、その演劇的構造が好きなのである。だから、むしろ現実に近い、等身大ヒーローの、敵方との立ち回りには、あまり興味を感じなかったのである。

あと変身サイボーグには、「変身サイボーグ電話」という電話番号が書いてあって、そこへ掛けると「やあ、私は変身サイボーグ1号だ」とかいう短いメッセージが聞けた。弟と一緒に、二度くらい聞いただけだが、娯楽のない時代には色々工夫があったのだ。

さて、母が働きに出たので、四歳の弟を保育所に入れることになったが、一番近い保育所は、商店街にある中央保育所だった。母は毎日、仕事が終ると自転車で迎えに行っていた。自転車を漕いでいて、めまいのために道路が波打って見えたことがある、と後年語っていたのは、この時のことだろう。

その上、私が病気になったらしい。らしいというのは、病気になったことは覚えているのだが、どんな症状だったかを覚えていないのだ。ここでも、月日が特定できるのは、十一月十三日の土曜日で、午後になって帰宅した私は、友達と遊んでいて、かに屋へ行った。その頃、ガメラのプラモデルというのがあって、小さくて安く、ただセメダインで前後を貼り付けるとできあがるちゃちなものだった。妙なものだが、前にも一度買って作ったのに、その日また買ってきたのである。ところが、ひどくいらいらして、帰宅して遊ぼうとしたが様子がおかしく、母が額に手を当てたら熱があり、私は二階の、父の仕事部屋に蒲団を敷いて寝かされた。その夜は『スペクトルマン』があるから観たかったのだが、母に厳禁されて、憂鬱だったが、薬が効いてうとうとした。八時ころになって、母がちょっとした食べ物を置いて行った。そのお盆に手紙というかメモが載っていて、目覚めた私が見ると、

「今日のスペクトルマンはお兄ちゃんのきらいなカエルがたくさん出たから、見なくて良かったよ」

と書いてあった。最近になって『スペクトルマン』のDVDボックスを買って、初めてその、観られなかった回を観て、実際蛙が気持ち悪いくらい出て来るのを確認して、その日づけが分かったのである。

「スペクトルマン」では、家族旅行か何かで観られなかった時、三ツ首竜という怪獣が出た。二回目は観たはずなのだが、これは八月の放送だったから、夏休み中の登校日に、誰か級友が「あれは別名をミツワクリンスっていうんだ」と言っていて、何だか嘘くさいな、と思ったのだが、あとで調べたら別名はミツワニドンで、ミツワクリンスって何だろうと思った。

それが病気の発端だったかどうか、覚えていないのだが、母に連れられて何度か耳鼻科へ通ったのも、病臥していたのも覚えている。越谷市の中心を南北に流れる元荒川《もとあらかわ》は、市街地の東側で東西

に分かれ、一本は西へ向って、市街地の北側を通っている。その北側は、どうやら昔は越谷宿の中心だったらしく、北越谷駅の周辺に、古い街並みの痕跡とも言うべき古びた商家や土蔵などがあり、中央郵便局も川を渡ったところにあった。商店街のある町の東側を、もっと南の方で分岐した四号国道という、今では旧国道になったものが走っていて、そこに大きな耳鼻咽喉科があった。繁華街から外れたところだったので、妙に寂しい印象を与える医者だったが、そこで私は血液検査を受け、気管支炎と診断され、通院のほか、母は、食生活の改善を命じられたのである。肉類を避け、植物を摂ること、それによって、酸性が強い血液をアルカリ性に変えることであった。子供の私には、この酸性×アルカリ性という対が頭にこびりついた。

気管支炎といっても、咳が激しく出るなどということはなかったから、子供心にも不思議な気持ちはした。もしかすると、この病気だった時期は、翌年まで持ち越したのかもしれず、しばらくして再度血液検査をして、アルカリ性になりましたよと言われたのは覚えている。

風邪を引いても私はもっぱら鼻炎で、咳に苦しむとか声が出なくなるとかいうことはなかった。鼻が悪いのは遺伝のようで、母も若い頃、鼻が悪く、蓄膿症の手術をした、と言っていた。母は中学校を出て水海道の中心部にある信用金庫に勤めていたが、自分で金を貯めて手術をしたというから、まだ十代の頃だったのか。麻酔をしていても、頭だから、がりがりと削る音が響いた、などとまるで怪談めいた話を聞かされて、私も慢性蓄膿症だから、まだ小学一年生の頃だったか、鼻の悪いのを放っておくと、頭が悪くなるといって母に脅されたのだが、そういうのが当時の蓄膿症手術の広告などで流布していたのだろう。私は二度目の交通事故で入院していた時、

「ねえ、お母さん、鼻づまりを放っておくと頭が悪くなるってホント?」

と訊いたら、うそ、うそよ、と言ったが、あとで聞いたら、あまり不安そうだったからそう言っただけだ、と言っていた。しかし実際は嘘を母が信じていたのである。

だが母はずっと私に、折りあるごとに、手術しろしろと言っていて、とうとうカナダ留学前に、しておけと言い渡されて、その頃塾で教えていた高校生に教えられた、八重洲の耳鼻科というのへ、なぜか池袋から有楽町線を使って、内心はがたがた震えながら行ったものだが、医者は、そうすぐに手術しなければならないほどではない、と言ってくれて、激しい解放感に包まれて家へ帰ったものだ。それからほどなく、新聞の地方版に、地元の市立病院で蓄膿症の手術をしたら右目を失明してしまい賠償金支払いになったという記事が出て、母に見せて、ああやらなくて良かったねえ、などと言ったものだった。

うちはキリスト教とは何の関係もないのだが、なぜか家に、赤い表紙の、小型の新約聖書があった。あとになって母に訊いても、

「何であるんだろうねえ」

と言っていたが、その後の二度の引っ越しでもそれが捨てられることはなかった。母が亡くなった後で、法事に来た母の長兄に訊いたら、それを見ていて、

「ああ、これは、鼻の手術の時に買ったんだ」

と言った。

さて、食生活の改善を言い渡された母は、敦は寅年だからとか言って肉ばかり食べていたからい

けないんだと言い、即席ラーメンの類も一切禁じられて、母は独自の食餌療法《しょくじ》を始めた。まず、にんにくの焼いたのだが、これは醤油をつけて食べると美味しかったが、泣かされたのはにんじんジュースである。今なら野菜ジュースの美味しいのが豊富にあるし、当時でもトマトジュースはあったはずだが、それを思いつかなかったのか、高くつくからか、自分でにんじんを絞って作るのだが、その苦くてまずいこと、いつもおちょこに入れるのを渡されて、良薬口に苦しとばかりに、ぐいっと呑んだものである。

しかし、仕事が終ったあとで、私を病院に連れていき、その帰路に弟を保育所へ迎えに行ったりしたのだから、さぞ母は大変だったろうと思う。しかもある時、病院から帰ろうとしたら、私の靴がなくなっていたという事件があった。確かに、私の靴と種類が同じで、しかし明らかに私のものよりぼろぼろになったものがあった。靴を失ったのも痛手だが、とにかく今、どうやって帰るかが問題だった。母は、苦りきった顔つきで、それを履いていくか、裸足で行くか決めなさいと冷たく言った。もう外は夕暮れどきになっていた。私は、裸足で帰ることにしたが、靴下を脱がなければならなかった。

私は、裸足で自転車に乗る自分が、そんなことを気にしていないというふりをしなければならないと、なぜか思った。それで、弟を迎えに行った保育所で、裸足を気にしていないとアピールするつもりで、すべり台で遊んだら、足の裏に木の繊維が刺さってしまった。ひどく惨めな気分で、帰路についた。

学校を少しは休んだのだろうが、長期に休んだ記憶はない。それでも、二階の父の仕事部屋で、昼間蒲団を敷いて寝ていたのは覚えている。その当時、今ある越谷図書館はまだ出来ていなくて、市役所の向いに、市民会館というボロな建物があり、その中に図書室があるだけだった。今ではその場所には、やはり市民会館だが、ポストモダンの出来そこないみたいな妙な建物が建っている。母はその図書室から、病臥している私が読むための本を借りてきた。その頃新聞で紹介されていたからと言って借りて来たのが、石森延男《いしもりのぶお》のファンタジー児童文学『パトラとルミナ』（一九五九）で、これはなぜか全部読んだ。あとは、子供向けのシャーロック・ホームズものがあって、これで「銀星号事件」や「まだらの紐」を読んだのを覚えている。

私の頭の腫瘍は、腫瘍であるということすら私は四十近くなるまで分からなかったくらいで、級友たちには「十円ハゲ」と認識され、さらには「円形脱毛症」という全然別の病気だという風説が流れて、からかわれることもあった。中には、真剣な顔つきで、「小谷野、怒らないで聞いてほしいんだけど、頭のそれ、医者へ行って注射してもらったほうがいいよ」などと言うのもいた。つまりこのまじめそうな生徒が「円形脱毛症の子がいる」と親に言い、親からそのように言われたのだろう。

子供のころ、母方の親戚が集まって何かするということがあり、私もそれに参加することがあった。すると、スルメや柿の種にピーナッツが出て、ビールが出され、時には寿司の丸い桶がとられたりして、そこで大人たちがあれこれやっているわけだが、子供用にサビ抜きの寿司をつまんでも、別に美味しいとも思わなかったが、まあ寿司というのはサビ抜きで食べてもうまいものではないだろう。スルメや柿ピーも別にうまくはない。イトコと遊ぶのが楽しいこともあったが、そのうち夕方になって、つけっぱなしのテレビから「笑点」が流れ始める。当時の司会者は三波伸介だったが、私はそんな時、ああ日曜が終わる、明日は学校だなあという憂鬱と、タバコの煙やビールの匂いがたちこめる空間に、何だかやりきれないつまらなさを感じるのであった。

最近、新進の小説家や、ある種の日本映画が、こういう、親戚が集まってビールが出てスルメや柿ピーを食べるみたいな情景を、いいものであるか、何かある情感を醸《かも》し出すものであるかのように描くのに時々出くわす。私はそういうのから逃げたいと思って生きていて、今はおおかた逃げ出せたと思っているが、そういう情景を作る小説家や映画監督は、私と同世代か年下だが、そうでもないのだろうか、とちょっと不快な気持ちで感じることがある。

小学三年のころだろうか、親戚ではない大人の客二人くらいが父を訪ねてきて晩酌していたことがあった。忙しく立ち働いていた母は、手持無沙汰な私に、お銚子に入れた酒を渡して、これを台所で湯が沸いているヤカンに入れてきてちょうだい、と言った。私は持って行って、中身をどぶどぶとヤカンの湯の中に入れたことがある。「あらっ」ということになって、私はしょげたが、母は笑い話にしていた。今でも、銚子を湯の中に漬けている場面を見るとこのことを思い出す。

そういえば大人の会話を聞いていると「賭ける?」というようなセリフがあって、私は、賭けると何が面白いんだか分からなかったし、のち競馬にはちょっと興味を持ったことがあるが馬券を場外馬券売り場で一度買っただけだし、ドストエフスキーの『賭博者』も理解できなかった。自分が選んだものに賭けて当たると面白いという感覚がついに分からなかったので、色々な大人の文化を理解できていない。そのせいか「貸しがある」とか「借りがある」といったセリフの意味を、えーとこの人がこの人に借りたわけだから、返さなければいけないという気持ちがあるわけだな、と考えなければ理解できない。まああまり現代において「貸しがある」なんて言う人はいなそうだが。

子供のころ私は、泥棒に入られた人の被害は、警察が償ってくれるものだと思っていて、母から、そうではなく、盗まれたらそれっきりだと聞いて、ショックを受けたことがある。

うちの両親は生地を離れて生きていたから、あまり友達はいなかったし、母が姉妹とつきあう以外には親戚づきあいも、家へ来るという形ではほとんど存在しなかったから、のち映画や小説で、盛んに伯父さんや伯母さんが出てくるのを見て、世間の人はずいぶん親戚づきあいをするもんだなあ、と私は思うようになった。

母の姉は私たちが越谷へ来てから、うちとスーパーのマルヤの間に転居したが、転居前の家へ遊びに行って、イトコのミユキちゃんと歌を歌わせられたのを覚えている。当時まだカラオケはないが、マイクがあって、歌え歌えと言われ、幼稚園のころは「函館の人」を熱唱した私が、恥ずかしがる自我が芽生えていて、ミユキちゃんと、廊下のほうへ姿を隠し、小さな声で、学校で習った「アマリリス」を歌ったものだ。

母は、私が何か歌を歌ったりすると、「ご詠歌《えいか》みたい」とよく言ったものだが、私は「ご詠歌」というのが何だか知らなかった。仏僧が集団でお経を歌いあげるもののようだが、果たして母は「ご詠歌」がどういうものかちゃんと知っていて言っていたのか、単に「ご詠歌みたい」というのが常套句として伝えられていただけなんじゃないかと思っていて、それなら「ご詠歌って何」とちゃんと聞いておけば良かったとも思う。

そういえば永井豪の『デビルマン』に、理性があるとデーモンと合体できないという話が出てくるが、それを読んだあと、母が何かの話のおりに「敦はまだ理性がないから」と言ったので、あ、ないんだ、と思ったことがある。まあ、なかったようなものだろう。

『帰ってきたウルトラマン』の方は、のちに「十一月の傑作群」と呼ばれる四つないし五つの名作が放送されていた。囮《おとり》怪獣プルーマの登場する「悪魔と天使の間に…」、西部劇のパロディになっている「落日の決闘」、上原正三《しようぞう》が脚本を書いた傑作「怪獣使いと少年」、プリズ魔登場の「残酷！光怪獣プリズ魔」は十二月で、朱川審《あけかわしん》という謎の人物が脚本だったので、レギュラー出演していた岸田森《しん》が書いたのではないかと言われていたが、佐々木守だったことが分かった。中でも傑出していたのが、「怪獣使いと少年」である。

身よりのない少年が、ボロ小屋で正体不明の老人と一緒に暮らしているが、宇宙人だという噂が立って、不良中学生たちがいじめに来るのを、郷秀樹が助ける。しかしその老人は、かつて地球を調査に来て、宇宙船を地中深く沈めたものの、地球の汚れた空気のため病気に罹って帰れなくなったメイツ星人であった。しかし、少年が超能力を使ったために、町の人たちが、宇宙人をやっつけろと言いつつ押しかけ、郷が押しとどめるのも聞かず、小屋の中から、杖をついた老人が、子供に罪はない、と言いながら出て来るのを、怯えた警官がピストルで撃ってしまう。メイツ星人が川の向うに隠したという巨大魚《きよだいぎよ》怪獣ムルチが出現するが、郷は絶望のあまり坐り込んでいる。そこへ、なぜか巡礼姿の隊長（根上淳）が現れて、「郷、分かってるのか。町が大変なことになってるんだぞ」と言い、郷はウルトラマンとなってムルチを倒す。最後に、少年が宇宙船を掘り返そうとして穴を掘っているのを、小屋から、郷ともう一人の隊員が見ながら話している。「あの子は、もう地球にいたくないんだよ」。

書いていて涙が出るほどの名作であるが、当時の私には分からなかった。なお上原のシナリオは刊行されているが、品切れとなって今は古本で高値がついている。そこでは、少年にパンを売ってあげるのはパン店の娘ではなくレギュラーの榊原ルミになっている。実は最初の撮影ではこのシーンもなく、暗すぎるというので局側に撮り直させられたのだという。

実は新ウルトラマンの顔は、旧ウルトラマンと一見同じように見えるが、実は違っている。旧ウルトラマンは、三つのマスクがあって、初め使われたのは、皺があって、口のところが横に筋が入っているだけで笑っているような顔で、その後、口を例の「ウルトラ口」にデザインして全体にクリーンナップしているが、それも、口の大きいのと小さいのと二種類ある。新マンは顔は統一されていて、旧マンより目と口が小さく、優しい顔だちになっている。

昭和のウルトラシリーズでは、セブンを最高傑作とするのが一般的で、それには異論はないのだが、私には近ごろ、『帰ってきたウルトラマン』を最高傑作とする見方もありうるな、と思えてきている。そういう意見はほかにもあるのだが、私の場合は、交通事故に始まり、転居と転校、病気と、垣間見られる家の経済的困窮といったものが簇出《そうしゅつ》したこの一九七一年の自分と、密接に結びついているのだ。

セブンは宇宙人が人間に姿を変えたもので、その私生活はまったく描かれない。旧マンのハヤタは人間だが、私生活はやはり描かれない。それに対して郷秀樹は、孤児で、坂田氏（岸田森）のところに身を寄せており、十二月には、ナックル星人の陰謀によって、坂田氏と、その妹で郷の恋人でもあったアキ（榊原ルミ）が惨殺されるという悲惨な展開を迎える。この、全体に漂う悲哀感が、この年の私の個人史とぴったり一致して、それゆえに傑作と見なしたくなるのである。

「帰ってきたウルトラマン」には「戦闘曲」と呼ばれるメロディーがあり、戦いになると流れるのだが、私はこれがひときわ好きである。主題歌はすぎやまこういちだが、劇中の曲は冬木透《とおる》である。「ウルトラマンA」の戦闘曲は、午後三時ころ始まる奥様番組の主題曲になんだか似ていた。「ウルトラマンタロウ」にはなぜか「ウルトラセブン」とともに戦闘曲がなく、「ウルトラマンレオ」は中身がスポ根を当て込んでいてくだらなかったが、「真紅の若獅子」と俗に呼ばれている戦闘曲はやっぱり冬木透だからすばらしい。「帰ってきたウルトラマン」の戦闘曲は「夕日に立つウルトラマン」と題されているが、どういうわけか帰ってきたウルトラマンは夕日の中で物悲しい戦いをするのが似合っている。

七一年十二月には、勁文社の『原色怪獣怪人大百科』が刊行された。書店で見つけた私は狂喜して買ってもらい、夢中になった。これは縦横の大きさは文庫版と同じだが分厚く、中も書籍ではなくて、八倍の大きさの上質紙の裏表に八体ずつの怪獣・怪人を紹介して、それを折ったものが詰まっている特殊な形態だったが、「ゴジラ」以来すべての映画・テレビの怪獣・怪人を網羅したものだった。『怪獣王子』の「鳥人」や「鳥人指令」、『ウルトラQ』の、人間が巨大化した「巨人」まで載っており、東宝の特撮映画に出た「ガス人間」や「透明人間」までいる本格派だった。この本は、入社したてののちのノンフィクション作家・佐野眞一が編集したもので、ベストセラーになり、翌年にはそれと同じくらいの分量を集めた第二巻が出たのだから当時の特撮ブームの勢いが窺われて恐ろしい。「原色」という題名にもぞくぞくするものがあったが、これは映画がカラーになり始めた時代の「総天然色」表示と同じで、まだ図鑑類が白黒だった時代からあと、カラーになった時代の表示が残っていたわけである。

私はこの「本」と首っぴきで怪獣映画の年表や、怪獣番組の作品リストを作った。その後「ファンタスティック・コレクション」などで一般化した図表で、こういう表作りが好きなのは今でも続いているが、これも親たちが心配して、四年生になったらやめるように、と言い渡され、それでもこっそりやっていた。それもまた、五年生になると次第にやらなくなったので、六年生になる頃は、『ウルトラマンレオ』も面白くないので途中で観るのをやめたし、特撮ものはほとんど観なくなっていたのだ。小学校三年から六年までの四年で、子供が大きく変わるのは当然のことだから、黙って見ていればいいのに、親というのは苦労症なものだ。もっとも怪獣好きは今でも続いてはいる。

怪獣の名前も、意味がありそうだと思ったら考えた。「マグマ大使」に出て来た「サンドラゴン」という怪獣を発見して、これは何か意味がありそうだと思い、父に、

「お父さん、サンドラって何？」

と訊くと、父は、それが怪獣の名前だと知って、「それは、砂と関係ないかな？」と訊く。私が、そういえば砂の中から出てくる怪獣だ、と言うと、「サンド」というのは砂だよ、と教えてくれたりした。それは一緒に風呂に入っていた時だった気がする。そういえば、父の腹にはひっつれのような傷痕があり、私は、盲腸でも切った痕かなと思っていたが、盲腸を切った痕がそんな風に残る

ものかどうか知らなかったし、そのことは結局一度も訊いたことがなかった。

そういえば、三年生のころだったか、父が、平方根の覚え方を教えてくれたことがあった。2の平方根は1．41421356で「ひとよひとよにひとみごろ」、3の平方根は1．7320508で「ひとなみにおごれや」、5の平方根は2．2360679で「ふじさんろくおうむなく」だというので、私はすごいことを教わったような気がして興奮したが、「おごれや」のあたりには「大人の男」の酒臭さを感じ、「富士山麓オウム鳴く」には、樹海めいたところにオウムが描かれた気味の悪い絵を想像したりして、一方で面白く、一方で怖かったりした。

そのころ、私は自分が漫画を描いたり、そういう怪獣に関するリストを作ったりするのを「書きもの」と読んでいて、一日の時刻表を作る必要がある時など、四時から五時まで「書きもの」と書いていた。それが中学生になると、歴史小説の系図作りや登場人物の整理になり、結局は生涯「書きもの」をして過ごすことになるのであった。

三年生の秋ごろだったか、先生が「様子」という字を書いて、読めるか、とみなに言った。みな手をあげて思い思いに答えたが、私は「ひょうし」とか言った気がする。結局当たった生徒はいなくて、先生が「ようす」だと種明かしをした時、私は、自分も知らない漢字があるのか、と（当たり前ではあるが）ショックを受けた。

その十一月から十二月にかけて、特撮ブームの第二弾として、『ミラーマン』と『シルバー仮面』が始まった。しかし、いずれも日曜の午後七時からで、『ミラーマン』は円谷プロの製作でフジテレビ、『シルバー仮面』は宣弘社でＴＢＳだった。私は悩んだ挙句、多くの他の子供と同じように、円谷で、巨大ヒーローの『ミラーマン』を選んだが、第一回の始まりは『シルバー仮面』が一週だけ先んじたので、それは観たのではないかと思う。結局『シルバー仮面』は、『ミラーマン』との視聴率競争に負け、十一回から『シルバー仮面ジャイアント』として巨大ヒーローものに変わった。『ミラーマン』は、主題歌も華やかで、怪獣が二度登場するあたりは『ジャイアントロボ』などの仕様で、子供としてはそれなりに楽しんでいたが、一年間続いた内の後半で、ジャンボフェニックスが登場した後のほうが華やかさが増したようだった。しかし、最近ユーチューブで放送を観たら、シナリオも特撮もあまりにひどいのに改めて気づいた。市川森一、上原正三、佐々木守といった有力シナリオライターが「ウルトラマン」と「シルバー仮面」に回っているのだから当然で、むしろ『シルバー仮面』は、序盤でもたついたが、大人向けともいうべきストーリー展開で、その後はむしろ人気が高く、私も再放送で観て、強い印象を受けたものだ。

『ミラーマン』については、ある思い出がある。日曜の朝、私は二階の父親の仕事机のある和室に寝ていた。越してきてから数年は、家族全員でこの二階の部屋に寝るのが習慣だったのだ。すると、隣の家から、何か音楽が聴こえてきたのである。それが、遠いために、低音部しか聴こえなかった。ズンズズ、ズンズズ、という音を聴いているうちに、私はそれが『ミラーマン』の主題歌であることに気づいた。そして母に、『ミラーマン』のレコードを買ってきてくれと頼み、母はそれを買ってきてくれた。

十二月二十一日に、私は九歳になったが、その日何があったかは覚えていない。一九七二年が明けると、ＮＨＫで少年ドラマシリーズの第一弾『タイムトラベラー』という、筒井康隆の「時をかける少女」を石山透が自在に長編化したものが始まり、これは面白く、また何か今までにないものを観たという清新な気分だったのは、最初が正月だったせいもあろう。少年ドラマは、それから一九七八年三月の、石坂洋次郎原作の『寒い朝』まで、六年強続いて終ったが、それは私が中学校を卒業して、暗い高校時代へ入っていった時期と合致していた。なおその後も、散発的に「少年ドラマ」を名乗るものは放送されているが、実質上、『寒い朝』が最後である。

越谷へ来てから半年ほどして、私は家の周辺の地図を描いた。しかしこれがなかなか厄介であることに、ほどなく気づいた。道は必ずしも縦横十文字に走っているわけではないからで、描いて行ってもあっちとこっちでずれてしまうし、時には、なんでこの道がここでこうつながるのか分からなくなったりした。わら半紙に描いていくので、はしまで来ると別の紙を継ぎ足した。あとで本屋で「越谷市街図」を買ってきて照らし合わせ、いかに道がまっすぐに走っているわけではないかを知って、ちょっと愕然とした。当時の私には幹線道路という概念がなかったから、たとえば自動車で東京から仙台へ行くのはさぞかし大変だろうなあ、と思ったもので、そういう時は広い幹線道路を走っていって、現地へ着いてから細かい道を通って目的地へ行くのだということを、あとになって理解した。

私は、地図を見るのが好きだった。確か台所の壁に貼ってあった世界地図、また冊子の形であった日本地図。世界地図では、インドの東と西にパキスタンが分離しているのを面白く感じていた私は、越谷へ越してくる直前の三月に、東パキスタンがバングラデシュとして独立したことを、まだ知らずにいた。その世界地図では、大陸に中華人民共和国があり、台湾に中華民国があってそれぞれ赤い字で国名が書かれていたが、七二年二月に米国大統領ニクソンが訪中をし、それが遂には「中華民国」を地図から消滅させることになるとは、幼い私の知るところではなかった。学校などには、ナイジェリアのビアフラ内戦の、飢餓のため腹の突き出た子供を写したポスターが貼られて、反戦を訴えていたが、私の頭の中では、いや多くの日本人には、「ビアフラ」という地名は、その子供と結びついてしまっていただろう。南米のリオデジャネイロを、私は長いこと「リオデジャイネロ」だと思い込んでいたし、アルジェリアとナイジェリアがあるなら、アルゼンチンとナイゼンチンがあるだろうと思っては探したりした。あとで小学生用の地図帳を手に入れると、これもあちこち見た。香港のところに「九龍」という島があって「カオルン」とルビが降ってあるのを、面白く感じたりした。

子供の頃に、あまり寒かったという記憶はないのだが、足に霜焼けができてかゆかったのは事実で、ということは寒い思いをしていたということになる。

下校時刻が来ると、ドボルザークの「新世界から」の一部をとった「遠き山に日は落ちて」の音楽が流れるのだったが、私はこの曲はあまり好きではなかった。一緒に下校する木原もそうだったのか、「この音楽、嫌いっ」と言って足を蹴上げたら、靴が飛んで行ったことがあった。木原は当時はやっていた森昌子の「せんせい」を「一億人見つめて泣いていた」みたいに替え歌にして歌っていた。私にはそれは何だか物悲しい思い出である。

一九七二年一月には、グアム島の森の中から、横井庄一軍曹が帰国した。私は、いったいなぜ二十七年も戦争が続いているなどと思っていたのか不思議で、母に訊いた。母は、「だってあの頃は百年戦争って言われて、百年も続くと思われていたのよ」と言った。第一次世界大戦だって四年で終ったのに。当時「横井さん」として一躍有名人となった人は、その二年後にルバング島から帰国した小野田さんとともに、子供も知る人だったが、その人たちが敬礼をして天皇への敬愛を口にするのを見て、

「同じ天皇で良かったなあ」

と、子供の私は思った。私は五歳くらいの時に、日本がアメリカと戦争をして負けたということは母に聞いていたが、それが昭和二十年のことだと知った時には、あまりに最近のことなので驚いた。もっとも「昭和」より前を知らない私は、昭和七年くらいだと思っていたので、それじゃああまり変わらない。

「ライオネスコーヒーキャンディー」のCMが流れる、日曜日の朝の「皇室アルバム」を初めて観た時は、自分と同じくらいの年齢の男の子たちが、生まれながらに特殊な高貴な地位を占めているということに、なぜかエロティックですらある興奮を覚えて、自分もそうなりたい、とまず思い、しかしそれは無理なので、将来偉くなってこういう人たちと面会したい、と思った。学校でテストを受けている時に、そんな思いが激しく萌してきて、テストの裏に鉛筆で「えらくなりたい」と刻み込むように書いて、消しゴムで消したりした。そういう心性が潜伏した後で噴出したのが島田雅彦なのだろうと思うし、そのまま素直に育てていく人もいるのだろう。しかし、五年生の時の担任だった小林先生は、若くて小太りの男で、「君が代なんてのは、本当はいけないんだ」と言うような人だった。後で、あの先生は熱心な日教組だった、と聞いた。

七二年一月から、アニメ「月光仮面」が放送されていた。私はもちろん、最初の実写版「月光仮面」のことは知らなかった。アニメの主題歌は、歌詞は元のものと同じで、それを現代風にアレンジしたものだったが、エンディングの副主題歌は、これも川内康範《こうはん》の作詞で、なかに「愛と正義のためならば、何で惜しかろ　この命」というフレーズがあった。これはいかにも川内らしい歌詞で、やはり川内原作で作詞した「レインボーマン」の主題歌にも、「たとえこの身が　どうなろうと」といった歌詞があり、命を惜しまず悪と戦うというニュアンスが濃厚で、戦中派らしい川内の思想をよく現していた。そして私は、その「月光仮面」のドーナツ盤レコードを買って聴いていたが、後になって、その「何で惜しかろ　この命」というところに、ある種官能的とも言うべき感動と、惧《おそ》れを感じたものである。恐らく、日清・日露戦争や太平洋戦争に熱狂した軍国少年も、似たような官能に浸っていたのだろう。そして、それが維持されるような環境であれば、三島由紀夫のようなところへ行きついたのだろう。

その冬は、日本じゅうの人々が、札幌冬季オリンピックに熱狂していた。特にスキーのジャンプがあの時は注目の的で、笠谷、金野、青地による金銀銅メダルの独占。それに、あの「虹と雪のバラード」が良かった。

その冬季オリンピックが終ってほどなく、雪に閉ざされた山中での「あさま山荘事件」が起きた。この事件については、一時期また盛んに、映画化されたり小説化されたり論じられたりしている。だが、私には少しも興味がわかない。その当時も、よく言われる、テレビの中継を息をつめて観るといったこともなかったし、両親がそれについて話すということもなかった。のちに、この事件について少し調べても、それはひたすら愚劣なもので、考えることも不快だった。だから、その犯人たちについて共感をもって語る人々がいるのが、理解できなかったし、今もなおそうである。それは、一つには、両親ともに、あの事件の関係者たちのように、大学へ行っていなかったことと無関係ではないだろう。私はおそらく母から、裕福な家庭に生まれて大学へ行った者たちの、政治活動の果ての内ゲバという醜い犯罪に対する、抜きがたいまでの反感を、何とはなしに植え付けられていたのかもしれない。

二月に「みんなのうた」で放送された「小犬のプルー」は、本田路津子《るつこ》が歌った、寂しくて好きな歌ではなかったが、記憶に残るものだった。作詞の林権三郎《けんざぶろう》は、青森県出身の詩人で、続編の「ぼくのプルー」や、謎めいた「ふぃふぃ」を作詞しており、寺山修司の周辺にいた人らしい。「一人ぼっちのぼくが」野良犬のプルーと仲良くなるが、引っ越しすることになってプルーと別れてしまい行方が知れないという歌だ。私は「一人ぼっち」というのを、天涯孤独の孤児という風に理解したから、それがなんで引っ越しをしなければならないのか分からず、母に訊いたら、「一人ぼっち」というのは親がいないということじゃなくても、友達がいないとかそういう意味なんじゃない、と教えてくれたということがあった。

三月には、久しぶりにゴジラ映画『ゴジラ対ガイガン』を観に、おそらく母と弟と一緒に丸の内まで出かけた。ここから数年、ゴジラは、アンギラスなどの脇役怪獣とともに、新しい悪玉怪獣と戦って倒すというパターンを数年続けて、第一次ゴジラシリーズは終わるのである。ガイガンとの戦いは、胸に電動ノコギリをとりつけた宇宙怪獣のためにゴジラが血まみれになる場面があって、やや気分が悪かった。ゴジラの生みの親である円谷英二は、子供が観るものだから、流血はさせないという方針だったが、一九七〇年に死去して、息子の円谷一が後を継いでいた。そのためだったろうが、その一も翌年に若くして死去する。

この『ゴジラ対ガイガン』はちゃんと最初から観た気がするが、当時の映画観客というのはぞろっぺえで、時間を調べずに来て、映画の途中から入り、終わるとまた最初から観て、自分が入ったところまで来ると帰る、などということを私たちはやっていた。変だが、映画を観るというのはその程度にしか考えられていなかったのである。のちにストリップを観に行くようになって、適当な時間に入って適当に出てくるというやり方が、まさに昔の映画の観方と同じだと思ったものだ。

特撮ものは全部観るつもりでいても、裏番組になってしまうと、それはもうどちらかを選ぶしかない。子供は、子供向け雑誌で、新番組情報を得たものだが、『スペクトルマン』が終って『快傑！ライオン丸』が始まるのを楽しみにしていた私は、『変身忍者嵐』という、似たような時代ものの変身ものが始まるのを知り、驚いたのを覚えている。しかし『嵐』は、『帰ってきたウルトラマン』の後番組である『ウルトラマンA』の裏番組だったから、遂に観ずじまいだった。

そういう子供雑誌の情報による番組名が、直前になって変わるということがその頃はよくあって、『ウルトラマンA』も、当初は『ウルトラA』で、『ウルトラマン』『ウルトラセブン』『ウルトラA』と揃えるつもりだったのが、直前になって「ウルトラA」という薬が商標登録されていることが分かり、「ウルトラマンA」に変えたことが、その後の「ウルトラマン」シリーズの運命を決めた。おかげで、五十人近く「ウルトラマン」がいるようになった現在、ウルトラセブンだけが「マン」がつかず（ウルトラの父やウルトラの母を除けば）、若い人から「ウルトラマンセブン」などと言い間違えられたりしている。子供雑誌では、題名が変わった言い訳に、本来はウルトラAだったが、地球へ出発する前に、ウルトラの星の指令で改名した、などと書いていたが、子供心にも、ウソつけえ、と思ったものだ。

さて、四年生になった時は、クラス替えはなく、五年、六年になる時はクラス替えがあり、三、四、六年と同じクラスだったのが、小杉美奈子という、小学校時代に好きだった子である。幼稚園の頃から、好きな女の子というのはいたが、小杉さんによって、私が好きになる女子の原型が定まったようなところがある。小杉さんは、顔は美人というのとはちょっと違うが、ぽっちゃり顔の、強いて言えば、顔だちは『機動戦士ガンダム』のミライ・ヤシマのような人だった。成績はトップクラスで、運動も出来、万事優等生だった。のち大人になって、頭のいい女性が好きだといつも言っていたが、英会話教室で英語を教わったカナダ人女性は、日本の男はバカな女が好きなはずで、アッシがそう言うのはきっと外国文学を読んだせいだなどと、日本人に対する先入観から言ったことがあったが、そうではなくて、この頃からそうだったのである。しいて私に「初恋」というものがあるとすれば、たとえば「初恋の人の名前は？」という「秘密の質問」の答えは、この小杉さんである（だから名前は変えてある）。

小杉さんは明るくはきはきしていて、夏休みの自由研究でも、各種の素材の布の燃え方を調べたり、交通安全のための絵を描かせても、人間の目をひし形にデザインし、「三十秒、待って生きるか待たずに死ぬか」などというかっこいいフレーズを添えてクラスの一等になったりと、目覚ましいものだった。

三年生の時はまだ子供子供しているが、四年生になると、男子の誰それは女子の誰それが好きだなどという話が流布し始める。それは根も葉もないことではなくて実際はたいていそうなのである。私が、小杉さんのことを級友に聞いてノートに書いたりしているのを見て、皆が囃し立てたことがあったのは、四年生の、恐らく七月か夏休み明けだろう、というのは、その時数人が、麻丘めぐみの「芽生え」を歌って囃したからで、これは七二年六月発売のデビュー曲だった。ところでその、誰それは誰それが好き、というのは決まった組み合わせがあって、二人の男子が一人の女子を好きだと言われている、といったケースがなかったのは、単なる遊びに近かったからだろう。

女子男子を問わずいじめはあったが、小杉さんは、いじめる側にもいじめられる側にも、余りならなかったが、いっぺんだけ、小杉さんが悪童どもに言葉いじめをされて泣き出したことがあった。

四年生になってからだろうが、小杉さんは松田君を「マッくん」と呼び、松田君は小杉さんを「コスッさん」と呼ぶようになっていたが、別に二人がどうこういうわけではなくて、誰の目にも、松田君と小杉さんは、クラスの王子様と王女様のような存在だった（スクールカーストで言うとジョックとクイーンビー）。だが私は、別に松田君に嫉妬はしない。最近は、小学生もセックスをするなどという報道があるが、まさかにその当時そんなことはなくて、小杉さんとデートすることを望んだわけですらなくて、ただ、ぼおっと憧れたり、住所を記憶したりしただけである。

五年生になって小杉さんと別のクラスになって、同じクラスに結構美人の子はいたのだが、小杉さんに対するような気持ちにはならなかった。根っからの優等生好きなのである。卒業すると、小杉さんは西中学校へ行ってしまい別々になるので、その間際に、ちょっとした「元気でいてね」というようなことを書いた手紙と贈り物をくれた。もちろん私だけにくれたのではなかったが、全員に上げたわけでもなかった。それっきりで、いっぺん同窓会があったが、小杉さんは来なかった。中学校では、三年間、小杉さんのように好きになる子はなく、三年生の夏から、女優の竹下景子さんに憧れて、結婚したいとまで思った。高校は男子校で、だから私が、生身の女性を好きになるのは、予備校へ行ってから、ということになる。

四月からNHKで八時から「明智探偵事務所」という、江戸川乱歩の明智小五郎を原作にした連続ドラマが始まった。小杉さんがこれを観ていて話題にしていたので、さっそく母に「明智探偵事務所」を観たいんだけど、と言ったのは、うちでは子供は八時に寝ることになっていたからで、今のように、小学生が塾に行って帰りが十時過ぎになるなどというのが普通の時代には信じられない話かもしれないが、当時はそういう堅い家というのがあったのである。そのくせ、私は宵っぱりで、なかなか眠れなかった。

母は明らかにNHK好きで、放っておけばNHKを点ける。当時のテレビのチャンネルというのは、今のとは全然違う、丸いチャンネルを、がちゃんがちゃん、と音を立てて動かして変えるものだったが、だから私は、NHKの番組だし許して貰えるだろうと思ったのが、意外にも母は、「ダメ」と言ったので、私は落胆したものである。これも今思うと、母がその番組を観ていたのかどうか知らないし、ビデオなどがないから確認できないが、子供に見せたくない色模様でも描かれているか、母がそういうのがあるんではないかと考えたのだろう。

小中学生の時、音楽の時間には盛んにリコーダーを吹かされたが、リコーダーを始めるのは四年生からなので、四年になった時に買わされた。リコーダーはドイツの楽器で、日本の小中学校に導入されたのは昭和三十四年（一九五九）で、きっかけとなったのは音楽学者の坂本良隆（一八九八—一九六八）という人が、ナチス・ドイツのベルリン・オリンピックで、少年少女が合奏するリコーダーの音楽に魅了されたからだということだが、ナチスがからんでいるせいかあまり知られていない。しかしうちにはピアノとかその類がなかったから、それから大学生になってピアノを買うまで、楽譜だけあって曲が分からない時は、リコーダーを使って曲を確認していたのだった。リコーダーは真ん中で二つに分解でき、らくだ色のビニールの模造皮の袋に入っていた。

四年生の時だったか、日曜日の朝、起きてくると弟が大声で泣いていて、「お父さん大丸《だいまる》行っちゃったー」と叫んでいた。母に訊くと、父が、今度日曜に八重洲口の大丸連れてってやるから、と弟に言っており、弟はそれをよほど楽しみにしていたらしい。その日、父が駅前に用事があってバイクで出かけたのを、自分を置いて大丸へ行ってしまったと思い込んだ弟が泣き出したということらしかった。もちろん母は違うのよ、ちょっと出かけただけよ、と言っていた。

その七月から始まった、『仮面ライダー』『嵐』に続く石森章太郎原作の『人造人間キカイダー』も、当初の予告では『人造人間ゼロダイバー』だったし、手塚治虫原作の『ミクロイドS』は、アニメだったので私は観なかったが、当初は『ミクロイドZ』で、しかしスポンサーが当初シチズンだったから「Z」だったのに、セイコーに変ったため、「S」になったとか、「ゼロダイバー」は、視聴率がゼロへ向かってダイブするみたいだと局側からクレームがついて変えたとか、もう「大人の事情」満開な世界であった。当時も「キカイダー」なんて間抜けな名前だと思ったが、登場するロボットは「ビジンダー」だったり、このあたりからのちの「キョーダイン」「カゲスター」みたいな、子供の私から見てもだらしない日本語の使い方の世界へとぐずぐず崩れていった気がする。

四年生に上がるに当たって、クラス変えはなくて、担任だけが変わると言われていた時、みなが、新しい担任がどういう人か、と不安と期待を抱えつつ教室にいると、後ろから町田先生がにこにこしながら入ってきて、松田君が、

「あっ、町田せんせーい！」

と叫んで後ろ向きに床の上をすべって見せた。町田先生も、そんな松田君を、「マッくん」と呼ぶこともあり、かわいがられているな、と思った私は、妬ましいとも羨ましいともあまり思わなかった。人種が違う、という感じで見ていた。

新しい担任は、佐々木という男の教師で、いくらか理想家肌の、熱血教師を気取ったような教師だった。教室の後ろに、掃除用具などを入れる物入れがあったが、佐々木はほどなく、そこで蛇を飼い始め、時おり、授業を休んで、生徒たちを引き連れて、学校の裏手の野原へ、蛇とりに出かけていた。私は、蛙は嫌いだったが、蛇はそれほどでもなかった。とはいえ、嫌な生徒だっていただろうに、果してずっと飼い続けていたのか、それとも途中で父母から苦情でも出てとりやめにしたのか、はっきり覚えてはいない。おそらく、大学を出たての新任だったのだろう。

佐々木は、クラスのテーマソングとして、フランスのシャンソンに阪田寛夫が訳詩をつけた「君たちは太陽さ」を生徒たちに教えて、しばしばこれを合唱させた。これは昭和四十年（一九六五）

に「みんなのうた」で放送したものだが、私は聴いた記憶はなかった。

山の彼方　海の彼方　世界中の子供たち
歌を歌え　声を高く　君たちは太陽さ

という歌いだしで、途中で短調に転じて、

大人はいつも一人で　時々ため息をつく
大人はいつも一人で　くよくよ心配ばかり

というのだが、私は子供心にも、何もつらかったり苦しんだりするのは、子供だって同じではないか、と思った。「一人で」というところが重要なので、子供たちは連帯して困難と戦うのだ、というイデオロギーが入り込んでいたのは間違いあるまい。それからほどなく、「みんなのうた」で放送された「それゆけ三組」などというのは、まさにそういう、欺瞞的な歌だった。「オール五なんか目じゃないぞ、僕らの目標オール百」とかいうのだが、相対評価の世界で、全員がいい点数をとれたりするはずがないのだ。

三年生の後半に、滝田くんという同級生と、時おり遊んだ記憶がある。滝田くんは勉強は全然だめで、いつもにこにこしていた。廊下でかくれんぼなどして子供らしく遊んだのだが、四年生になると、滝田くんは「特殊学級」へ入れられていた。「知恵遅れ」だったのである。ふしぎにも、私はそのことにほとんど気づかなかった。そういう概念がなかったのである。私は滝田くんが特殊学級に行ったと知って、ある日、特殊学級を訪ねて行った。いちばんはじの、階段の向こう側にある教室で、中はヤクルトのような、甘ったるい臭いがしていた。むろん勉強をしているわけではなくて、あたかも幼稚園のように、みなあちこちに座り込んでいた。滝田くんは相変わらずにこにこしていて、特殊学級へ入れられたということ自体を理解していないようだった。

男子小学生のほとんどが、「学校で大便ができない」ということに悩んだはずである。この風習は、どうやら今でも続いているらしい。小便はなぜか問題にならないのだが、いったんトイレの大便所用の室に入ったが最後、

「おー、誰かウンコしてるぞー!」

などと騒がれ、出てくれれば囃し立てられるという目に遭う。だが実際には、ほとんどの生徒は、学校では大便をしないようにしているから、このような場面は現出しないのだが、朝八時前に登校して、仮に二時過ぎに下校するとしても、その間決して大便をすることができないというのは、後から考えれば拷問に等しい慣習である。こうした慣習がいつごろできたのか分からないが、おそらくは戦後の高度経済成長期で、その際に、妙な中産階級的上品志向が生み出したものではないかと思う。

私ももちろん、この慣習に悩まされた一人である。その当時、何度も、女子はいいなあと思ったもので、女子は大便も小便も同じ室だから関係ないのである。そして、学校内でいかなる地位を有

する生徒でも、この掟を逃れることはできなかった。私はしばしば、松田君とか、その他勢力のある悪童なら、堂々と大便所へ入って出てきたりするのではないかと夢想したが、そういうことはなかった。ただ、中学校へ入りたての頃、小学生気分の一年生が、大便所へ入っている者がいるのを見つけ、待ち構えていると、かなり体格も違う三年生が出てきて、みな何も言えなかったという情景があったことだけ、覚えている。

三年生の時だったか、給食を食べたあとから、腹具合が悪かったらしく便意を催し、こういう事情でずっと我慢していて、やっと下校できたのに、その途中で遂に漏らしてしまったことがある。もう家まで一キロもないところだったから、半泣きになって帰りついて、母に洗ってもらった。「ウンコ」というのは、私のように、上品に育った子供にとっては、学校の言葉であって、自分が使う言葉は「うんち」である。あるいは、家での言葉は「おちんちん」だが、外へ出ると「ちんぽ」となる。女性器を表す言葉というのは、私自身は、今にいたるまで、使うことができない。下品だからというより、しっくりこないのである。なんだか「おまんこ」といった言葉は、ヴァギナではなくて、恥丘をさす言葉に過ぎないような気が、今もしている。

私は幼いころは「ママ」「パパ」だったが、弟の呼び方を変えられたように、母から言われて「お母さん」のようにした。世間では「おやじ」「おふくろ」などと言うようだが、実際にあまり口頭でこの言葉を使ったのは聞いたことがない。

校庭で朝礼をやると、途中で倒れる子供がいる、というのが話題になったことがあり、実際、気分が悪くなって脇へ行って座っている生徒もいたが、私は頑丈ではないが小学生時代には「倒れる」ことはなかったが、中学生時代にいっぺんだけ気分が悪くなって、脇へ座りに行ったことがある。

「倒れる」という言葉もちょっと子供のころ謎だった。「バタン」と倒れるんじゃなくても、病気になるとか具合が悪くなるのを「倒れる」と言うらしいと、次第に分かってはきたが、今でも「倒れて」と聞くと、バタンと倒れる姿を想像してしまう。

光化学スモッグ注意報というのも、その当時夏になるとよく出たが、私はこれが出ると、なるほど息を吸うと苦しい感じがして、ああ光化学スモッグなんだな、と納得していた。

たぶんこの年あたり、家に初めてカラーテレビが来たのだろう。しかし、それまで白黒のテレビを観ていたのからすると、カラーテレビはすごいもののはずだが、慣れるのも早かった。中学生になって、本格的なオーディオ装置を買った時も、すぐ慣れた。父は、三越の時計売り場のロレックスの修理の仕事を、アルバイトとしてやるようになって、母がその使いとして、時おり日本橋の三越へ行っていて、日曜に出かけていて、そのうち、私や弟も一緒に行くようになるのだが、電車でわずか一時間だというのに、そこはまるで別世界のように華やかだった。三越で高級なアイスクリームなどを買うと、袋にドライアイスを入れてくれて、家へ帰ってから残っている小さいドライアイスを洗面所へ行って水につけると、もわあーっと霧が立つのを、弟と二人で大喜びしていた。越谷へ来てから、かき氷を作る機械も買ってもらって、夏になるとかき氷を作ってシロップをかけて食べた。綿あめが単なる砂糖なのと同じで単なる水とシロップなのだが、思い出してみるとかき氷を美味しがっていたのはせいぜい三年生から四年生ころのことではなかったかと思う。また母は三越で、大納言かすてらも買ってきてくれたりして、それは大層美味しかった。

越谷駅は、もちろん今のような高架線ではなく、プラットフォームへ入るとしばしば、ゴムの焼ける臭いがした。当初は新越谷駅はなかったから、次の駅が蒲生、そこから草加市になり、新田《しんでん》、松原団地で、ここに獨協大学と、自宅から一番近い映画館がある。そして草加、谷塚、竹ノ塚で、そこから西新井へ行く途中から東京都になり、西新井駅からは西新井大師への一区間だけの大師線というのが出ていた。それから梅島、五反野《ごたんの》、小菅をへて北千住へ着く。そのまま日比谷線へ乗り入れることも、同じフォームで乗り換えることもあり、上野駅から銀座線に乗り換えて三越前まで行くのである。

「東武伊勢崎線の車内では、スポーツ新聞を読んでいる乗客ばかりだった」と書いているのは、日《ひ》比恆明《つねあき》の『玉の井』で、これは九〇年代の話である。今もあるが夕刊タブロイド紙というのが、「夕刊フジ」と「日刊ゲンダイ」とがあり、産経新聞社系のフジが保守、講談社系のゲンダイが左翼と言われていた。サラリーマンの多くは帰りにこのタブロイド紙を買って読みながら帰宅の途につく。後ろのほうにエロ記事やエロ漫画が載っているから、駅へ捨ててくる者も多いが、うちの父はいつも「夕刊フジ」を自宅まで持ち帰っていた。

『ウルトラマンA』は、北斗星司と南夕子という男女が合体変身してウルトラマンになるという、ある種大胆な設定だった。二人が合体して単体のヒーローになるのは、さいとう・たかおの、のち実写化された『バロム1』にもあったものだ。「男女の合体」ということも、今日にいたるまで、特に卑猥な意味を見出した人はいないようである。『A』では、怪獣より強い「超獣」を登場させたが、次の『ウルトラマンタロウ』では、「超獣より強い怪獣」というのが出てきたのは、子供ながらにおかしなものを感じた。だが、空中での合体は、子供がまねして遊びづらいというので、後半になって南夕子は月のお姫様だったということで帰ってしまい、北斗一人で変身することになった。私は夕子を演じた星光子が今では結構好きな顔だちなのだが、その当時はまだ子供だったせいで、あまり感じなかった。

四年生の五月に、沖縄が米国から返還されて沖縄県になったが、私がそれまで見ていた地図には「米国委任統治 琉球」と書いてあり、「沖縄」という言葉は聞いたことがあったが、返還された時に「沖縄県」という言葉を初めて聞いて、何だか今までなかった新しい県ができたような違和感を覚えた。のち、敗戦前も沖縄県であったことを知った。

『ウルトラマンA』では、六月三十日の「死刑！ウルトラ五兄弟」で、初めてゾフィー、初代マン、セブン、新マン、Aの五人が兄弟として登場し、ヒッポリト星人によってゴルゴタ星で磔刑《たっけい》にされ殺されかかる。ところでこの時、ヒッポリト星人はウルトラの星を「M87星雲」と呼び、ここで初めて出たゾフィーの必殺光線は「M87光線」と呼ばれている。だがウルトラの星はこれまで「M78星雲」と呼ばれていたので、この時間違えたのであり、しかしゾフィーの光線名だけがその後も使われ続けることになった。だが世間には、「M87星雲」が本来正しく、それ以前にシナリオが「78」と誤植されたという説もある。

四年生になると「課内クラブ」というのが授業時間に設けられ、私はスポーツのクラブへ入らなかったのは当然ながら、別に入りたいクラブもなかったので、図工クラブへ入った。そこでやったのは、紙でこの学校の校舎の模型を作ることで、学年別に、階ごとの模型を作っていったが、別に面白くもなかったし、最終的にできあがって重ねたら見事にずれていた。担当の先生は男だったがこの人の顔も名前も覚えていない。このクラブで唯一覚えているのは、第一回の授業で先生が説明している時に、織田信長の子供向け伝記を読んでいる生徒がいて、先生が「おい、そこで信長読んでるやつ、読書クラブ行け」と言ったことだ。のちに歴史小説好きになる私も、四年生ではまだ信長の伝記など読んでいなかったし、あちらは小柄で知らない生徒だったが、五年生だったのかもしれない。ああ、信長の伝記を読む生徒なんかいたんだ、とあとになって思ったのである。二年くらいたって、自分はなぜ「読書クラブ」とかに入らなかったのかと考えたが、考えてみると読書は一人でするもので、なるほど同じ本をみなで読んで感想を語り合うというのはあるが、高校生になっても私は文藝部などへは入らなかったし、そういうことを集団でするということに違和感を感じていた気がする。

子供のころ、私は「ボーナス」というものが何だか分からなかった。父もボーナスくらいはもらっていただろうが、そんなカネがあるならその分毎月の給料を上げてくれればいいのに、と思ったようでもある。もともと、盆と暮れにまとめて支払いをする風習から来ているので、今では特に意味のないものではある。大阪で五年間勤めていた時、生涯で唯一ボーナスというものをもらい、これはいいものだなと思ったが、その後はまったくボーナスとは無縁の生活になってしまった。

とうとう、私が眼鏡をかけることになったのも、この年だった。視力はその当時で0．5くらいだったろうか。「ガリ勉」だったわけではなく、寝転んで漫画を読んだり、あるいは描いたり、といったところだが、その後、目を酷使しても近視などにならない人がいるのを知り、どうやら生来の素質のようなものがあるらしいと分かった。西友の二階にあった眼鏡店で作ってもらい、初めてかけた時は、ものがはっきり見えるのに驚いた。しかし、私が最初に見たものの一つは、母の顔の肌が汚いということで、それをすぐに言ったら母は笑って、家へ帰って話したりしていた。今考えたら、母は三十三である。それでも、子供から見たら十分「おばさん」に見えたし、当時としては一般的にそんな風に思われていたのだろうが、ひどいことを言ったものだ。

もしかしたら、クラスで初めて眼鏡をかけた子であったかもしれないが、時に「メガネザル」と呼ばれることは避けられなかったが、それで特にいじめられたということはない。ただ、のちどんどん視力が悪化していき、中学一年の時には悩んで、その当時ベストセラーになっていた、外国人の書いた『目がどんどんよくなる』という本を買ってきて、そこに書いてあった、体を左右にスイングさせる運動などやってみたが、ちっとも効果はなかった。

その頃、「鍵っ子」という言葉が流行して、母親が働きに出ているために、家の鍵を持ち歩く、私くらいの小学生が、否定的に、哀れみをこめて語られていた。むろん今では、そんな小学生はざらにいるだろうが、それでも、両親とも大卒で働いているのと、夫の給料だけではやっていけないから、学歴のない妻がスーパーのレジ打ちのようなパートに出るのとでは、全然当人たちの意識は違うのである。

母は当初、自分が留守がちになっても、なるべく早く帰ってこようとして、私を鍵っ子にしたくないからか、私に鍵を持たせなかった。それである日、帰宅すると留守で、私は鍵を開けられなかったことがあった。一緒に遊ぶことになっていた木原が来て、二人で、台所の窓を覗いてみたりと、子供らしく、開くはずのない鍵を開けようとして楊枝のようなものを鍵穴に突っ込んだりした。

ランドセルを玄関先へ放り出して、そのまま木原とどこかへ遊びに行ってしまうという野性味は、私にはなく、むしろ、次第に夕闇が立ち込める中、私は、その日は仕事があったのかどうか分からないまま、母が帰宅しないことに、

(事故に遭ったのでは)

といった不安にとりつかれ始めた。自転車で、母が帰って来ないか見に行った木原が、見当たらないと言いつつ戻ってきて、しょんぼり座り込んでいる私を見て、

「おい、泣いてんのか?」

と、妙に男っぽい声で言った。

するうち、弟を自転車の後ろに乗せた母が帰ってきて、むろん何ごともなかったのだが、それが

遠因となったのか、私は鍵を持って登校するようになった。

私は「社会科見学」という行事が嫌いだったが、ある時、学校の北のほうにある消防署へ社会科見学に行ったことがある。一人の消防署員を囲んで生徒たちが質問なんかしているのを、あまり興味なさげにしていた私だが、消防署員は階級章を肩につけていて、一人の生徒が、その階級章について質問した。かねて「のらくろ」で階級章に関心を持っていた私は、突如それに関心を持って、なになに、と言ってほかの生徒をかきわけて前へ進んだから「なんだよ小谷野」と言われたものだ。「のらくろ」が好きだった理由の一つには、この階級を一つ一つ上がっていくことへの関心というのがあり、それは私自身の上昇志向と関係していたので、のちに相撲好きになる理由も、角界には横綱・大関・関脇といった階級があるからだろう。むろんそれは、個人の努力で上昇できる階級でなければダメなので、生まれつき決まっている階級なんてものはアンシアン・レジームにくれてやれ、である。

社会科見学では、のちに進学することになる富士中学校の向こう側にある市の浄水場へ行ったのを覚えている。トイレで流れた水がここできれいにされるのだと聞いて、そういう水が水道水になったりするのか、とちょっと愕然としたものだ。

イトコのミユキちゃんというのが、私の一つ下で時どき遊びに来ていたが、ある時、二人で家の門のあたりに座っていると、安藤ともう一人の悪童が自転車で通りすがりに、「小谷野のカノジョー」と冷やかした。ミユキちゃんは気が強い子だから「イトコだもーん！」と言い返していたが、私のほうが気にしたらしい。次にミユキちゃんが来た時、「早く帰れよ」というひどい言葉を言ってしまった。さあ、それを母が聞きつけたから、帰った後で怒られた。父も動員されたが、例によって叱り方の下手な人だから、蠅叩きを持ってきてそれで私を叩きながら「おい、おい、テメエ同じこと言われたらどう思うんだよ」などとやるのであった。

当時、古谷三敏《ふるやみつとし》の「ダメおやじ」という漫画が『少年サンデー』に連載されていた。ダメな父親が、妻や娘から暴力を振るわれる漫画で、釘の出た板で殴られて血を出したりしているのが嫌で、嫌いだった。古谷は、権威のあるオヤジというものをひっくり返してみたかったなどと言っていたが、戦前じゃあるまいし何を時代錯誤なことを言っているのかと思ったが、ほどなく、すでに時代は父親の権威などなくなっていた、とも言っており、私は知らなかったがダメおやじが裕福になったウンチク漫画に変わっていたようだ。のちに大学生のころこの古谷の『寄席芸人伝』という落語家を描いた青年漫画を一冊だけ買って読んだが、筋に無理があった。

そういえば母はもう少しあと、中学生のころに私を叱る時、よく「そんなのはわがまま以外の何ものでもないよ」という決めゼリフを使ったのだが、何だか聞くたびに母ががんばっている感じがした。

その年十月に始まった、手塚治虫原作の特撮もの『サンダーマスク』のように、いったん等身大に変身してから、巨大化するという、ことさらな新機軸でもないのを「二段変身」といってみたり、なかなか作り手側も大変だったが、私は自分でせっせと、それらの模倣の漫画を描いていた。その頃描いていたのは『リカンダーV』というのだが、題名や内容から推すに、その年十月に始まった『レインボーマン』や、十二月に始まったアニメ『マジンガーZ』よりあとのことだろう。これは等身大ヒーローもので、先野短四郎《せんのたんしろう》という男が、犬とリカオンの混血と合体して変身するものだった。これはもう少しあと、五年か六年のころ書いていたのだろうが、私はこの漫画の主題歌を作り、曲もつけた。どうやら、「月光仮面」の歌詞にいくらか影響を受けているらしく、

先野短四郎のおっちゃんが　リカオンと合体してみれば
たちまちにして　リカンダーV、V、VVV
挑む相手はアルタイル星人サディールだ
どんどん出てくる変人どもを　やっつけるんだ
行けリカンダー、リカンダー、VVV

というのだが、「合体」は「がったい」ではなくて「ごうたい」と読む。「変人」というのは、「怪人」では新味がないので、恐らく『ダイヤモンドアイ』で「前世魔人《ぜんせいまじん》」というのが出たのに倣ってつけたのだろうが、いかにも変だ。「アルタイル星人サディール」というのは、『ジャンボーグA』に、悪の宇宙人の親玉として、グロース星人アンチゴーネというのが出てきたので、それをもじったものだ。あとで、アンティゴーネというのが、ギリシア神話に出てくる女の名であることを知って、おかしく思ったものだ。アルタイルは実在の星だが、恒星だから、宇宙人が住んでいるとも思えない。

その頃私は、『動物』という学習図鑑を買ってもらって、熱心に読み耽っていたので、リカオン

などという発想が出てきたのである。『動物』は、分類別に、哺乳類の写真が載っていたので、それを楽しんだのだが、特にその頃私をとらえたのは、その「分類」というものの面白さであった。動物と植物に分かれたのち、動物は脊椎動物門と無脊椎動物門に分けられ、脊椎動物門は魚綱《ぎょこう》、両棲綱、爬虫綱、鳥綱、哺乳綱に分かれる。普通は「類」というところを、正式には「綱」というのだと知って、興奮した。さらにそれが、カモノハシ一類を含む単孔目《たんこうもく》、オーストラリアに居住する有袋目《ゆうたいもく》、ウサギ目、食肉目、偶蹄目《ぐうていもく》、奇蹄目《きていもく》、クジラ目などに分かれる。それは、目くるめくような面白さで、普通ならオオカミの一種かと思えるフクロオオカミは実は有袋目で、アザラシが食肉目であったり、一般には草食動物とされるものたちは、この分類では蹄《ひづめ》の偶数奇数で分類されるなど、はなはだ意想外だったのだ。ヤモリとイモリという、類似したように思える動物が、実は爬虫類と両棲類だということや、カモシカが実は鹿ではなくて牛の一種だとか、興味が尽きないのであった。

のちに昆虫図鑑なども、もっと本格的なのを入手することになるのだが、植物のほうはいっかな興味が湧かず、今日にいたるまで、植物と魚については、碌に見分けもつかない。

この『動物』という図鑑を、ある日曜の昼、居間の床に置いておいたら、何かに怒った父がゴミ箱へ放り込んでしまったことがあった。別に破れたり汚れたりしたわけではないが、本をゴミ箱に放り込まれると精神的にショックで、拾い上げて少し落ち込んでいた。父はリーベルマンに勤めるようになってから週休二日になり土曜日も家にいたが、土曜は午前中が学校だからあまり気にならず、私は土曜日が好きだったが、日曜日は夕方になると、もう明日は学校だと思うから憂鬱だったが、父が家にいるのが日曜日は嫌だった。そしてテレビの前に寝転んで将棋番組を観たり、「大正テレビ寄席」を観たりして、牧伸二の「あーあやんなっちゃった」を観ているのが、何だか汚らしくて嫌だった。私が「お笑い」が嫌いなのは、当時の父への嫌悪感からかもしれない。

この動物図鑑だか何かに「かっ色」と書いてあったことがあり、褐色のことなのだが、私が読めなくて「かついろ」って何？　と母に聞いたら、教えてはくれたのだがどういうわけか「かついろだって」と言ってゲラゲラ笑ったことがあり、何がそんなにおかしいんだろうと思ったことがある。あるいはウルトラマン関係の本に「故円谷英二氏」とあって「こつぶらやえいじ」とルビが振ってあったから、「こつぶらやえいじ」ってあるけど、と言ったらこれまたゲラゲラ笑うのである。これらは越谷へ来てからのことなので、私にも分からないことがあるというので緊張が緩んで笑ってしまうのだったろうか。

分類好きは、中学生になって歴史小説など読むようになると、今度は系図好きとなり、今なお、この種の、世界を別の方角から分節しようという欲求は強くて、私の周囲は系図や年譜や分類や一覧がたくさんある。結局はそれが、私なりの、不定形な世界と折り合いをつけるための方法だったのだろう。

だから四年生の時には、木原と共同で、動物の一覧を作るという「研究」をして、学校で発表したこともあった。もっともそれは、ずらりと分類別に書き並べた動物の名前を、私と木原が教室の前に立って、次々と読み上げるという発表だったから、「文章」性は全然なく、ただ生徒たちは、たくさん並んでいる、ということを印象づけられるだけの、奇妙なものではあった。

その頃、私が気づかない間に家の本棚に増えていたのが、丸谷才一の『たった一人の反乱』という分厚い、しかし箱などに入っていない本だった。表紙を見ると、馬賊みたいな珍妙な服装をした男と女の絵が描いてあり、どういうことが書いてある小説なのか、とんと見当がつかなかった。驚いたのは、あとで大学生になったころに読んでみたら、やっぱり何が言いたい小説なのか分からなかったことである。

さて、その七月から、『キカイダー』とともに、アニメ『デビルマン』が始まるのだが、これは当初、放送時間が分からず、土曜にNETでという情報が入ってくると、私は、七時半からやっている『仮面ライダー』が終るのかと思ったが、いざ始まってみると、『キカイダー』が『仮面ライダー』の後の八時から、『デビルマン』が八時半からなので驚いた。当時、子供番組は、八時が下限だったのである。その上、土曜八時には、TBSの裏番組『八時だヨ!全員集合』があった。なおNETはのちテレビ朝日と改称するが、Eはエデュケーションで、日本教育テレビだったたから驚く。

『全員集合』は、よく知られた、ドリフターズの主演する人気番組で、子供から大人までよく観られていたし、うちでも時おりは観ていた。父も好きで観ていたが、例によって母がこれを嫌っていて、下品だし、子供に見せるべきでない、と主張していたから、観たり観なかったりという変則的状態で、私も、番組冒頭の寸劇だけは、少し楽しみだったが、別に観なくても良かった。しかし父は観たがるだろうし、テレビは一台だし、しかもその頃『仮面ライダー』は、藤岡弘の一号ライダーが帰ってきてのダブルライダー戦、ショッカーに代わるゲルショッカーの登場など、華々しくなってきていたので、これはぜひ観たい、だが、それからあと、『デビルマン』まで一時間半テレビを観つづけるなどということが許されるのか、だいたいうちでは、子供は八時に寝ることになっていたのだ。

当時は「チャンネル争い」というものがあったが、テレビをどうするかというのは、いくぶん「空気を読む」ようなところがあって、両親の機嫌のよしあしとかを見定めて行動しなければならない。結局、『キカイダー』『デビルマン』は、第一回は観ることができ、その後も『キカイダー』は、特撮が好きだからということで目こぼしを願うようなかっこうで、『デビルマン』は、それほど面白くなかったため、あまり観なくなっていった。

ドリフターズは当時「ちょっとだけよ」とか「ズンドコ節」とかいろいろはやらせて、下品だとか子供に見せるものでないとか世間の非難を浴びたし、うちではそういう時は観なかった。しかし伯母の家では観ていて、うちへ来ては「やめろと言われても」などと西城秀樹の真似をドリフターズがやったのを真似したりしていた。だが私も、加藤茶が「死ぬ」を「死む」という変な言葉に変えてはやらせた時は、学校で「死む死む」とか言っているやつがいて、それが正しい日本語だと思われたら困るという義憤を感じたりしていた。

夏休みには、いろいろと子供向けの行事があったりしたが、この頃はあまり覚えていない。記憶に残っているのは、その七月から八月まで、昼の民放の帯ドラマで、吉行和子が主演する「喜びも悲しみも幾年月」をやっていて、うちは玄関先から居間のテレビが見えて、そこに座り込んで、そのドラマの主題歌を聴きながら、いい歌だなあと思っていたことである。もちろん、木下恵介による映画の主題歌を使ったもので、のちに私は本物の映画のほうの大ファンになるが、それはこの時へのノスタルジーも少し混じっているのだ。

ほかにもその当時、『青い山脈』のドラマ版をやっていたことがあって、恐らくこれは再放送だったろうが、その主題歌も、私は好きだった。しかしドラマそのものは観なかったので、後になって母に、あれはどういう筋の話なのか、と訊いたら、戦後、青森県で、若い女子学生たちが、色々と、というような、漠然としたことしか話してくれないので、しつこく、話はどういうものなのか、と訊いたけれど、詳しくは聞かせてくれなかった、というようなこともあった。私が内容を聞いたのは、数年前にテレビで、女が男に馬乗りになって庭を歩かせる場面を観たことがあり、あとから考えたら「痴人の愛」ではなかったかと思うが、それが「青い山脈」ではないかと思って訊いていたのであった。

うちでは当時「読売新聞」をとっていたはずだが、小学生のころは、新聞で見るところといえば、テレビ欄である。次いで映画欄も見ることがあったが、「東宝」や「東映」はともかく、「楽天地」などと書いてあるのを見ると、何だかうさんくさいものを見てしまった気がしたものだ。また私のために「朝日小学生新聞」もとってくれた。大きさは新聞大で一枚を折っただけの全部で四面の新聞で、連載ものが割合充実していた。一面には「ジャンケンポン」という泉昭二の、姉に弟二人という漫画が載っていて、これが一九六九年から二〇二三年の泉の死の半年前まで連載された新聞連載漫画の最長記録になっている。もっとも私は四面あたりに載っている、一日に三枚分くらい載っている連載漫画に好きなものが多く、望月あきらの「がんばれ！ドカベン先生」という被差別部落ものや、長屋にいる占いの老人が事件を解決し、それが実は殿様だったという、おのつよしの「のっそりヒゲ先生」とか、山本まさはるの独特の絵柄の「ガン太郎日記」などが好きだった。これらは、いっぺん発表されたものの再掲載が多かった。ほかには、一九七二年に少年ドラマの「タイムトラベラー」で未来人ケン・ソゴルの役を演じて好評だった木下清が、役者はやめて今は料理人の修業をしているという記事もあった。

そのころだったか、五月か六月に、クラスでピクニックのようなものに行ったことを覚えている。一日がかりではなかったが、弁当を持って行ったのは確かである。かといって、学校からさほど遠いところではなく、田圃の中の、祠のようなものがある場所だったと記憶している。行って何をしたのかはほとんど覚えていない。特に面白いことはなかった。ただ一つだけ鮮明に覚えているのは、弁当を食べたあとに起きた事件である。

担任の教師が、突如、クラスの全員を一か所に集めた。怒っているらしい。木の根方を指しているが、どうやらそれは、弁当箱の中身をさかさまにしてそのまま出したものらしかった。ある種、気持ち悪かった。

「なぜこんなことをするんだ」

という調子で先生は怒っていた。誰がやったかはついに分からなかったが、私は、おそらくあまりお腹のすいていなかった女子生徒、ないしは気分の悪い女子生徒だろうと思った。

単にそれだけのことである。しかし、そもそもあれはどこで、何のためにクラス総出のピクニックになど出たのか、多分当時も、教師が行くと言ったから行っただけで、理由はよく分かっていなかったと思う。

グーグル・ストリートビューで調べてみると、学校からほど遠からぬ場所に「正一位稲荷大明神」というのがあった。見て、ああここだ！　とは思わないが、あるいはこれではないか。

そんなところへわざわざ弁当を持って出かける何の必要があったのか、分からないが、私にはその時の教師の怒りが、何に対しての怒りだかちょっと分からないところがあった。つまり、お母さんがせっかく作ってくれた弁当を捨てるとは何だ、という怒りのようには思えたが、何だか「神域を汚した」というような意味あいがあるように感じられたのである。だとすると、担任の佐々木は右翼っぽかったのだろうか。

その夏、おそらく八月後半になって、家族で群馬県の伊香保《いかほ》温泉へ旅行に行った。弟は五歳になっていた。よく女と間違われる名前で、のち二十歳になる頃、盛んに着物店から、成人式用の着物のパンフレットが届いて、電話があって、母が、男だと伝えたら、謝りに来た店もあった。しかし実際には、昔からむしろ男が名乗ることの多い名前であった。

伊香保温泉へ行った時のことは、なぜかあまり覚えていない。恐らく東武線で伊勢崎まで出て、それから国鉄に乗ったのだろう。私は途中の駅名が面白くて、手帳に次々と駅名を書いていった。「やしゅうやまべ」とか「ぐんまそうじゃ」といった名前が面白かった。ただ前年のような国民宿舎ではなく、旅館の座敷に泊まった記憶があるが、むしろ雨もよいだった。私たちは、雨で外出できず、旅館の座敷で、回り将棋をやっていた。三人以上でやる遊びでないと、一対一では家族で遊べないからうちでは普及しなかった。同世代の子供と室内遊びをする場合は、お決まりの「人生ゲーム」がうちにあったからよくやったし、ボードゲームを百個ほど集めたものもやったが（この中にビンゴゲームも入っていて、私はこれでビンゴを知った）、のちにはトランプ遊びをするようになり、やはり「大貧民」が一番よくやる遊びだった。大人になって、ナポレオンとかやってはみたが、面倒で頭がついていかなかった。

そういえばこの頃、一そろいの「百人一首」のカルタ札を母が買ってきていたが、さすがに子供が百人一首を覚えてのカルタとりでもなく、ほどなく「坊主めくり」という遊びを一家でするようになった。この百人一首に「千早振る」というのがあるが、これは落語に、ヘンテコな解釈を施したものがある。それを父が私に話して聞かせた。ただ自分でもその時「からくれない」というのは色のこととかで、おからをくれない、ではないんじゃないかと思った。のち中学生になって、ナーンダ落語のネタかと思い、父が落語のネタを話したんだと思ったら、母が言うには、あれは敦をだましたんだ、と言う。私は子供のころから、大人が「冗談としてのウソ」を言って、もちろんすぐに、冗談だよということは言うのだが、冗談でもウソを言えるというのを不思議なことに思っていたが、それは自分が大人になってもあまり変わらなかった。いくぶんアスペルガーっぽい、ウソをつけない性質があった。私は百人一首のカルタとりはちょっとはやったが熱心にやることはなかったし、百人一首を覚えるということもしなかった。当時から、詩歌より物語のほうに興を覚える性質だったのだ。

伊香保はとにかく霧がすごくて、子供の私や弟は面白がっていたが、親たちはそれなりに難儀したのではあるまいか。榛名山《はるなさん》では、馬に乗ったのを覚えている。ところで、私はのちに、NHKで放送していた米国の子供教育番組『セサミストリート』を、テキストまで買って観るようになるのだが、この番組はこの年四月に本放送が始まっていて、おそらくは教育熱心な母親に勧められて、観ていたのではないかと思う。英語だから分からないが、ジム・ヘンソンのマペットが面白く、アーニーとバートのコンビとか、ビッグバードとかクッキーモンスターとか、カウント・フォン・カウント（伯爵）とか、みなユニークで、テキストはだいたいの筋が書いてあるので、弟と一緒に観ていたものだ。特にクッキーモンスターが「クッキー」と叫びながらクッキーをばりばり食べまくる（実際にはあちこちに散乱しているだけなのだが）のが面白くて、それから、アメリカ風のクッキーを買ってきては、弟と二人でその真似をしながら食べたりした。

それを、この伊香保旅行の頃にはもう観ていたのが分かるのは、帰りの電車に中で、夏休みがもうすぐ終わるという思いか、八月終り頃のあの寂しい気候のせいか、むやみと早く家に帰りたくなって、たまさかあった、チョコの包み紙でもあろうかと思われる銀紙で、マペットの形を作ったりして、帰ったらマペット人形を作ってみようなどと夢想したことを、覚えているからである。

夏休みの宿題というのがどうだったかといえば、例の問題集などは、大したことはなく、わりあい早い時期に終えていたが、日記とか、特に自由研究が苦手で、そもそも「研究」というからには、何か新しい発見をしなければおかしいはずで、しかし実際には、優秀な自由研究とされるものは、大人にはもう分かっていることを、再実験した、といったものに過ぎない。そこまではっきり考えたわけではないが、とにかくこれは苦手だった。数年後に、母がよく、九月一日に大嵐が来てたまたま学校が休みになり、その日に自由研究をやった、などと人に話していたのだが、これは記憶違いではないかと思う。六年生の時は、中国史の年表を作るという立派な研究をしたし、それ以前に、九月一日に学校が休みになる大嵐が来た記録などないからだ。

だからこれはたぶん、八月三十一日が大嵐で、父が会社を休み、まだ自由研究をやっていなかったため、隣の関口さんの実家が、伊豆七島の神津島《こうづしま》で、帰省したお土産に貝殻を貰ったのを、箱に張り付けて自由研究に仕立てた時のことを言っていたのだろう。

私はそんな、情けない思いをして、いわば捏造したみたいな自由研究を提出したのに、小杉さんは、実にかっこいい優秀な自由研究を出して、みなの前で発表していた。私は木原と一緒に帰路につきながら、小杉さんってのは宇宙人なんじゃないか、などとたわいのない話をした。今でも小学校六年生くらいの女子というのは、異世界から来たみたいな感じがすることがある。

いつだか忘れたが、小学生のころのある夜、隣の関口さんのところへ救急車が来たことがあり、何だ何だとうちでは色めきたったのだが、何だか父親が怒ってそこの息子を殴ったら怪我をしたらしい、というようなことを聞いたようである。

体育の時間に、校庭に白線を引くから、体育倉庫にある石灰のライン引きをとってくるように言われて、小杉さんともう一人の女子が行ったまま、なかなか戻ってこないことがあった。私は木原と、見に行こうぜと言って、行くと、二人は、石灰にむせて、苦しんでいた。ライン引きが奥のほうにあったらしい。それで、私と木原も、石灰にごほんごほんとむせながら、それを引き出すのを手伝ったのだが、小杉さんと一緒にそんなことをしていると、何だかロマンティックな冒険物語のようで、ちょっとどきどきしたものだ。

母に連れられて越谷の市街へ行くのは、ちょっとした楽しみで、そういう時は、母が自転車の前に弟を乗せ、私は自分の自転車で行くのだが、私が後ろを走っていると、母は苛立たしげに、

「後ろにいられると見えないから心配になるから、前を走りなさいよ」

と言ったから、前を走ったが、それはむしろこちらが不安だったりした。子供というのは、他人から見ると、二、三年であっという間に成長するものだが、育てている当人にとっては、そうではない。私も五年生になると、自分一人で自転車に乗って出かけるようになる。

四年生の頃から、私は学校から帰ると腕時計をはめるようになった。学校では禁じられていたからだが、外すのを忘れて学校へ行ってしまったこともある。遊んでいても時計を見るから、変な子供、子供らしくない子供扱いされていた感じもする。父はロレックスの時計をしていたが、当時の私はまだ日本製の安い時計だった。遊びながら時計を見るなんていう子供は、子供は外で暗くなるのも気づかず夢中で遊ぶべきだという子供幻想にとらえられた人には嫌な子供だろうが、私はそういう思想が嫌いである。

二階の子供部屋に二段ベッドが入れられ、将来は私と弟が寝るはずだったが、最初は弟は隣室で

母と、私だけが二段ベッドの下段で寝ていた時期があった。四年生か五年生のころだが、父の帰りが遅く、何となく不安なまま九時ころベッドに入ったが、眠れなかった。一時間ほどして、輾転反側《てんてんはんそく》している様子が分かったのか、弟を寝かしつけた母が来て、眠れない、と言ったら、ベッドわきに座って少し話を始めた。私はそれが楽しかった。ほどなく、父が帰ってきて、母が玄関先へ出迎えに出た。どういうわけかすぐに家の中へ入らず、玄関のところで話していたから、私は枕元の窓を開けて、ちょうどその真下が玄関なので、「ねえ、これからどうするの?」と甘えて母に話しかけた。すると「なにっ!?」と父が言い、上がってくるようだったから、怒られる、と思って頭から蒲団をかぶった。父は実際、子供部屋の入口までやってきて、「これからどうするのって何だよ、おい」と言って怒ったが、すぐ行ってしまった。

イトーヨーカ堂へ行くと、本屋へ行くのが楽しみで、母が買い物をしている間は、一階の奥にある「ブックス・ミユキ」という本屋へ行って、あれこれと立ち読みをするのだった。一階の中央には、食堂や軽食売り場があって、そこでラーメンを食べたりしたが、ある時、ラーメンを食べ終わって、母が、じゃあ、お金払ってきなさい、と私に代金を渡した。ひときわ背の低い私が、少し困惑しながら、「あの、ラーメン……」と言ってお金を台の上に乗せると、青年が「はいっ、ラーメンね」と言って、作り始めたから私は狼狽した。あう、あう、という感じだったが、ほとんど新しいラーメンを作り終える頃になって、やっと機会をつかまえて、「あの、さっき食べたやつ……」と言うと、「えっ、さっき食べたやつ?」と言いつつ、それで済むには済んだが、本当に困った。

あるいは、同じあたりで、コーン入りのアイスクリームを買ってもらい、喜び勇んで本屋のほうへ駆け出すと、コーンの上にちょこんと乗っただけのアイスが、床に落ちてしまったこともあった。また半泣きになって母のところへ戻ると、母はそこまで行って、床に落ちたアイスを拾って、汚れたようなところをハンカチで拭いて、元に戻してくれた。本屋でアイスクリームを食べながら立ち読みしても、別に咎められることもなかったのは、おおらかな時代だったのだろう。

当時、私は子供というのは愚かな存在で、大人のほうが理性的だと思っていた。一般的な小説や漫画では、子供は子供が味方で大人が敵になったりするが、それは子供社会にある程度溶け込めた人間の見方で、大江健三郎でさえ「飼育」や『芽むしり仔撃ち』では子供の共同体を美化している。私は、子供はいじめをするし嫌いだと思っていたが、母にそう話すと、違うわよ、人殺しとか大人のほうがずっと悪いことをするのよ、と言われた。しかし私は、殺人とか犯罪をする大人は別の世界に住んでいるからいいんじゃないかと思った。のちに、大人の世界にもいじめがあることを知ったから、考えは変わったはずだが、概して子供でも大人でも男は嫌いな傾向がある。

「名作」には偏見を持っていた私だが、本が好きだったのか、ないしは、当時は漫画本でもビニールカヴァーなど掛かっていなかったから、それを読んでいたのか。ただ、その頃も、南洋一郎の怪盗ルパンは読み始めていたし、あとはSFで、E・E・スミスの『宇宙船スカイラーク号』の子供向けのものを買ってもらって読んでいた。これは亀山龍樹《たつき》のリライトだったが、のちに私は、同世代ではずいぶんSFには冷淡になる。小学生の時だけ、この手の「スペースオペラ」が楽しめたということだ。

その岩崎書店の「SF世界の名作」シリーズで、これは図書館から母が借りてきたのであったか、ステープルドンのものを矢野徹が子供向けに訳した『エスパー島物語』も面白かった。だが、その頃「ブックス・ミユキ」で、「超能力」に関する本を立ち読みした私は、かなり深甚なショックを受けたのである。

ユリ・ゲラーとか関口少年とかの「スプーン曲げ」がテレビで話題になるのは、一九七四年、私が六年生の時で、その二年前には、超能力というのは、それ以後のように話題にはなっていなかった。むろん、時代を遡れば、さまざまな超常現象、つまり交霊術やらこっくりさんやらが流行ったことはあるのだが、その当時はもしかしたら端境期だったのかもしれない。テレパシーとか予知能力といったものがある、ないしは訓練によって目覚めることがあるという、その本の内容は、衝撃的で、その時まるで、ほかの人が知らない秘密を知ってしまったような、あたかもそんなことが書いてあるのはその本だけであるかのように、思い込んだ。人間の脳は十パーセントくらいしか使われていないので、残りの部分を使えば超能力もありうるといったことが書かれていた。のちにそれは間違いで、人間の脳は九十パーセント以上使われていると分かった。

もしそれが新刊書だったとしたら、橋本健の『きみにも超能力がある』でもあったろうか。私は一週間ほど、超能力のことを考えていたが、それでその本を買おうとか思わなかったのは、母に叱られると思ったからか、あるいは実際に母に話して、そんなものはウソだ、と一蹴されたのを忘れているか、どちらかだろう。だから、二年後に「スプーン曲げ」が出現した時も、そのスプーン曲げというあまりに低レベルな話に、私はまるで共感を覚えなかった。

あるいは、四年生のころだったか、母が買ってきた『きつねのさいばん』は、ゲーテの『ライネケ狐』を、宮脇紀雄《としお》が再話したもので、これは内田百閒とか二反長半《にたんおさなかば》も再話している。ずるがしこい狐がさんざん悪いことをして、王であるライオンの前で裁判にかけられるのだが、いろいろ卑怯な手を使い、狼との決闘にも買って、悪が勝利してしまうというピカレスク・ロマンで、これは面白かった。

そういう面白い読書に比べて、当時読書感想文課題図書になった『ひとりぼっちの政市《まさいち》』は、石川県を舞台に、知的障碍児を主人公とした児童文学で、書き方もそこそこ難しかったし、私はほとほと難儀して読まされた。本当に、子供を読書嫌いにしないように、こういう生まじめ作品はよほど時期を考えて読ませるべきではなかろうか。もっとも、私が小学生時代に読んだものでも、『馬ぬすびと』(平塚武二《たけじ》)や『江戸のおもちゃ屋』(来栖良夫《くるすよしお》)は面白かった。

国語の教科書に載っているものは、それほど嫌な感じのものは多くなかった。『宇治拾遺物語』からとった「五色の鹿」などもあったが、私が頭を抱えたのは、有名な宮沢賢治の「やまなし」である。一読して、国語の教科書に載っているものがこんなに難しいと感じたのは初めてで、危機感を覚えたほどだった。

その頃になると、家の周囲は、ブロック塀で囲まれ、家らしくなっていた。その家へ来た当初は、玄関先の水道のところに、電気洗濯機が取り付けられており、洗濯が終ると、脇についているロールに洗濯ものを押し込んでハンドルを回すと、のされた洗濯ものが出てくるのだった。

その洗濯機も、狭い洗面所へ移動して、そのあたりには、飼い始めたセキセイインコの籠が置かれていた。もちろん、私がせがんで飼うことにしたもので、当初は三羽いて、それぞれ、パピ、プぺ、ぺポと名前をつけた。籠の下には新聞紙を敷いて、それを取り換え、餌箱を小さな窓から引き出して、上のほうにたまった餌の殻だけ、ふう、ふうと吹いて吹き飛ばし、また少し餌を足すのが私の仕事で、これは前に飼った犬のカピの時よりは、よほど熱心に世話をした。この、餌の殻をふうふう吹いていると、軽い酸欠状態になって頭がぼうっとするのだ。セキセイインコでも、子供の頃から馴らせば、オウムのように人間の言葉をまねすることができるようになる、と本に書いてあったから、卵から雛が孵るのを待ったが、結局いっぺんも雛が孵ることはなかった。

のちに神経症を患うことになる私だが、中学二年の春、軽い心臓神経症になったことがある。だが小学生の時にも一度、おかしくなったことがあって、それは、唾が次々と出てくるような気がして気持ちが悪く、学校を休んで寝ていたのである。母は枕元に洗面器を置いてくれて、唾が出たと思うとそこへぺっと吐き出すという具合で、おかしなものだった。しかし、夜になる頃には治っていた気がするから、突如学校へ行くのが嫌になったのかもしれない。

四年生になると、クラスの男女ともに、南洋一郎による怪盗ルパンものを読むようになり、私も夢中で読んだものだが、ホームズのほうも、あれは判型は似ていたけれど、ルパンがポプラ社なのに対して偕成社のだったたか、『火の地獄船』というのを買ってきて読んだら、えらくつまらなかった。山中峯太郎《みねたろう》が再話したもので、四つの短編が入っており、「オレンジの種五つ」は、クー・クラックス・クランについて初めて知ったのもこれによってだったが、ホームズがやたらに「ハハッ」と笑うのが気持ち悪く、のち大人になって読んだら、ルパンは南のものとはずいぶん違ってい て驚いたが、ホームズのほうは、相変らず、ある種の面白くなさがつきまとった。小学生のころは、だからみなルパンのほうが好きだったが、大人になって気づくと、ホームズのファンというのがいて、私の世代では、グラナダ・テレビでジェレミー・ブレットが演じるホームズを、ちょうど大学時代に放映していたから、その影響もあった気がする。ルパンのほうも、いざ本物の翻訳を読むと、南洋一郎の再話ほど面白くないという事情があった。

苦手な社会科は、四年生の時は、郷土についてで、『さいたま』という教科書を使った。しかしこれももちろん、面白くはなかった。ただどういうわけか、県歌は覚えたのみならず、茨城にいたころに習った茨城県歌まで覚えていた。だから、音楽の授業だけは楽しかった。その割に成績は良くなかったが、だいたい音楽の成績ってどうやってつけていたのだろう。もちろん、最悪なのは体育の授業だった。中でもドッジボールの時間は地獄のようで、当てられるばかりで、当てることができないからすぐ外に出て、まあそれで終わりではあるのだが、あれはほとんどいじめ増幅のゲームであった。もっとも、鉄棒の逆上がりというのはできたし、競争でも六人中四番目くらいにはなった。つまり、球技が苦手だったので、これはのち、卓球ができない（玉が天高く飛んでいく）といったあたりへつながっていく。男の子には、ドリブルしながら走るみたいなことが天性得意な子がいるものだが、私にはそれはまったく不可能だった。それにまた、女の子なら、運動が苦手でも大目に見てもらえるのが、男子だと容赦なくバカにされる文化というのが洋の東西を問わず、あるのである。

ある時突然、担任の佐々木が、癇癪を爆発させたことがある。私たちは、何を怒られているのか分からなかったが、小学生などを朝から晩まで教えていたら、かなりストレスもたまるのだろう。

次々と生徒の名前をあげては、罵倒するので、みなじっと緊張して聞いていたが、いきなり私に矛先が向き、

「小谷野だってそうだ、今っから高校生みたいな態度をとりやがって」

と言った。私はその時、ブレザーを着ていて、きゅっと体を固くしたら、それがきつく体に食い込んで、今にも縫い目が切れそうになった。しかし、言われたのはそれだけで、要するに生意気だということとなのだが、私にはかすかな自己満足があった。佐々木はどなりながら、いきなり、

「暖簾《のれん》に腕押し、糠《ぬか》に釘、豆腐にかすがい！」

と叫んだが、生徒たちの反応のことを言ったのだろうが、同義のことわざを三つ並べたのが私には何だかおかしかった。

その時着ていたブレザーはもちろん母が買ってくれたものだったが、それを着た私は、何だか金持ちの子供になったような、一段人間のランクが上がったような気がしたのを覚えている。

佐々木は、電話番号などを口頭で言う時に「０」を「ゼロ」と言うのは、ゼロは英語だから間違いだというのを教えてくれて、それ以来私は「れい」と言うようにしていたが、世間では依然として「ゼロ」と言っているから通じにくいことが多く、正しいことは広まらないものだなあと思う。佐々木は、国語の教科書に「ゼロ」などと書いてあると、ちっと舌打ちして、どこの教科書だ、と後ろのほうを見て「光村《みつむら》（図書）か……」などと言うのだが、こういう態度は私も受け継いだ感じがある。

あるいは、「先生の知り合いでイタリアへ行った人が、カツオって名前だったんだけど、ある時

から手紙の名前が「ビクトリー」みたいな名前になっていて、なんでかと思ったらイタリアではカツオってのは、男の人のあれを意味するんで、人から変な目で見られるって言うんだよね、それで……」みたいな軽い猥談をしてくれたこともあった。「カッツオ＝陰茎」である。

この年のことだったか、体育の授業でグランドに出ていて、私がぼうっと立っていたら、トラックを走ってきた六年生にいきなり突き倒され、腹を打って息ができなくなるということがあった。これはそのあとどうなったのか分からず、私の意識としては突然のことで何だか分からず、あとになって先生が怒っていたとか聞いただけなのでよく分からない。

私は、国語という科目は、それほど好きではなかったし、読書感想文指定図書というのも面白くなかった。作文も苦手で、何しろ作文というのは、本当にあったことを書かなければならない。私の実生活には、文章にしてもいいような面白いことというのはなかった。小学生のころは、作文が得意なのは、何といっても秀才女子で、事実や、時には虚構も織り交ぜて、こう書けば大人に受けるということを分かって、書いたものらしい。私にはとてもできない藝当だった。しかし四年の時、私は、時おりいじめられて困る、ということを作文に書いたことがあった。だが「いじめられている」と書くのが我ながら嫌で「ぶたれる」と書いた。佐々木はこれに、「相手にしないでいれば、「なーんだつまらない」と言ってぶたれることもなくなるんじゃないかな」といったコメントをつけて、運動の苦手な私が、いくらか恐竜じみたかっこうで、跳び箱六段を跳んでいる絵を描いて、「コヤノザウルスが六段跳んだ！」と書かれていた。

作文に比べたら作りもののお話のほうがよほど気楽に書けた。学校で原稿用紙に書いたのは「万能エアカーのぼうけん」というSF風のものと、「白くまのぼうけん」という、北極の子供の白クマが、南極にいるというペンギンに会いに出かけるというもので、十五枚くらいで力尽きているが、シロナガスクジラに助けられて、赤道直下へ来て大変だと騒いだり、イースター島にたどりついたり、シャチがいるのに白と黒だからペンギンだと思ったりするもので、これが一番よく書けている。あとは家で、母と弟を巻き込んでリレー小説を書いたりしたが、弟は幼すぎて無理、母もおざなりにつきあっただけで、私がただ奔放な世界旅行ものを書いていただけだったようだ。

割と小学校では多いようだが、年に一度か二度、「お楽しみ会」という名の学藝会があった。数人でグループを作り、寸劇などを披露するのだ。どこの仲間にも入れてもらえない生徒、といった現象はなかったと思う。私も、演劇をやるのが好きだったから、この催しは楽しみだった。四年生の時は、木原のほか女子二人ほどで、私が本で読んだ民話を上演した。貧しい夫婦が、大晦日の夜に、福の神が通るからそれをつかまえれば金持ちになれるというお告げを受けて、待ち構えるのだが、二度取り逃がしてしまい、三度目にやっと捕まえると、それは貧乏神だったというものだ。

しかしこういう、子供による演劇の催しでは、いつも衣装で苦労する。のちに、昭和初年の中産階級を描いた文章など読むと、そういう場合に、母が衣装を作ってくれた、などとあって、ああ金持ちはいいなあと嘆息したものだ。この時は、和服といっても浴衣を、私ほかみなが着込んでやったけれど、開幕直前に木原が腹痛を起こして、少し困ったのを覚えている。

その頃の私は、相変わらず、演劇というものに憧れがあって、五年生の時だったか、学習雑誌で、父親の八ミリカメラを借りて、小学生が短い映画を作ったという記事を読んで激しく興奮して、自分も、誰かの八ミリを借りて映画を作ろうと思い、登校して友達に声をかけたが、誰も乗ってこず、八ミリを持っている家などというのもなくて、頓挫したことがあった。

八ミリと言えば、その頃、「子供映画劇場　カセット8ムービー」というのが欲しくて、買ってもらったものである。小型の、フィルムを映写する装置で、二千九百円、カセット一個にトーキー用のソノシートがついていて、壁に敷布か何かを下げて映写するのだが、僅々《きんきん》五分程度の、『怪獣総進撃』の一場面だった。それも、手で回すのである。別に怪獣映画など、テレビで時々放送するのだが、それでも観たい時に観たい、という欲望があるのだ。もっともこれは、一度か二度観ただけで、お蔵入りになってしまった。ビデオデッキはその当時、高額ながらもうあったと思うが、私が入手するのはそれから十年後のことだ。

学校には、正門と裏門があって、正門から出ると、雑貨屋の「かに屋」の脇を通り、裏門から出ると、もう一つの小さな文房具店の前を通るのだが、ある日私は下校途中、その文房具店の前で転んで、顔から落ちたために、盛大に鼻血が出たことがある。すると、その店のおばさんが見つけて飛び出してきて、「ああかわいそうに」と言いながら、服にまでついた血を手ぬぐいで拭ってくれたことがあった。

夏休みなどが始まる日は終業式があって、もちろん喜びに溢れつつ帰宅するのだが、学校で作った工作や絵が、教室の後ろのロッカーに入っているので、それらを全部持って帰るのだ。後で思えば、終業式の前から少しずつ持ち帰ればいいのに、なぜかそれは気づかなかった。

だからランドセルのほかにたくさん荷物を抱えて、終業式の日には帰途へつくのだが、そこで歌を作って口ずさんでいた。

〽重いよ荷物、重いよ荷物、荷物ゥー、重い荷物はどうすりゃよいか、重みがかかりゃ、道へゴロン

という変な歌だった。

大江健三郎が、けっこう貧しい家に育ったのに、自分では裕福な家の子のような気がしていた、と言っていたが、私にもちょっとそういうところがあった。この世に「金持ち」がいることは分かっていても、父は東京駅の近くの会社へ背広姿で通っていて、母は時どき日本橋三越へ行ったりして、私もついて行ったりするから、そういう幻想に陥るのだ。もっとも、日本橋三越については、一九六四年に地下鉄東西線が開通して、千葉県北西部の農村地帯の人が来るようになり客層が変わったという説があるから、うちの母などもその一種だったかもしれない。

三越の屋上にはちょっとした遊園地や、イベント会場があり、神社の祭壇や彫刻も立っていた。確か一九七一年に、ザ・ドリフターズがイベント会場に来ていたことがあって、私も母や弟と会場に座っていたが、当時は志村けんではなく荒井注だったが、多分結成十五周年の記念か何かで、五人がスーツ姿で、舞台に立ち、真ん中のいかりや長介が挨拶をするというだけで、藝はやらなかった。子供が「カトちゃーん」と声をあげても、加藤茶はちらっとそちらへ目を向けるだけで、何もしなかった。母は家へ帰ってから、「何だか、すまーしてんの」などと言っていたが、これはお笑い藝人によくある、普通にしているとすましてると言われてしまうというやつだった。

おそらくその秋あたりから、弟は家から近い、こひつじ愛児園という幼稚園へ通うようになり、

市街地の保育所へ迎えに行く負担から、母は解放されたと思う。毎週楽しみに『ウルトラマンA』を観てはいたが、少しずつ、年齢が上がったのと、番組の質がシリーズ内でも低下していき、やたらとほかの「ウルトラ兄弟」やら、しまいには「ウルトラの父」などがピンチを助けに来るようになり、無意識に、面白くなくなってきたと感じていたのかもしれない。

「ウルトラの父」が登場したのは、十月六日のことである。だから、八月ころか、ウルトラの父のデザインを考えて応募するという企画があった。「ウルトラ兄弟」といっても、彼らは本当の兄弟ではない。最近の『ウルトラマンメビウス』に、タロウに至る「兄」たちが登場した際に、メビウスのヒビキ・ミライはいちいち「タロウ兄さん」だの「ジャック兄さん」だのと呼んでいたが、それも一応は、義兄弟という設定の上でのことだろう。ジャックというのは、一九八四年に、それまで「新マン」とか「マン二世」とか呼ばれていた「帰ってきたウルトラマン」を、便宜のため改めて「ウルトラマンジャック」と命名したもので、私のように、リアルタイムで観ていた者には、違和感がある。帰ってきたウルトラマンになる郷秀樹を演じた団次郎（のち時朗）も、「ジャック」は認めてなくて、番組内でジャックと呼ばれても返事をしなかったと言っていた。

ところで、義兄弟である以上、一人の「ウルトラの父」はおかしいと思った私は、ウルトラ五兄弟それぞれの父の絵を描いて送ったのだが、見ていた母は、

「『ウルトラの父』って、そういうことじゃないと思うけどなあ」

と言っていた。果して母の言う通りで、象徴的な意味の「ウルトラの父」ではあったが、次のウルトラマンタロウは、ウルトラの父の実子だという、またややこしい設定が出来たりもしたのであ

る。

『マジンガーZ』でも、似たようなことがあった。主人公はマジンガーを操縦する兜甲児だが、三枚目として「ボス」というキャラクターがいて、ボスが乗るロボットが登場するというので、デザインを募集した。私はごく真面目に描いて「ボストンガーY」と名づけてハガキを送ったが、実際に放送されたのは「ボスボロット」という、ロボットもまた三枚目のデザインだったから、「ああ、そういうことか」と、マジメに描いた自分が間抜けな感じがした。それに、これらのデザイン募集は、ボールペンやサインペンで描いて送るべきものなのに、私はなぜか鉛筆で描いて送っていた。ボスボロットの初登場は七二年十月だから七月ころだろうか。だが裏話として、デザインは永井豪によってすでに決まっていて（間に合わなかったから）公募されたものは反映されていないとのことである。

私の漫画『シバ二等兵』は、のらくろ同様に着々と出世していき、どこまで進級したのかは分からなくなったが、私は一度ダイジェスト版で、シバが大元帥になるまでを描いていたのが分かった。だが、旧日本軍での大元帥というのは天皇のことだから、これは勘違いだ。そしてシバシリーズの最後の場面として私が描いていたのは、頬杖を突いたシバが「大元帥……か…」と感慨にふけるという笑止なものだった。当時の私は、元帥になるくらいなら年齢は五十代以上である（人間なら）ということは考えておらず、まったく若いままのシバなのであったが、私が、大人でも二十代はひよっ子で、社会の中心は五十代だといったことに気づくのは中学三年になったころのことであった。

さて、『ウルトラマンA』の放送のある金曜日の放課後、母と一緒に市街地へ買い物に行って遅くなってしまったことがある。私の子供用自転車は、その頃歪んで、ペダルがチェーンカヴァーにこすれて、漕いでいるとすてん、すてんと音がしていたが、七時からの『A』に間に合うように、すてんすてんすてんと音を立てながら、母の自転車の先立ちになってスピードを出して漕いでいた。その時刻で、まだ周囲は夕暮れ時ながら明るかったから、夏休み中のことだったのかもしれない。スーパーのマルヤを抜けたところの、碁盤の目状の道へ入ったところで、左側から自動車が来て、私の自転車に当たりそうになって急停止した。

私は母に大目玉を食らった。「あの（運転していた）人、すごい目つきで睨んでたわよ」。すっかりしょげた私は、それからは普通運転で、家へ辿りついたのは七時を過ぎていたが、『A』を観る気にさえならず（その日は、特別何かがある回ではなかったからでもあろう）、自転車を庭に置くと、そのまま、ぶらぶらと、まだ夕暮れ時の外をぶらついて、傷心を癒したが、そこには、『A』も観ずに外へ出ることで、母の同情をかおうという計算もあっただろう。

よろず屋の「槇島」の前に、そのあたりの住宅地図が立っていて、私はそれを見ながら、ぼうっとしていた。その時、精神のバランスをとるためか、片方の腕を少し上げて、ぶらぶらさせていた。すると、自転車で通りかかった男があった。それは、その頃どこの町にも一人くらいいた、頭の弱いおじさんで、私がふりむいてそちらを見ると、へらへら、と笑いながら、

「何だ、これあ」

と、私の腕のぶらぶらを、真似して見せた。

それで、私はふっきれて、夕飯時になるであろう自宅へ帰って行った。

まだビデオデッキすらない時代である。ファミコンのようなものすらない時代に、まことに、大人たちはあれこれと、子供の遊びのために工夫を凝らしたものだと、思い返して感嘆することがある。

三年生のころに流行ったのが、アメリカン・クラッカーで、プラスティックの卵くらいの球を二つ、糸で垂らしてかちかち言わせ、最後は上下で連続してかちかちかちとさせるものだった。二人目の女児を産む前の、まだ二十代だったK子叔母は、よく家へ来ては、縁側で母と話し込んだりしていたが、そういう流行を持ち込むことも多かった。さっそく買い込んだが、私には下でかちかちさせるだけで、遂に上まで回してのかちかちには、至らなかった。

越谷へ来たころ買ってもらったのが「電子ブロック」で、これもちょっとした発明品だった。小さいブロックに電子機器がついていて、並べ替えるとラジオになったりテスターになったりするのだが、記憶に鮮明に残っているわりに、そう面白くはなかった。同じころだろうか、色つきの粘土というのを買ってもらったこともある。黄色、青、緑などの色をした粘土だが、普通の粘土とは違ってどろどろはしておらず、「注意書き」に、お子さまが口に入れたら吐き出させてください、しかし害はありませんと書いてあるのを読んだら、何だか食べたらおいしいような気持ちがしてきて、ずっと「うまそう」だなと思いながら遊んでいた記憶がある。

けっこう面白がって遊んだのが、四年生の頃はやった「トムボーイ」で、鋼《はがね》でできた、芋虫のような形状の単なる筒で、これを階段に置いて片側を下の段へ降ろしてやると、自然に階段を降りていくのである。分かりやすいので、弟と一緒に、よく家の階段で遊んだが、家の階段は途中で曲がっていたから、さすがにそこは自力では降りられなかった。

しかし、興奮させられたということでは、学研の「科学」と「学習」の附録にはまるで及ばない。これはもはや伝説と化しているが、うちでは、小学館の学習雑誌を書店からとり、書店では売っていない「学習」「科学」を学研直販で届けてもらっていたから、四年生なら『小学四年生』『4年の学習』『4年の科学』が届くわけだ。私は学校で使う下敷きに、それらが届くまであと何日、と書いては、授業の退屈さを紛らわしていた。

小学館のほうの附録は紙製のものが主だったが、「科学」の附録はプラスティックも使い、届いてすぐ、夢中になって手順通りに組み立てたり実験をしたりしたものだ。「検査キット」などという言葉があるが、私が「キット」という言葉を知ったのは、「科学」の付録によってではなかったかと思う。母はいつも、私が運動が苦手で、あまり外で遊ばず、運動不足であることを心配していたから、ある日、恐らく小学館の雑誌が届いた日に、すぐに読み始めようとする私に、家の周りを駆け足で五周してきたら読んでいい、と言い渡し、家の周りと言っても、六軒分の土地の周囲の道なのだが、実際に五周したことがあった。

従兄の「ゆうちゃん」は愉快な子供で、私たちはゆうちゃんと遊べると大喜びしたものだ。伯母は、外遊びの好きな自分の息子と引き比べてか、私がその家の庭で遊んでいると、来客に向って私の話をしながら、

「遊ぶ楽しさを知らない子なの」

と言ったことがある。

当時の日記が残っているので分かるのだが、正月に六軒へ行ったあと、一月六日にゆうちゃんが遊びに来て、子供部屋の二段ベッドを船に見立てて遊んだことがあるが、私が「あっ、イカだ」と言うと、ゆうちゃんは「酒のつまみだ、酒のつまみだ」と言って獲りに行こうとするのを私がとめるのである。すごく楽しくて、ゆうちゃんはこういうユーモアの才能があった。

この日記帳は、おそらく母に命じられて書き始めたのだろうが、単にその日あったことを淡々と書いているだけで、読んでいて気分が悪くなる。実際には永井荷風の日記だって、あったことを淡々と書いているのだが、それを書いているのが荷風で、大人だということで価値が生じているのである。私のこの日記を読んだ母によるコメントが書き込まれていて、「これは日記ではありません。日記というのはもっと自分が感じたことを書くものです」といったことが書いてある。だが母が、荷風の日記を読んだことがあったろうか。ないだろう。誰の日記を読んでそういうことを考えたのかといえば『愛と死を見つめて』のようなのを読んだだけだろう。私はこのころ、登校時のいじめで疲弊困惑していた。それを書けばいいのか。書いたって母も教師も何もできないではないか。あるいは母が空想しているのは、女の子が大人を喜ばせるためにまことそらごと取り混ぜてきれいに

まとめた日記に過ぎないのだ。そして私が大人になって、本当のことを書くようになると、人々はおおむね困惑して、自分のことは書くななどと言ってくるのだ。次に私の日記を読んだ母はまたコメントして、「お母さんはもう何も言いません」と書いているのだが、それでほどなく私は日記をやめてしまった。

私は五年生になるころから、意図してノートに「ジャポニカ学習帳」を買うようになっていて、級友から「またジャポニカか」とからかわれたりしたが、例の「大学ノート」というのも、もらったりして使ってはいたが、あれは珍妙なもので、日本でコクヨが作っていても、書いてあるのはアルファベットばかりで、そこに小さく「containing best ruled foolscap」と書いてあったりする。フールスキャップというのは、もとは英国のタイプ用紙で、「道化師の帽子」を意味し、帽子をかぶった道化師が透かしで入っていたものだが、それがいつしか単なるノート用の紙の別名になったものである。

私が熱中していたものの一つが、「シーモンキー」である。ごく小型の海老のようなものを、卵から孵化させて水中で飼育するもので、これは当時、密かに流行していた。それもいいのだが、一日に一度、酸素を入れ替えるために、中身を別の容器に移して戻すということをせねばならず、それは面倒だったが、私はラーメン用のどんぶりを使って、毎日律儀に入れ替えをしていた。

だがこれは、縦長の入れものに水を入れて、上に蓋もしていないから、危ないのである。ちゃんと蓋つきの容器もあるのだが、それは高価だから買っていなかった。そして見事にこれを全部こぼしてしまったのが、遊びに来ていた従妹のミユキちゃんで、ちょっと私が別の部屋へ行っていた間の出来事で、戻ってきた私は事態を知って泣きわめくし、ミユキちゃんはひたすらおろおろするし、大人たちもおろおろするだけで、何しろ小さな生き物と水が畳の部屋でこぼれたのだから手の施しようがなかった。結局私は一からやり直すしかなかった。

その十月には、『レインボーマン』『サンダーマスク』が始まり、アニメで『科学忍者隊ガッチャマン』が、十二月には、永井豪原作の『マジンガーZ』が始まった。十月に、日中国交回復の贈り物として、ジャイアントパンダが上野動物園に来た。牡のカンカンと牝のランランである。だが、私は観に行かなかった。ひどく混雑していると聞いたし、何より私は、動物図鑑で、パンダといったらレッサーパンダのことで、あの白黒熊のようなでかくてかわいくないものを、かわいいと言うやつらの気が知れず、「パンダ」とだけ言ったら小さい方なのに、いつしかでかい方が「パンダ」で、小さい方がレッサーパンダなどと呼ばれるのが不快だったからだ。

四年生の時だったか、クラスで切手集めがはやった。当時素直だった私はすぐそれに乗り、スタンプブックを買ってきて、母に頼み、家にある手紙から切手を切り取っては水につけてはがし、ブックへ入れていった。「国定公園記念」などとある切手だったが、母は、父と母の結婚前のラブレターだと言っていた。翌日スタンプブックを持って学校へ行った私は、さっそくコレクションを見せたのだが、「母と父のラブレター」と言ったら「ひゅーひゅー」という騒ぎになり、私は結婚前の父と母がラブレターをやりとりしていて何がいけないのか分からず涙ぐんでいたら、ある男子が「嘘だよな、なっ、嘘だよな」と言うから、うん嘘だ、と言って収まったのだが、子供というのは不思議なものだ。その時の青い色の実にそっけないスタンプブックは、あとで見たら、中華人民共和国製だった。

「日本切手カタログ」みたいなのも買って、母は新しい記念切手の発売の日になると、郵便局へシートで買いに行ってくれるようになったりした。「フィラテリスト」という、どうにも言い間違えてしまう妙な英語が、切手収集家を意味することも知った。父が持ち帰る、海外からの切手（封筒から切り取ったもの）は、スイスからのが多かったから、「ヘルヴェティア」と書いてあった。とはいえ、四方田犬彦の『女王の肖像』のように、一冊の本にするほどの情熱は私は切手には注ぐことはなく、ただし切手の収集は、単に届いた郵便から切り取るだけで今日まで続いているが、本来、私が使っている切手ブックのようなものは、仮の宿であって、最終的には切手は切手アルバムというちゃんとしたものに、裏に小さな糊づけをした紙を貼って張り付けるものである。

切手ブームが一段落すると、女子の間から、小さなカラーの紙を集めるのがはやり、これも私はやったが、子供が考えたたわいない遊びみたいなもので、何だかよく分からなかった。

その十月八日から十日にかけて、ジャコビニ流星群が見られるということが話題になった。私は、二階の物干しに陣取って、それを見ることにして、母の許しを得て、夜ふかしをし、夜食としてカップヌードルを食べることも許された。当時の子供にとっては、カップヌードルはご馳走だった。実際おいしいし、しかしなかなか親からは食べることを許されなかったからである。結局ジャコビニ流星群は見えず、その理由はよく分からなかったのだが、夜ふかしをしてカップヌードルを食べるという行為に、私は喜びを覚えていた。

二階の父の仕事部屋には、五年生のころに冷房が付けられた。それまで、日曜の夜に「ムーミン」などを観ていると、三菱の冷房「霧ヶ峰」のCMなどが流れて、ああ金持ちはいいなあと思ったものだが、それが二階とはいえうちに来たわけで、夏の暑い日にそこで昼寝したりするととても気持ちが良かった。

そこに物干しがあったわけだが、私は「ベランダ」と呼んでいた。運動オンチでも子供のころは身が軽いから、ベランダのふちに立って、母が何かしている部屋の中を覗いて、ひょいと飛び込んだことがある。母がいたから気分がはしゃいでいたのだろう。だが壁に頭を打ち付けて転落し、半ズボンの左足の腿をえらくすり剝いて、一瞬気を失った。気が付くと母が、「頭大丈夫？」と言ったが、頭は特に問題なく、腿のすり傷が痛くて、そこを冷やしてしばらく寝ていたことがあるが、五年生の夏休みのことだったろうか。

「マフィン」という西洋の食べ物を知ったのもこの頃であった。ラスクもそうで、そういう西洋お菓子が広まった時代だったが、マクロンはちょっと遅れていて、七八年にイプセンの『人形の家』を読んだ時、マクロンが分からなかった。のち中学二年でアメリカへ行って、マフィンは中にバターを挟んで焼いて食べるとものすごく美味しいことを知ることになる。グレープフルーツというのも、越谷へ来てから初めて食べたもので、真ん中から横に切って、砂糖をかけてスプーンでしゃくって食べて、美味しかったが、のちには砂糖がけはなしになった。

その頃、ゴジラ映画は、「東宝チャンピオンまつり」といって、ゴジラ映画の新作と、子供に人気のあるテレビのアニメやドラマの一回分など、五本くらいをまとめて上映していた。多くは一度観たことのあるものだったが、その十二月にも「東宝チャンピオンまつり」があって、『ゴジラ電撃大作戦』『ダイゴロウ対ゴリアス』の二つの怪獣映画をやるというので、母に連れられて日比谷まで出かけて行った。しかし、ゴジラの新作は春に出るのが普通だったし、怪獣ものの新作二つというのも変だと思っていたら、『ゴジラ電撃大作戦』は、『怪獣総進撃』の再編集・改題だったから、子供ながらに、こんな詐欺みたいなことしていいのか、と思った。『スペクトルマン』では、一度放送した回（二回分）のネズバートンという怪獣の出る回を、再放送とも何とも断らずに放送したことがあって、これにも驚いた。今ならテレビ局へ抗議が殺到しそうだが、当時は、子供番組などまともにとりあう人もなく、その後出たムックや回顧本などでも、誰も「言い訳」をしていない。

しかしそれまでテレビで観ただけだった『怪獣総進撃』をシネスコ画面で観られたのは良かったし、「飛び出せ！青春」などというテレビドラマも上映されて、「君は、何をいま、見つめているの」という「太陽がくれた季節」が、このドラマの主題歌であることを、この時初めて知った。だが、何といってもこの時の収穫は、「ダイゴロウ対ゴリアス」と、短いアニメ「パンダコパンダ」を観たことだった。

「怪獣大奮戦　ダイゴロウ対ゴリアス」は、ゴジラ映画とは別に、東宝・円谷プロが飯島敏宏の監督で作った怪獣映画だが、母親怪獣が人間に倒された後で残された子供怪獣ダイゴロウが、人間に育てられて、悪い怪獣ゴリアスと戦うという筋である。犬塚弘と三波伸介という藝達者な二人が、ダイゴロウを見守る二人組でいい味を出しており、優れたシナリオだった。「ダイゴロウ」というのが、その頃私はてっきり『子連れ狼』の大五郎かと思ったが、その年の名古屋場所で、外国人力士として初めての幕内優勝をした高見山大五郎だったかもしれない。また、子門真人《しもんまさと》の歌う主題歌がすばらしく、そのドーナツ盤レコードが出ているのを知って、イトーヨーカ堂で買おうと思った、その時のことが忘れられないのである。書店へ行く途中にあるレコード店で、探したが見つからなかった。母に、ない、と言うと、店員さんに聞いてごらん、と言われた。私は、嫌だった。恥ずかしいということもあったが、探してないものは、ないだろうと思ったからで、実際それから以後、書店などで、自分が探してないものを店員に訊いたらあったということは、東京堂書店でただの一回あっただけである。

その結果は、無残なものとなった。若い男の店員に、『ダイゴロウ対ゴリアス』のレコードありますか……」と訊くと、店員は聞き取れず、

「えっ？　何、漫画？　漫画なら、そのへん」

と、私が既に十分探したあたりを指して、行ってしまったのである。漫画ではない、と私は屈辱と恥辱に震えた。その当時は、特撮だろうがアニメだろうが、大人にとっては「漫画」という蔑称で呼ばれたのである。アニメーションだって、当時は「テレビまんが」だった。その後、アニメという呼称は、『宇宙戦艦ヤマト』以降のブームによって広まったが、特撮のほうは、未だにちゃんと認知されてはいない。

その十月、踏切のこちら側に、マルヤというかなり大きい平屋のスーパーマーケットが出来、母はそこで買い物が出来るようになった。その向いには、越谷マンションというアパートが出来たが、この名称がまた、要するに越谷に初めて出来たマンションだということを示している。これは十年くらい前まで、ぼろぼろになって存在していた。その一階部分には、本屋、おもちゃ屋、電器屋な

どのテナントが入り、私はそれからはしげしげと、書店とおもちゃ屋のほうへ行くようになった。

こうして、一九七二年は終わった。両親は、小学生のうちは塾などに通わせないという方針だったが、母はやはり「教育ママ」で、五年生の頃、学研の「チューターパック」という教育用機器一セットを買い与えられた。三万円台の値段だったが、テキストのほかに、指示装置のついた下敷きがあって、下敷きに挟んで、テキストを読んで、ペン状のもので回答を押すと「次へ進んでください」などと指示装置に出るといったものだが、中身は算数と理科で、これは面白かったから、わりあい熱心に勉強した。

別に私は塾へ行きたかったわけではないのだが、その頃、英語を習いたいと言い出していた。その当時の私は、英語というのを、算数と同じように、原理を覚えれば次々と習得できるように思っていて、むろん文法というのはあるが、実際には膨大な語彙を覚えなければ使えないということは、分かってはいなかった。

その結果、母が見つけてきたのが、ラボ・パーティだった。ラボは「国際交流センター」の事業で、ラングウェッジ・ラボラトリーの略であり、私が生まれたころに、詩人の谷川雁《たにがわがん》らが創設したものである。私は当然知らなかったが、左翼活動に挫折したとされた谷川の事業で、「ことばが、こどもの未来をひらく」をキャッチフレーズにし、独自の英語教材を作成し、当時は子供たちを、米国で一か月ホームステイさせるプログラムがあり、のちに韓国も加わり、韓国語の教材も作られた（スペイン語の教材もあった）。

具体的には、チューターと呼ばれる、中年女性の自宅などへ週一回通うのである。だいたい、大学で英語関係を専攻して、それから主婦をやっているというような、三十代から四十代の女性がチューターになっていた。私は近くの、本間雍子《ようこ》先生という、三十代くらいの女性の自宅へ行くことになった。はじめは母に連れられて行って挨拶したのだと思うが、学校へ行く方向から少しそれた、住宅地と農村の中間めいたところで、砂利道を少し行くと、やや古めかしいけれど敷地の広い、戦前からあるような屋敷が本間先生宅だった。他人の家に行くと、独特の臭いがすることが多いが、本間先生の家は古い家だったからか、便所が汲み取り式だったからか、特に独特の臭いがした。

ラボの英語教材というのは、カセットテープレコーダーが普及する前に作られたため、独自のカセット式テープを用い、また独自の再生装置を使っていた。そして、「だるまちゃんとかみなりちゃん」「ぐるんぱのようちえん」のような、福音館の「こどものとも」シリーズの名作絵本や、『オバケのQ太郎』を特別編集して、英語と日本語で交互に聴けるようにしたテープがあって、それらを繰り返し聴くのであった。そして半年に一度ほど、生徒たちでそれを演劇化して、英語劇として発表会などで上演するのだ。これを「テーマ活動」と言っていた。「オバQ」は、変な音楽がついていて、日本語の部分は中村メイ子が一人で全部やっていた。私はそこで「スマート」というのが、日本での意味と英語の意味とが違うことを本間先生に教えられたり、「ヒポポタマス」がカバであることを知った（しかしこれは「オバQ」の原典を読んでも分かることだった）。本間先生はほかにも、「サウンド・オブ・ミュージック」で歌われた「エーデルワイス」の英語版の歌などを教えてくれてみなで歌ったりしたので、私はこれは今でも覚えている。もっともその時本間先生は、これはオーストリアの「国歌」だと言った気がするが、そうだと思っている人もいて、オーストリア国歌が英語なのはおかしいなと思っていたのだが、今回調べてみたら映画のために作られた歌だった。本間先生は「ドレミの歌」の原典も教えてくれたのだが、私が「サウンド・オブ・ミュージック」を観たのは中学二年の時テレビ放送された際だったはずで、そのへんの意識がどうなっていたのかは、思い出せない。もちろん好きな映画である。

またある時、ラボにいて、ふと沼田と、人間ってなんで生きてるんだろうな、と話していたら、本間先生が、それはね、じゃあ、来週教えてあげる、と言ったのだが、別に教えてくれなかったということがあった。多分本間先生はキリスト教徒で、神の栄光のために生きているということを教えようとしたのだろうが、ラボで宗教教育をやるのはまずいんじゃないかと考えてやめにしたんじゃないかと、大人になってから私は考えたものだ。

その夏には「ラボ・フェスティヴァル」というのがあって、そこで、本間先生のパーティにいる私たちは、「だるまちゃんとかみなりちゃん」の英語劇をやることになった。こうして、半年に一回ほど、英語劇の発表会をするのだった。私はナレーションをやるため、「お坊ちゃん」服みたいのを着せられて舞台の袖に立っていたのだが、セリフはただ聞こえたままに丸暗記したもので、これは絶対本来の英語の発音とは違うと思ったから不安で、教えてくれと母にも先生にも言ったのだが教えてくれなかった。始まる時に、本舞台のほうでちょっともたつきがあり、私はこれに対して、自分はいらだつ権利があると考え、足をじたばたさせた。あとで母から、あれは良くなかったと言われたが、小学五年生の私は、いらだつ権利があれば人前でじたばたしてもいいと思う程度に幼かった。

ただ、後で考えると、英語の勉強には全然なっていなかった。英語を習いたいと言ったのが、なぜこうなったのかというに、母はもともと、他人とうまくコミュニケーションがとれない私を心配して、意図的にこういうところに入れたのだと、後で知った。

後で聞いたら、水海道では元気だった私が、引っ越ししてからは元気がなく、病気がちになった、ということだったようで、確かに自分で思い返しても、三、四年の時は、新しい服がしっくり来ないような感じはあり、友達も木原しかいなかった。

だが、中学や高校でも、一年生の時はいじめられたりしていたのが、二、三年になるとそうでもなくなる、つまり慣れるというのが、私の性質だったらしく、小学校でも、五年になると、ずいぶん様子が変わった。

ところで本間先生は二年ほどで病気のため先生をやめて、山形県の酒田の実家へ転居していった。それは先生の実家なのか、夫の実家なのか不明だが、二年後の一九七六年十月末に酒田で大火があり、母が連絡をとって先生の無事を確認していたのだが、酒田の本間家といったら、日本一の地主として有名だから、本間先生はその一族だったのだろうし、そう言われれば旧家の人みたいな上品さがあった。

三月の末に、私は「ゴールデン・ハインド号」という、英国の昔の帆船のプラモデルを買ってもらったが、これは本格的なモデルで、小さい紐を結んだりと、細かな作業もペイント塗りも必要だったから、完成するまで二年か三年くらいかかってしまった。

三月二十九日が父の誕生日だったので、帰宅したら居間へ入るところでくす玉が割れるようにしようと、弟と二人で工夫したが、くす玉というのは生じっかなことで作れるものではなく、細かい紙を作ったのはいいが、四角い箱が紐を引っ張ると開くようにするのも大変で、結局父の頭へ箱ごと落とすはめになり、悔しがってあとから紙を振りかけたりしていた。

そのくらい当時は父とも仲が悪くはなかった。四月はじめに、六軒から、カピが病気だから肉を買ってこい、という連絡があった。ちょっと意味不明だったが、四月六日、私は春休み中だが、金曜日で、父はなんで休みだったのか、二人で六軒へ行ってきた。当時、六軒へ行くには、北千住へ出てから常磐線で取手まで行くのだった。なぜか母ではなくて父が私を連れて、途中、肉屋で普通の豚肉か何か買って行った。カピは、無残な姿をしていた。右脚の先がなくなっていたのだ。それはどうやら、まったく散歩などに連れて行ってもらえず、もしかすると食事もないことがあって、自分で食いちぎってしまったらしかった。子供の私には、その意味が分からなかった。肉を持って行って食べさせるとカピが元気になるのかなあと思っただけだったが、実際には、犬を預けっぱなしにしていることへの、厭味の表現だったのかもしれない。それからほどない二十五日、カピが死んだという報せがあった。私が、ひどいことをしてしまったと気づいたのは、ずっと後のことである。

四月になってクラス替えがあり、担任は小太りの男性教諭・小林に変わった。木原も、松田君も小杉さんも別のクラスになったが、不思議とスムースに、新しい友達ができた。引き続いて同じクラスだったのは、あのキツネ顔の安藤だった。友達になったのは小柄な木戸とか、のっぽの堀内とかで、ほかにも親しい級友ができて、様子は変わった。

それに、NHKの六時五分からの人形劇で、三年続いた『ネコジャラ市の11人』が終って、新しく始まった『新八犬伝』が面白く、観ているうちに夢中になった。『ウルトラマンA』の後番組で『ウルトラマンタロウ』が始まり、一応観ていたが、レベルが下がっていたし、特撮ものへの興味はだんだん薄れて行った。『レインボーマン』や『マジンガーZ』、新しく始まった『ジャンボーグA』や『仮面ライダーV3』、『風雲ライオン丸』などは相変わらず観ていたが、次第に興味を失っていった。結局は、特撮ブームであまりにたくさん番組が作られ、飽和状態になって粗製濫造され、終息に向かっていたのだった（むしろのちの巨大ロボットアニメというのが粗製濫造されながら終わらずに「ガンダム」や「エヴァンゲリオン」を生み出したのは不思議なことだ）。

このころになって、集団登校という制度があることが分かったのは、おかしなことだったが、訊いてみると、私の住所の所属するグループもあり、しかしその集合場所が、学校の真ん前にある「かに屋」だった。つまりそれだけ、私の家が学校に近かったということで、何も集団登校にこだわる必要はなかったのだが、もっと家に近い住宅街から出発しているグループがあって、母がそれを指摘したため、そこに入れてもらうことになった。

そのグループは、二人の五年生がリーダーで、いずれも背が高く、秋山というのは細身で目つきが鋭く、古田というのは小太りで「ジャイアン」風だった。この二人はどうも、親分風を吹かしたがるタイプのようで、引き連れている下級生に対してむやみと威張っていた。秋山は私を「サル」と呼び、そのうち、

「こいつ、サル、サルって言われてて豊臣秀吉になるんじゃねえか」

などと言っていた。その年の大河ドラマは「国盗り物語」だったので、小学生でもそういうことは知っていたのである。しかし秋山の顔つきは、いくらか凶悪だったから、織田信長気取りででもあったのかもしれない。その登校路にハトがいたのか「ククー、クー」と鳴いていた。埼玉県の県鳥がシラコバトだったから、シラコバトかと思ったが、キジバトかもしれない。水海道にいた時はこの鳴き声は聞いたことがなかったが、最近は東京でも聞くことがある。私はそのまねをして「ククー」とやったから、秋山が振り向いて、「なんだ、サルか」などと言った。

あれこれと、居丈高な下級生いじめをしながらの登校となり、下級生たちは、あたかも軍隊の上官に対するように、秋山や古田に服従していた。ある日、歩道橋を渡る前の道のところで、私が遅れてしまい、道を渡りそこねた。秋山が、「早く来い！」とどなった。私はそれを聞いて、左右確

認のために、左を見て右を見てから渡った。秋山は、

「こいつ、俺が呼んでんのに、向こう見やがった」

と言って笑い、私の頬を張った。

私はそんな理不尽な暴力を受けたことは初めてだった。ほかにも蹴飛ばされたり、帽子を飛ばされたりした。それで母に訴え、母が担任に話した。その時はもう五年生になっていたから、担任の小林は、ある日、浮かぬ顔をして、学級全員に「小谷野が集団登校でいじめを受けたというんだが」と話し始めたが、同級生の反応は、意外にも、そんなの（集団登校で上級生からいじめを受けるのは）当り前だ、というものだった。

小林や母がどう動いたのか、私はまるで知らない。「集団登校でいじめがあるのは当然」という空気に、母が抵抗したのかどうか、それも知らない。ただ、父親は何もしなかっただろうと思う。

それから数日後の夜七時ころ、秋山とその母が、私の家へ訪ねてきた。私は、弟と風呂に入っていて、驚いて裸のまま、ドアを少し開けて、玄関先で立って母と話している秋山母子を覗いただけだった。

二人が帰って行ったあとで、ようやく風呂から上がれた私に、母は、いくぶん暗い顔つきで、

「『僕は、ついてこられない子は嫌いです』って、はっきり言ったわよ」

と言った。私はそれを、母がその発言に感心したかのように受け取った。結局私は、そのグループからは離れて、一人で登校することになった。

それから三十年ほどたって、私はその時のことをエッセイに書いて、私が父親なら、その場でそ

の上級生を張り倒す、と書いた。それを読んだ母は、「何も感心なんかしなかったわよ。なんだこのやろう、と思ったわよ」と言っていたので、すまないことをした、と思った。

クラスには、さながら「ジャイアン」のような、悪童兼いじめっ子が一人いた。しかし後で考えると、誰か一人を標的にしていじめ抜くとか孤立させるとかいうのではなく、教師に対しても悪童で、取り巻きをしているような生徒以外は、たいていこいつにいじめられていたから、その点がまだましであった（のち高校で遭遇したいじめの親玉は、教師に対しては決してその本性を見せない狡猾なやつだった）。

五年生から新しい「家庭科」という教科も始まり、ほうれん草を油で炒めて食べたり、まるでものにならない絲と針で縫う練習をしたり、ホックをつけるのをやったりした。ホックのことは教科書に「スナップ」と書いてあり、先生もスナップと言っていた。一人の女子が「これ、うちではホックって言うのよ」と言っているのを聞いた男子が「バカじゃねえの」と言っていたのは、みなそれは分かってやっていたからである。家庭科で一番楽しかったのは、お茶を入れてお菓子を食べるという回で、私もお茶うけのお菓子を買って学校へ持って行って食べたりした。

越谷市の中央には、南北に元荒川が流れて、真ん中から東側へ折れていた。のち私たちはここのそばへ引っ越すのだが、室町時代より前には、隅田川が武蔵国と下総国の境だったから、この元荒川、つまり荒川もまた、下総と武蔵の境だった。市役所も川の隣にあったが、そこから北へ行き、川を東に渡ったところにあったのが久伊豆神社で、私たちは「ひさいず」と読んでいたが「くいず」という読みもあるらしい。川のほとりから長い参道が伸びていて、祭りの時は両側に屋台が並んだ。子供のころは祭りがあると、親戚の子供などとうち連れて出かけたりしたが、私は祭りというものが何だか嫌いだった。人ごみが嫌だし、屋台で売っている綿あめはともかく、リンゴあめとかが何だか汚い感じがしたし、ウルトラマンのお面なんかも買ったりはしたがチープな感じがして嫌だった。神社特有の催しもなかったが、私のこの祭り嫌いは、のちに民俗学嫌いにつながっていく。しいて理屈をつけるなら、民俗学というのは柳田國男のような都会育ちのエリートとか、南方熊楠のような金持ちが、貧しい人々を観察しに行くもので、私は自分がその観察される人間の側に属すると感じ、そういう前近代的な俗信からは逃れたいと思っていたからであろう。いや、実際には私の周囲には、民俗学の対象になるような「民俗」すらなかったというのが本当のところだろう。純文学小説でよく描かれるような地方色豊かな習俗など、薬にしたくもなかったのである。

久伊豆神社の隣に「アリタキアーボレイタム」と書いた植物園があり、そこを訪れたこともある。私はこの「アリタキアーボレイタム」という響きが面白くてただ意味もなく覚えていた。アーボレイタムは植物園だが、それから三十年くらいして、その周辺の住宅地を歩いていたら「有滝」という家を見つけて、あっ、これがアリタキアーボレイタムの持ち主だったのか、と理解した。

三月には、母に連れられて、ディズニー映画『ベッドかざりとほうき』を観に日比谷まで行った。メアリー・ノートンの児童文学を原作とした実写ものだったが、その頃、父の仕事が景気が良くなったかして、同じ春休みに『ゴジラ対メガロ』も観に行っているし、さらにNHKの子供向け歌番組「歌はともだち」の公開録画を観に、内幸町の東京放送会館へ行っている。これはこの年七月に廃止されて渋谷の放送センターに変わる。

『ベッドかざりとほうき』は、途中から入って観たが、アニメを使ったシーンやロボットとの戦闘シーンなどが子供には面白かった。「メリー・ポピンズ」の二番煎じみたいなもので、主演がアンジェラ・ランズベリーで、この撮影時には四十六歳になっていて、あとで観るとれっきとした「おばさん」なのだが、最近の「メリー・ポピンズ・リターンズ」に九十三歳で出演していたのには驚嘆し感激した。この映画は子供向けなのに吹き替えではなく、当時の手書きの字幕が読みづらかった。「身替りの術」の「身」が「耳」に見えたのを覚えている。いったん解散して男が駅から汽車に乗ろうとしているところで、終わったと思わせる手法にも感心した。

「歌はともだち」は、時おり観ていた番組だったが、大きなホールではなくスタジオだった。観客も一緒に主題歌を歌うはずだったのが、実はこの時、主題歌が新しくなったと言われて、ちょっと驚いた。それまでの主題歌は、短調の曲で、

一人の時はソロで　二人の時はデュエットで　三人寄ったらトリオだよ
歌ってごらん　遠慮は無用　おなかの底からヤーヤーヤーヤー

というもので、私としてはこれを歌うつもりで気合を入れていたからである。おかげで、新しい歌を覚えさせられるところから始まった。新しいほうが、今でも覚えている人の多いらしい「歌はともだち　歌は太陽だ」という長調の曲である。

この時初めて、観客の拍手というのが、フロアディレクターが手を回して指示を出してするものだということを知った。みんな素直に言うことを聞くんだなあ、とちらりと思いつつ、私も合わせて手を叩いていた。フォークグループの「ガロ」が登場して、その頃ヒットしていた「学生街の喫茶店」を歌っていたが、子供には意味が分からなかった。またこの時観た「ゴジラ対メガロ」は、ゴジラ映画史上、出来が最低だったと、あとで観て思った。「オール怪獣大進撃」は子供向け極まったりだったが、「メガロ」は、ちゃんと作ったつもりなのに最低の出来になっていた。

担任の小林のことは、後になって母が「日教組」だと言っており、実際、日の丸や君が代の批判などしていた。母は、中学生のころ私が天皇制反対になった時、小林の影響だなどと言っていたが、そんな簡単なものではない。人間が生まれで差別されてはいけないという思想を正しいと思ったからだけのことである。

『新八犬伝』に夢中になった私は、子供向けの、村松定孝《さだたか》が書いた『里見八犬伝』などを読んでいたが、そのうち、石山透がシナリオを書いている『新八犬伝』のノベライズ版が刊行されて、私は勇躍、買いに走ったが、現物を見ると二段組で、何だか大人の本のようだというので、買うのをためらったことさえある。あとで考えたら明らかに子供向けの本だった。

『新八犬伝』に夢中になったことが、それからの私を、歴史好きにし、のちに歌舞伎を観る下地を作ったといえよう。人形劇では、浜路《はまじ》は網干左母二郎《あぼしさもじろう》に殺されず、信乃《しの》と現八《げんぱち》がたどりついた行徳《ぎょうとく》の古那屋《こなや》の場には、犬田小文吾《いぬたこぶんご》も山林房八《やまばやしふさはち》もぬいも犬江親兵衛《いぬえしんべえ》も登場せず、左母二郎にかどわかされてきた浜路が、左母二郎に逆らって切られ、そのまま破傷風で寝付いている信乃のところまで来て、その上に倒れこんで、生血が信乃に流れ込んで助かるという展開になっていた。そういう、原作を脚色する、ということを知った。

それと、旧国名（安房《あわ》とか武蔵とか）がよく出てくるから、どこかから切り取った白地図を元に、国語辞典の後ろに載っていた国名を参考にして旧国名地図を作って部屋に貼り、この時ほぼ覚えた。そうやって、それまで封印されていた大人の世界に触れるから、面白くなる。『新八犬伝』の脚本の石山透は、『タイムトラベラー』や七七年の『鳴門秘帖』、『プリンプリン物語』を書いた、私の好きなシナリオ作家だが、五十代で死んでしまった。割と難しい言葉を、子供向け番組でも使うから、そのたびにメモして懸命に調べ、「閑話休題」も分かったし、挿入歌に出てくる「巧言令色《こうげんれいしょく》鮮《すくな》し仁《じん》」も分かった。

しかしそれほど好きだった「新八犬伝」を観忘れたことがある。家にいて忘れたのだが、というのはその日『小学五年生』が届いて、その付録が面白く、夢中になって付録を作っていて、はっと気が付くと放送時間を過ぎていたのである。母と弟もそこにいたが、母でさえ気づかなかったのだ。私は、内心に「うわーっ」と声をあげんばかりで突っ伏してしまい、母は「そっとしておくしかない」という感じで、弟を連れて台所のほうへ行ってしまった。

「オセロ」というゲームが発売されたのはこの一九七三年四月で、うちでもほどなく買い込んで興じるようになったが、その元となった囲碁のほうは、遂に実際にやる機会はなく、四十過ぎまでルールさえ知らずにいた。なおこの「オセロ」はもちろんシェイクスピアの戯曲からとった名前で、白人と黒人の結婚だからそう名づけたのだろうが、当時学年誌で読んだ説明では、オセロという将軍が、勝ったり負けたりするのでオセロとつけた、となっていて、あとで原作を読んだ時に、あれっと思ったものだが、小学生に「黒人と白人の結婚」は生々しいとでも思ったのだろうか。

『デビルマン』の原作というのが、アニメとは全然違う絵柄で面白いということを知って、街の商店街へコミックを買いに行ったのは、マルヤの向いで見つけられなかったからだろう。その頃、商店街の、私が自転車で行き来する地域には、三軒の書店があった。越谷高校の生徒の教科書を扱っている、割と大きな明詩社書店と、その向いにある小さなフタバ書店、それからずっと南へ下がった、中華料理店の隣にある秋山書店だが、私はその秋山書店へ行って探した。すると上のほうに『デビルマン』が見えたので、とってもらって買ってきたが、中を見ると様子が違う。テレビ版に合わせて、永井豪の弟子の蛭田充《ひるたみつる》が『冒険王』に連載したものだったのだ。

漫画の世界には、こういうことがある。吾妻ひでおなども『テレビマガジン』で、手塚治虫原作の漫画をテレビに合わせて描いていたが、吾妻くらいになると、原作を超えてしまったりする。それはともかく、なぜかその頃、わずか全五冊の、「ほんものの」『デビルマン』を入手するのが難しく、たかが講談社のコミックなのに、半年近くかかってしまい、第一巻、二巻あたりを読んでから、先を読んでいた木戸に、続きを訊いたり、残っていた『少年マガジン』で一部を見せてもらったりして、確か最後の第五巻を入手したのは、三越でだったように思う。

それは、アニメとはまったく異なる、黙示録的世界で、最後まで読み終えた私は、自分はいったい何を読んだのだろうと、茫然としたほどであった。私は、訪れていた叔母と話している母のところへ行って、「『デビルマン』が難しくてよく分からない」と言った。ただ、『デビルマン』の現物は、シレーヌとの血みどろの戦いなど、親に見せられないものがあったから、読ませようとはしなかった。叔母が、そういえば、知り合いの大学生が『デビルマン』読んでたからねえ、きっと難しいのよ、と言った。

これが私の、戦後漫画史上の最高傑作との出会いであったのだ。のち、犬や猫を殺すことに性的快感を覚えて、遂に幼児を殺してしまった少年などが話題になった時、私はありありと、その頃の自分のことを思い出した。デビルマンの戦いは、血みどろであり、かつエロティックだったが、私も確かにそこに、性的快感を感じていた。私は、赤い液体を詰め込んだデビルマンやシレーヌの人形を作り、その戦いを再現することまで夢想した。それは結局実現しなかったし、技術的に難しすぎただろうが。

そういえばその『デビルマン』の第二巻で、不動明《あきら》と牧村美貴が不良にからまれるシーンで、不良の一人が「殺ったるでー」と言うのだが、その「殺」には「や」とルビが振ってあり、（あ、やったるで、か）と私は思って読んでいたのだが、木戸が「ころったるで」と書いてあると言ってゲラゲラ笑っていたので、いや違うだろ、ふりがな振ってあるだろ、と言ったことがあり、こういう時に、ちょっと自分の知能は高いらしいと思うのだった。

五年生の時、教室の窓際に、小さな本棚が置かれて、そこに担任の小林が持ってきた、読物の小冊子がいくつか備えられた。どうやら、昭和三十年代の『少年』などの附録のようで、私はその中から、ウィリアム・アイリッシュの『自殺ホテル』とか『死刑台のくつ』、あるいは日本の岩本うしおという作家が書いた『カタコムベのある山』（『中学一年コース』一九六二年十二月号付録）などを読んで、面白かったのを覚えている。

四年か五年生のころから、OHPという新しい機器が授業に導入されるようになった。私たちはこのように、年々新しいものが出現する時代を生きて、将来はもしかしたら地球が破滅するような戦争が起こるかもしれないと思う一方、月旅行とか宇宙旅行が普通にできるようになるだろうと信じていた。だが大学生の時にスペースシャトルの爆発があり、結局今日にいたるまで月旅行などできるようにはなっておらず、「騙された」と私は思っている。

この一九七三年に「マヨコに雪が降る」という地味な映画が公開されて、北越谷の体育館へ観に行ったようだが、中身はいわゆる子供を中心とした純文学児童文学みたいなものだった。

校舎は両側に階段があったが、片側には音楽室などいくつかの教室ではない室があった。私は四年生のころ、この音楽室から聞こえてくる合唱曲にちょっと感銘を受けていて、大人になってから調べたら「トランペット吹きながら」という湯山昭作曲の合唱曲で、さっそくレコードを買ってきて聴いていたことがある。

音楽の時間は担任ではなく音楽の先生が教えていた気がするが、五年生までは担任が教えていたような記憶もあり、私は音楽室でふざけていて担任に怒られ、「出ていけ!」と言われて、「はい」と言って出て行ってもとの教室に座っていたことがあった。どうやら、こういう時は本当に出ていってはいけないので、「すみません」と謝るものだという日本の儀礼様式を、その時知った気がするが、釈然とはしなかった。

階段の前の廊下には、交通整理のための木製の背の高い箱みたいなものが置いてあったが、女子が身体検査でシュミーズ姿で上がってくるのを、木原とこの箱に隠れて覗いたこともある。「きゃあ」などと言うのが楽しいので、別に下着姿が見たかったわけではないので、のちに井上章一さんが『パンツが見える。』で、スカートめくりをするのはパンツが見たいからだという多数派らしい意見を紹介した時にはショックを受けた。私は別にパンツなんか見たくないからで、むしろ「きゃあっ」と騒ぐのが見たかっただけだからである。

確かこの担任の時だったが、ひょうきんな感じの男子生徒が、「口紅みたいのつけてるよ」と言いつけて担任を一人の女子生徒のところへ引っ張ってきたが、女子生徒は「リップ、リップ」と言っていて、担任が「くちびるが乾くのを防止するやつだ」と言って男子生徒の頭をぺち、と叩いているのを目にした。

その七月ころ、ラボ・フェスティヴァルで私たちは「だるまちゃんとかみなりちゃん」を、草加文化会館で上演し、私はナレーションを担当した。しかし、私はその英語を、テープの通りにただオウムのごとく覚えただけで、単語も構文も、全然知らなかったのである。しかしおそらくは、そういう単語・文法中心の英語学習ではなくて、耳を通しての学習という理念でもあったのか、母も教えてはくれなかったから、ただ聞こえる通りにまねしただけであった。けれど、赤ん坊が英語を学ぶように身につけるには、この程度ではダメなのであって、結局中学校へ入るまで、私は英語の基礎を全然知らずにいた。私の年齢は、既に赤ん坊が持っている言語習得能力を失う年齢になっていた。

その頃私は次第に、自転車で、それまで行ったことのないところまで出かけるようになっていて、よく行ったのが、学校とも市街地とも別の方角の、田園地帯にある酒屋の「さかえ屋」で、酒屋といってもよろず屋だから、そこで、講談社から創刊された『テレビマガジン』を毎月買うのだが、「仮面ライダーV3スナック」などというのも買った。当時、仮面ライダースナックについている カード目当てにたくさん買い込んで、食べずに捨ててしまうということが、ちょっとした社会問題になっていて、私も、川にスナックが多量に捨てられているのを目にしたことがあるが、私はそんなことはしなかったが、このスナックは存外おいしかった。

あるいは、それまで清涼飲料水といえば「ファンタ」だったのが、この当時、私は「ブラッシー」という、武田薬品で作っているみかん味の飲料が好きで、よく飲んでいた。というのは、プラッシーは炭酸が入っていなかったからで、私は炭酸が好きではなかった。「プラッシー」は、米屋で売っていて、なかなか入手が難しいのも、希少価値観を誘ったのである。プラッシーの底には、みかんの滓のようなものがたまっていた。

私が特に好きなお菓子は、その頃からずっと、ポテトチップスだった。特に湖池屋のもので、のちにかっぱえびせんで成功したカルビーが追い上げるが、私は湖池屋のポテトチップスこそが本当のポテトチップスだと思っていた。ところが、あれはどういう作用なのか、プラッシーを飲んで少しすると、げっぷと一緒に、歯糞というものが、喉から出てくる。これが猛烈に臭いのであった。

また当時、少年雑誌に小さな広告が載っていたのが、まつみ商会の通信販売であった。私はこの頃これに熱中していたのだが、切手を送って購入できる、のちに「アイディア商品」などと呼ばれるようになるものの子供版であった。ここで、私は三度ほど、子供用のおもちゃのようなカメラを買った。掌に収まるくらいの小型カメラで、撮影、現像、焼付が全部できるのである。もちろんしかし、出来上がるのは、白黒なのは当然、ただぼんやりとものの影が写っているようなものでしかなかったのだが、いかにも秘密めいているところが良かったのである。

このまつみ商会は、購入すると、色々面白そうなものの載ったカタログも送ってくるので、食指は動いたが、カメラのほか何か一度くらいは買ったろうか、いずれにせよちゃちなものではあった。それと似た感じで、書店で見つけた『子供の科学』も、ひどく興奮して読み耽ったものである。

のち大学生の時に中学校に教育実習に行って、給食の分量の少ないことに驚いたが、子供にとってもあれは少なかったらしく、帰宅するとかなりお腹がすいていた。母が留守だと、私はお菓子を食べたりしたが、クノールスープの調理するのが好きで、コーンクリームスープとか野菜スープとかを水に溶かしてぐつぐつ煮て、ホールスタイルのコーンの缶詰を開けて中身を全部入れ、それを全部たいらげるのが好きだった。

あとはケロッグのシリアルが当時全盛期で、コーンフレーク（鶏）、コーンフロスト（虎）、ハニーポン（蜜蜂）、シュガーポン（ライオン）、フルーツポン（オオハシ）など動物のマンガを紙製パッケージの表紙にしたものがいくつもあり、新しくチョコワ（象）とかコンボ（ゴリラ）とかいうのができたりして、あれこれ買ってきては食べていた。中学二年でアメリカへホームステイした時も、同じものが売っていたので、小型のをいくつか買ってきてしばらく置いておいた。大学生のころまで、時どき買ってきては朝食に牛乳をかけて食べていたが、それから四十年ほどたって、気づいてみたらこれらケロッグのシリアルはもう売っておらず、別会社のシスコのシスコーンだけが残っていて、シリアルといえばフルグラばかりになっている。私はハニーポンをもういっぺん食べたいと思って探したが見つからなかった。

スーパーなどの穀物売り場には、「ビタバアレー」と書かれた、黄色いビニール袋に入った穀物が売っていて、何だろうと思ったが、のち大麦であることが分かった。しかし大麦を家で食べたことはないし、どういう人に需要があるのだろうか。これは今でも売っている。アメリカではオートミールといって燕麦《エンバク》を温めたのを朝食で食べさせられたが、まずかった。西洋でも、まずいので子供が嫌がる朝食らしい。

カブトムシ獲りに熱中した私は、夏休みになると、一家で西隣の川口市の安行《あんぎょう》という森林地帯へカブトムシ獲りに出かけた。朝の三時ころの暗いうちから起き出して、母の自転車に弟が乗り、父と母と私と三人の自転車で、四号バイパスを下って安行まで行くのだが、このルートは誰に教わったのかは覚えていない。父はいつもトランジスタラジオを持っていて、そこから「飲むんだったらUCC」という缶コーヒーのCMが流れていた。途中の道には、夜中に川や沼から出てきてトラックにつぶされたウシガエルの死体があちこちにあった。二、三回は行った気がするが、ちゃんと立派なカブトムシを捕まえたのは一回だけだったような気もする。一家がまだ仲がいい時代だった。夕方などはたいてい母と弟と三人で、お菓子など食べていた。最後に一つ残ると、誰も手を出さない。母は「関東の一つ残し」と言っていたが、のちに、関東だけでなく日本中どこでも、いや世界中どこでも、一つ残るとみな手が出しにくくなるものだと分かった。

小学校五、六年の時の私は、いま思えば驚くほど、普通の少年であった。夏になると、ラボのサマーキャンプで、長野県の最北にある黒姫山のふもとの「ラボランド黒姫」へ出かけた。これは確か、渋谷の、東京都児童会館のあたりから、長距離バスが出るのであった。

ラボランドは、その二年前に作られたもので、三万坪の敷地があり、寝泊りするロッジが散在していたが、全体が世界地図をかたどっていて、ロッジは五、六軒ずつ、四つのグループに分けられ、北東にあるのがロッキー、南東がアンデス、南西にナイル、北西にバイカルと、四つの大陸から名前がとられていた。その二年くらいあとには、岡山県の高梁《たかはし》にもラボランドができ、こちらはラボランド高梁と呼ばれたが、いずれも、今ではなくなってしまったようだ。

ここで、夏は野尻湖で遊び、黒姫山へ登り、冬は妙高高原でスキーをするのである。本間先生のパーティからは、沼田と香川というのが一緒だった。沼田はその年から同じクラスになった、目の大きい生徒で、沼田産業という大きな会社の社長の嫡孫で、のち父親が社長になり、今は本人が社長をしている。家はその頃、越谷の南のほうに、大きな邸宅があったが、そんな金持ちの家の子が、公立中学校まで私と一緒だったのは、一般の生徒と交わらせて育てようという、祖父や父の信念に基づくものだったらしい。

香川は、それから二年して、本間先生が病気のためチューターを辞めてから、私たちのチューターになった女性の息子で、私らより一学年下だった。この時、黒姫山の中途まで登ったのだが、これが私の初めての山登りだった。といっても、子供だから、さほど本格的なものではなかったろうが、引率されて道をしばらく歩いて、前方に山の頂上が見えた時のことを、よく覚えている。

夜はロッジで、年長の人たちとあれこれ話した。中でも怪談ばなしが抜群に面白かった。ちょうどこのような、という始まりで、ロッジに二人の姉妹が泊まっていると、夜中に二階で物音がするので、姉が上がっていく。妹は階下で恐れながら待っていると、上で姉の悲鳴が聞こえ、妹が慌てて階段のところへ行くと、上から、姉らしい姿が、こつ、こつと降りてくる。妹は呼びかけるが、答えない。

「お姉ちゃん、お姉ちゃんなんでしょ！」

というところまで話しておいて、いきなり大声で、

「首がない！」

と叫ぶのである。あまりに驚いて、数人が後ろの襖を倒してしまった。もっとも、このいきなり叫ぶのは、よくある技法で、子供の時多くの人はいっぺんはやられるもののようだ。

二泊三日なのに、私は二度も家に葉書を書いて、ラボランドの中にある郵便ポストに投函したから、二通目は私が帰ってから届いた。

帰宅した私は、興奮して、黒姫でのことを母に話したから、母は、さぞ、ラボに入れた甲斐があ

ったと喜んだことと思う。というのは、中学二年の夏、一か月アメリカでホームステイして帰ってきた時は、すぐには何も言わなかったから、母が、

「あの時みたいに夢中になって話してくれるかと思ったのに」

と言っていたからだ。しかし、一か月というのは、興奮してあれこれ話すには長すぎるし、年齢的にも、母親に何でもあれこれ話す、というものではなくなっていたのだから、それは仕方がない。

その後、引き続いて私は林間学校で日光へ行った。日光は二度目である。行きのバスの中では、バスガイドが歌を歌い、調子のいい生徒たちも、前へ出て歌った。特に、安藤が山本リンダの「狙い撃ち」を歌ったのをよく覚えている。

その当時は、歌謡曲というのは、子供文化の一端を担っていて、特に一九七〇年代前半は、天地真理、山本リンダ、フィンガー5が続けざまに、子供受け路線を驀進したものだが、リンダとフィンガー5は、作詞の阿久悠が、意図的に子供受けを狙ったものだった。それはまったく当たったといえるので、だいたい「狙い撃ち」の歌詞の意味が、小学五年生に分かっていたとは思えないのだが、「こまっちゃうナ」の頃とはまったくイメージを変えて、「へそ出し」と言われたスタイルで、内容を考えたら奇矯な歌を、奇妙なメロディーと奇態な振り付けで歌ったから、受けた。

私は大学生になる頃から、世間の流行歌から遠ざかってしまうため、七〇年代歌謡曲だけは割に知っているし、それらはヴァラエティー番組などで率先して歌われたから、知っていることも多かったが、山本リンダの「どうにもとまらない」から始まるシリーズは、この時安藤が歌うのを聞くまで知らなかった。

私が一番鮮烈に覚えているのは、七一年ににしきのあきら（現在の錦野旦）が歌った「空に太陽がある限り」で、その恋愛至上主義の、今ではありえない歌詞が、子供ごころながら強烈な興奮を与えて、その当時熱烈な恋愛を夢見たりして、のちに私がわりあい恋愛至上主義になったのは、この歌のせいではないかと思ったりしたのは、存外外れてはいないだろう。人はこういう媒体を通して恋愛を学ぶのである。

天地真理はすさまじい人気を、二年ほどにわたって維持したが、ちょうどその頃、NHKで日曜の夜七時二十分からやっていた、三波伸介、伊東四朗らの「お笑いオンステージ」を観ていて、天地真理が新曲「恋する夏の日」を歌うのを聴き、翌日学校で話題にしたのを覚えている。いま思うとあの「お姫さま」装いはちょっと不気味だが、歌謡曲というのはそういう不気味さ込みなのである。それに、曲もいま聴いてもやはりうまいと思う。

ところで、バスに乗ると「あれ」をやるか、と書いていた人がいるのだが、私はこのころ「あれ」をやっていた。堀内と二人で座って、バスの脇をもう一台のバスが走っていると想像するのだ。バスの脇が林だと、その想像のバスは「バリバリバリ」と林の木をなぎ倒しながら走り、バスの脇に川が流れているとそのままドンガラガッシャンと落ちていくから、二人でゲラゲラ笑うのである。これは少年期特有の想像力の遊びなんだろうか、大人になってやる人がいても、そうゲラゲラとは笑えないだろう。

この時かどうか分からないが、CMのまねをする、というのもあって、マイクを持ってやるのだが、私は、秋吉久美子が出ていた自動車のCMをまねて、「ピュー ピュー」と冷やかされた（詳しくは書かない）。

さて、日光では旅館に泊まったが、夜になると私は、ラボキャンプで聞いた怪談ばなしをやって大受けし、私の部屋へ次から次へと聞きに来る生徒がいて、ちょっとした人気者になった。ところが、中禅寺湖を渡る遊覧船に乗ろうとしていた時、突然私はホームシックに襲われたのである。それは、両親は実の両親ではないのではないかという、ファミリーロマンスの形をとった妄想として突然あらわれ、そのために涙ぐみさえしたのだが、初めて親元を離れたのは黒姫の時なのに、二度目の日光でそれが起きたのは不思議だった。

K子叔母の婚家は、越谷の商店街のど真ん中にあって、駅からまっすぐ来た道が旧日光街道と交差するところ、埼玉銀行の隣にあった。昔は商家だったのであろうしもた屋で、脇道を入っていくと入口があって、奥行きが広く、いつも薄暗かった。母は何度か、私や弟を連れてそこへ遊びに行った。夫の母親も同居していて、苦労している感じがした。もっともこのおばあさんは、それから二年ほどで急死するのだが、あとで考えたら、六十になったかならないかという年齢で、子供の目から老けて見えたのは仕方がないとして、やや不思議に思う。

八月には、丸の内ピカデリーでやっていたドン・テイラー監督の「トム・ソーヤーの冒険」を母と弟と観に行ったのだが、これがどうにもつまらないシロモノで、弟などは翌日熱を出して寝込んでしまった。その後も、『ハックルベリー・フィンの冒険』は大人向けのアメリカ文学の古典だが、『トム・ソーヤー』は子供向け娯楽作品としてもつまらないほうだと私は思い続けている。作者はマーク＝トウェインだが、これは船乗りをしていた時の「水深二尋《マーク・トウェイン》！」というかけ声を筆名にしたものだから、「マーク・トウェイン」と切って「トウェイン、マーク」にできないから、参考文献表にあげる時は本名を使って「クレメンス、サミュエル・ラングホーン」とするものである。

ところでこの年、『ノストラダムスの大予言』が発売されてベストセラーになり、本気にしていた人がいるという話がある。私と同年の宮崎哲弥もその一人らしく、だからのちにオウム真理教の地下鉄サリン事件が起きた時、自分も「大予言」を信じ続けていたらこうなっていたかもしれない、と他人《ひと》ごとでなく感じたと語っていた。私は宮崎などが、オウム事件について語る語り口に違和感を感じていたが、ああそういうことか、と腑に落ちた。五島勉《ごとうべん》が死んだ時、マスコミでは、当時の子供はみな信じていたなどと言っていたが、ウソである。私は全然興味がなかったし、周囲にも信じている人などいなかった。宮崎のような子供もいたかもしれないが、みながみな、ということはない。私はどちらかというと、東海大地震が一九八二年ころに来るという説のほうを信じて気にしていた。あるいは夜、蒲団へ入って、宇宙の果てはどうなっているんだろうと考えると、怖くなって涙が出てきた。だが、もっと怖かったのは時間の始まりだ。そのうち、ビッグバンというのがあって、それより前はこの世には何もなかったんだ、と考えると、宇宙の果てより怖かった。

政治学者の原武史も私と同い年だが、この人が小学校時代のことを描いた『滝山コミューン』なんて、同い年の人間の経験とはとても思えなかった。私の周囲に中学受験をする生徒なんていなかったし（こっそりしていたのはいたらしいが）、政治的な動きが目立つようなことはまるでなかった。

確かこの夏休みの自由研究で、私はテレビCMの調査をしようと思いついた。子供用のおもちゃのストップウォッチを買ってきて、コマーシャルを「食品」とか「おもちゃ」とか内容ごとに分類するという目論見だったのだが、母がそれを聞いてさんざんバカにしたために、結局はやらずじまいになったが、考えてみると、一日じゅうテレビを観ていることになるわけで、仮に一日で終わったとしてもだいぶヘンテコな「研究」ではあったに違いなく、結局私はおもちゃのストップウォッチを買ってみたかっただけかもしれないと、情けない気持ちになる。

叔母夫婦はそろって漫画好きで、この夏休みに私は叔母の家で、横山光輝の『水滸伝』を見つけて読み始めたが、面白くて、とうとう三巻まで借りて帰って、家で読み耽った。この漫画は、創価学会系の雑誌『希望の友』に連載されていたもので、もう完結し、その頃『三国志』の連載が三年目になっていた。結局私は、四巻から七巻までは自分で買い、一巻から三巻までも改めて買うことになった。何しろ、その頃好きだった『八犬伝』の元ネタだから、面白かったし、『三国志』以後の横山のように、だらだらと引き伸ばしたりすることもなく、独自の脚色を施し、行者武松《ぎょうじゃぶしょう》などは省いていた。金持ちで梁山泊に対して好意的だった柴進《さいしん》が悪人に陥れられて最後は梁山泊に加わるのだが、その章の題が「柴進受難」だったことから「受難」という言葉を知ったのを覚えている。

ところが、時あたかも、十月から民放で連続ドラマ『水滸伝』が始まるというので、すわと思ったのだが、午後九時からで、当時の私は、九時からのテレビなど観せてもらえなかったから、母に交渉して認めてもらい、観ることにした。このドラマは、横山光輝のマンガを原作に謳っていた。『水滸伝』の主人公というのは特になく、しいて言えば宋江《そうこう》なのだが、冒頭部分の主人公は林冲《りんちゅう》のようだから、これを『木枯し紋次郎』で人気のあった中村敦夫が演じて主演、高俅《こうきゅう》を佐藤慶《けい》、また原作ではずっと後に出てくる女頭領の一丈青扈三娘《いちじょうせいこさんじょう》を土田早苗が演じてこれがヒロインという具合で、中には少々エロティックな場面もあり、しかし両親と一緒に観たかといえばさにあらず、その曜日の九時になると両親と弟は二階へ寝に行ってしまい、私が一人で居間で観るということになった。たぶんその当時、居間に蒲団を敷いて寝ることにしていたので、弟の寝るのを考えてそうなったのだろう。かくして私は、初めて純然たる大人番組を観ることになったわけである。フィルム撮りだから独特の古めかしさがあり、エンディングも、中国の古い絵を背景に、やや奇妙な歌が流れていたが、これが、ミッキー吉野バンド、のちのゴダイゴの「夜明けを待つもの」であった。

本編より、私が驚いたのはCMで、当時は九時を過ぎるとすごいCMが流れていた。特に、「ロンドン」のCMには、これはいったい何のCMなのかと思ったもので、要するにキャバレーなのだが、何だか分からなかったが、何であるか母に訊いてはいけない、くらいのことは分かった。私が六年生になった時、弟が小学校へ上がったので、二階の子供部屋に弟の勉強机が入り、二段ベッドで子供たちは寝るようになったのだった。

テレビを観る時間を親に限定されるということは当然あったが、母の教えが内面化したのか、私は大人になっても、観ていたテレビ番組が終わったあともだらだらとつけ続けるということはなく、すぐに止めていた。ビデオに録画して観ることが多かったせいもある。もっともそのためにヴァラエティ番組を次第に観なくなり、世間で知られた藝能人（特にお笑い藝人）に無知になった。あるいは今の妻の実家へ行った時、テレビを誰も観ていないので消したら、妻の父親はテレビをだらだらつけておくのが好きだったらしく、妻の父がつけ直して、雰囲気が険悪になったりもした。

その頃うちには、『サザエさん』の漫画が二冊あった。どうも買ったのではなく、借りてそのままになっていたようだが、私はこれまた、くりかえし読んで、分からないことがあると母に訊いて、それでずいぶん知識を増やした。「バーやキャバレー」というのも、それで訊いたことがあり、母は「女の人がいるところ」と説明した。だからキャバレーは知っていたのだが、それと、ロンドングループのCMで、「みなさまのレジャーに奉仕するロンドングループ」というナレーションと「楽しいロンドン、愉快なロンドン」と歌いながら、バッキンガム宮殿の衛兵のかっこうをした、さほど美しくない女たちが踊っているのを見て、これがキャバレーだと分かるというのは、別のことである。

『サザエさん』の漫画は、知識の宝庫で、「ハボマイ・シコタン」も「疑わしきは罰せず」も、「コスイギン」も、「血統」も、それで学んだ。大人の四コマ漫画の読み方も、教わったのである。連載中に長谷川町子がヨーロッパ旅行に行ったことがあり、作中ではサザエとマスオが福引に当たってヨーロッパへ行くことになっていたが、出発前にサザエが言いふらしていると、マスオから、お土産が大変だからあまり言いふらすな、と言われて、言いたくてムズムズするサザエが「赤穂浪士はつらかったろうな」と言うという回があり、これも私は母から意味を教えてもらった。

十月に始まった特撮ものやアニメは、始めのうちは観ていたが、ほどなく、『仮面ライダーV3』とともに観なくなった。ただ『ウルトラマンタロウ』だけは、ひたすら下らなくなっていくのを、義理のように観ていた。

ところでのちに、アニメ「サザエさん」の終りの歌を聴くと暗い気分になるという現象が報告されて、翌日は月曜で学校へ行かなければならないからだという説明がなされた時、私もそうだったのだが、ああ、ほかの人も学校は嫌いだったんだ、と意外な気持ちがした。コロナで学校へ行けなくなった時も、学校へ行って友達に会いたいなどという言葉が大人によって仮構されたくらいで、私のようないじめられっ子以外は、学校が楽しいのかと思っていたからである。それとも、勉強は嫌だけれど友達には会いたいとか、そういうことだろうか。山田詠美の『ぼくは勉強ができない』は、勉強はできないと言いつつ女にもてまくる少年という、私とはまるっきり逆な人物を描いた小説で、私への嫌がらせかと思ったくらいだ（念のため書いておくとこれはもちろんジョークで、この小説が刊行されたのは一九九三年で、私は一冊著書は出していたが山田詠美は私のことなんか知るはずもなかった）。

ほかにも、水曜日の八時になると、そろそろ寝支度をするのだが、両親は大川橋蔵の『銭形平次』を観始める。その橋幸夫による歌がまた暗いもので、私はこれを聴いても、明日また学校だと思って憂鬱になったものだ。これも週の真ん中だから特に憂鬱になるという面があった。

私はいわゆる「汚い言葉」はあまり使わなかったが、「ちくしょう」くらいは言うことがあった。ある時、母と言い合いしていて「ちくしょう」と言ったら、「親に向かって畜生とは何です」と言われて、そういうつもりではなかったから驚いたことがある。

私は『新八犬伝』を漫画化し始める一方で、木戸のノートに『レインボーマン』を描いては見せていた。これはオリジナル・ストーリーで、設定だけ使って、思いつくままにどんどん描いた。鉛筆書きで、のち中学生になって、オリジナルな時代もの漫画「昔今後六名記《じゃっこんごろくめいき》」を延々と書いていた時も、この鉛筆書きは変わらず、高校へ行ってから、ペン入れをした漫画を描いてはみたが、私には、絵を完成させることよりも、物語を語りたい欲望が強くて、遂に漫画を漫画らしく描くことはできなかった。それでも、その頃読んでいた『朝日小学生新聞』に、一頁ものの漫画を二、三度投稿して、一度だけ載ったことがある。学校へ行くと木戸たちが騒いでいて、得意だった。

木戸は、豆狸顔の悪童だが、温厚な堀内とともに、いちばん仲が良かった。五年生の後半になると、私は『八犬伝』の八犬士を、同じクラスの友達八人に当てはめたりしていた。うち一人は私で、犬江親兵衛だったが、木戸、堀内、沼田のほかに四人、そこそこ親しい友達がいたということになる。

愛宕山の放送博物館で、『新八犬伝』の催しがあるというので、母と一緒に出掛けたことがある。着いた時には、もう会場は子供でいっぱいだったから、私は一番後ろのほうで聞いていた。ナレーションの坂本九が司会をしていて、脚本の石山透もいたように思う。質問を求められて、一人の子供が、原作では八人目の犬士は犬江親兵衛ですが、人形劇でもそうですか、と訊き、石山は、まあ、それはこれからの楽しみということで、などと答えていた。私は、もちろんそうに決まっているだろうと思った。

その後で、『新八犬伝』によく出てくるナレーションを、子供にやらせてみるというのがあって、それは、「時は今より五百年の昔、安房の国館山《たてやま》に、建ちますところの里見城」というのだ。私は、あ、と思い、どきどきし始めた。自分なら言える、けれど後ろのほうだから、どうしようもない。私は子供の頃は、テレビなどを観ていても、この「どきどき」に時々とらえられたものである。ああ、自分なら分かる、出来るという思いが、どきどきさせるのである。実際この時も、二、三人の子供が挑んだが、ちゃんとは言えなかった。それが、大人たちの期待通りであろうことも、私を寂しくさせた。だから後で、一人でそれを言ってみたりしたものだが、翌日学校へ行ってみると、木戸もその時前のほうにいたそうで、ああ小谷野なら言えるのになあ、と思っていた、と言ってくれた。

運動が苦手だから、子供の時、運動会が嫌だったとか、仮病を使って休んだ、とか言う人がいるが、私は実はそうでもなかった。運動会より、よっぽど、体育の時間のほうが嫌だった。だいたい運動会には球技がないだけ救いで、駆け足なら私でも、六人中四位くらいにはなるのである。それに、暑い夏のあとにやってくる、あの秋の爽やかさが、私は好きで、秋風を感じると、ふわあ、と気持ちが良くなるのである。当時は、家族が弁当持参で参加したが、弁当には必ず蜜柑が入っていて、蜜柑の匂いで運動会を思い出し、蜜柑の匂いのために運動会の印象も良くなるのだ。

それに、私は何といっても、あの「運動会の音楽」が大好きだった。「トランペット吹きの休日」とか「クシコス・ポスト」(昔は「クシコスの郵便馬車」と呼ばれていた)とか、「道化師のギャロップ」とかで、特に私は、タイケの「旧友」が好きだった。これらが聴けるだけでも、私は運動会がそれほど嫌いではなかったのである。

確か、ローラースケートがはやったのがこのころだったろう。全国的にも流行っていたようだが、出羽小ではやり、私も買ってもらって路上で走らせていたが、これはどういうものか、あまり私の運動オンチが露呈しないスポーツだったから楽しかった。

五年生になって、例の課内クラブで音楽クラブに入ったら、リコーダーで「海兵隊」(ジェイムズ・フルトン)を、行進しながら演奏するのに参加することになり、放課後になるとその稽古に出て行った。ところが、譜面は渡されたものの、私は「海兵隊」を聴いたことがなく、はじめ戸惑ったが、ほどなく、全楽器での音合わせがあって、ああこういう曲なのか、と理解した。

ある時の試験のあとで、小林先生が、「木戸!」と呼んで、木戸がうなだれて前へ出ていくと、木戸の答案をさして、「ここ、読んでみろ」と言う。木戸は小さな声で、

「けつめど」

と言った。分からなかったのでそう書いたわけだ。小林は、「もっと大きな声で!」と言って、木戸はやけくそ声で「けつめど!」と叫び、「馬鹿!」と小林にぶたれていた。

木戸はそういうやつで、永井豪の『ハレンチ学園』とか、『まろ』というエッチな漫画を貸してくれた。「はめっこ四十五度って知ってるか」と言ったのも木戸で、私はそれで初めて、セックスというものを知ったのである。あるいは、「セーキって知ってるか」と言われて、ノートに、セーキセーキと書いて、ミルクセーキなどと思っていたこともあった。木戸から借りた『ハレンチ学

園』には、女子学生を体育館へ集めて、教師たちが襲うというものがあった。

それを読んでほどなく、女子だけが体育館へ集められるということがあった。私は、少年雑誌で、それを男子生徒が覗きに行くという小説を読んでいたので、ははあ、あれだなと思い、木戸に、少しにやにやしながら、これは、あれだな、と言ったら、木戸が、知らなかったらしく、突然怒りだして、そんな『ハレンチ学園』みたいなことがあるわけないだろう、と言うのである。私は、いや、それじゃないよ、あれだよ、と言うのだが、木戸はどういうわけか、ひたすら怒るのであった。

私は驚いて、家へ帰って母に話したら、それはあなたの言う通りだと言うのだが、木戸は知らず、しかし何だか分からないことで不安になって、怒ったのかどうか、遂に分からずじまいだった。それにしても、女子に対するこの説明なるもの、いつ考えても、行為そのものの説明はないのだから、結局、それはひそひそ話で学びなさいということなのか。

その頃の私は、オナニーこそまだ知らなかったが、校庭の棒のぼりを、繰り返してやっていると、何か気持ちがよく、遂に絶頂に達して、まだ液は放出されないのだが、その後で、妙な恥ずかしさと罪悪感に襲われるのである。ただこれは、私が考察した限りでは、棒でこすられるから、というより、登る時の力の入れ方のために、エクスタシーが訪れるのだと思う。

子供のペニスは、もちろん皮をかぶっていて、亀頭が覗いているわけだが、私はこれについて、皮をむいていくとどうなるか、ということを考えて、亀頭がまるで「球」のように見えるところから、ぽろんと落ちてしまうのではないかと、漠然と思っていた。

どういう経緯でそうなったのか分からないが、ある時私は、ペニスを出して、隣席の木戸と、それで遊んでいた。木戸が小さな人形を持って、私のペニスに近づけ、それが吸い込むという見立てなのだが、休み時間に堂々とそんなことをしていたから、安藤が見つけて、「ああっ」と言ったから、私は恥ずかしさのために逆上して半泣きになり、まるで木戸が悪いかのように木戸をぽかぽかと殴りつけ、木戸は「な、なんだよ」と声をあげた。

しかし、学校の図書館で百科事典を見たというのは、家に百科事典がなかったからではない。六年生になる頃、『ジャポニカ』一揃いを買ってもらい、それは玄関を入ったところの本棚にずらりと並んでいたのだ。私はこれを、それからしばらく、愛用したが、当初は、項目の後ろについている「参考文献」に興味を惹かれ、第一巻から、面白そうな本だけ抜き出してノートに書いていたりしたが、さすがに第一巻の途中で飽きてしまった。「岩波文庫」「岩波新書」などというのがあって、私は「新書」というのが、岩波文庫の新刊という意味だと思っていたりした。

ある時、音楽の副読本の子供の歌集を見ていたら「クイクワイマニマニ」という不思議な歌詞の歌が載っていた。私はすぐ木戸に、おいこれを見ろ、と言って見せたら、木戸はその歌を知っていて、いきなり「クイクァイマニマニマニマニダスキ」と歌って見せたから、ちょっとお互いに変な顔になった。南米の民謡だった。

堀内が、ふざけているうちに私の眼鏡を壊してしまったことがあった。当時の眼鏡は今と違って、もろいガラス製で、落とせば割れるようなものだったのだ。大騒ぎになり、放課後、堀内は数名の生徒とともに、ぞろぞろと私の家まで来た。母は留守で、堀内はうちの黒電話から自宅に電話して、「母ちゃん、おれえらいことしちゃった」

と言い、弁償することになった。

四年生の時だった気がするが、授業参観の後で、母にえらく叱られたことがあった。私は今でもそうだが、落ち着きがない。きっと今なら、ＡＤＨＤとか言われるのだろうが、静かにじっと座っていることができないのである。ただ、大学生になってカール・セーガンの本を読んだら、近代産業のよき労働者を作るために、じっと座っていられる人間を育成するために近代教育が作られたのだとあったから、自分が正当化されたような気がした。

しかし、授業参観といえば緊張する生徒もいるだろうに、私はまるっきりののんき坊主ぶりで、体をごそごそ動かしていたのを、手を挙げているのだと思われて、指されて答えられなかったりしたので、母は恥ずかしくなって怒ったのだろう。

「あんたなんかね、成績がいいから助かってるけど、そうじゃなかったら特殊学級行きよ！」

と言うのである。何だか褒められているんだか怒られているんだか分からないが、その時の私は、そんなことで怒られる自分が情けなかった。

私は、自分が落ち着きがないのは、教科書を読めば分かってしまい、授業が面白くないからだと、ずっと後まで思っていたが、実際にはいかなる時でも落ち着きはなく、それはどうやら生まれついてのものらしい、と近ごろ思うようになった。けれど、分かってしまう、ということは、算数の場合など顕著で、五年生のある日、分数の割り算か何かで、あまりにも他の生徒の出来が悪いので、いらだって、

「なに、お前、こんなの分かんないの」

と声をあげてしまった。果して、轟然たる非難の声が巻き起こり、悪童の秋葉などは、

「お前、順天堂行って頭治して貰って来い」

と叫んでいた。この発言の意図は今でも分からない。バカになってこいということか。

この秋葉というのは、典型的な悪ガキで、体が大きくて人相の悪い、ジャイアンみたいな男で、しょっちゅう他の生徒をいじめては泣かせていたし、一日の終りにみなで「紅葉」を合唱する時間には、いつも自分の名前を歌詞に織り込んで大声で歌っていた。

私も何度かやられたが、たとえば私がその日使うものを持ってきて後ろのロッカーに入れておくと、それを持ち出して、胸のところに抱えるかっこうで私の前へ来てニヤニヤしながら、

「小谷野、おれノートもらっちゃった」

とか言うのである。賢明な人間なら、実際に盗むわけはないのだから無視すればいいのだが、それはそれで難しいのだ。私は、「おい、何してんだよ」などと反応するが、すると仲間たちとそのものを投げ合ったりして、こっちが泣き出すまでやるわけである。驚いたのは、担任が教室で教卓に座っている休み時間にもいじめをしていたことで、いじめられた私はわあわあ泣きながら、担任に「なんでこんなやつらを放っておくんだ」と言いに行ったことがある。担任は何だかびっくりしたような顔で「知らないよー」と言っていた。それも奇妙な光景である。担任の机の上に『デカメロン』という文庫本が置いてあったことがあるが、岩波か新潮の数冊あるうちの一冊だったろう。変な題名だなと思いつつ、何かきっと偉い難しい本なんだろうと思ったが、そういう内容だとはあまり思わなかった。

どうもこの秋葉というのは、ＰＴＡ会長か何か、偉い人の息子だったらしく、あとでそのことを知った母が、「それで先生も放置していたんだわ」と言ったくらいだった。高校時代にいたタチの悪いいじめっ子は、国立大学教授の教育学者の息子で、自分もマルクス経済学の学者になって地方大学の教授をしているが、性格の悪さは相変わらずらしい。

ところで、一日が終わって解散する前にみんなで歌を歌うというのは、担任の趣味だったのか、「紅葉」と「ちいさい秋見つけた」を歌ったのしか記憶になく、秋限定でそういうことがあったのだろうか。この「小さい秋」は「呼んでる口笛もずの声」のところを、いつしか「お部屋は北向き曇りのガラス」と同じメロディーで歌うようになっていて、あれっ、これは違ってるよ、という声があがったのだが、さほどはっきりさせられることもなかった気がする。だいたいこの歌は「虚ろな目の色とかしたミルク」とか謎の歌詞なので、教師としてはそれを題材に国語の授業をやっても良さそうに思うのだが、まあそれだけの才覚がなかったのだろう。それも何だか物悲しい。

ところでこの小林という担任は小太りで、ジャージ姿になると股間がもっこりしているというので、生徒の間でやや笑われていた。あと、話をしていて「一秒」を説明するのに、右手を下に下して、右から左へ振子のように振りながら「カッチン」と言って、「これが一秒だから」と言うのが癖だった。

駅前の商店街に、平和堂という服飾店があり、市内の中学や高校の制服を取り扱っていた。ある時、私の不断着を買うからというので母が私を連れてこの平和堂へ行ったが、母が、これはどう？　これは？　と言い、店員を呼んで何か話したりしている間、生返事をしていたら、あとになってえらく叱られて、あの店員さんあなたのこと知恵遅れだと思ったわよ！　と言うのである。だがその後も、母と服を買いに行くとだいたい同じようなことになるので、私は服は、ＡとＢがあってまあいいほうを買えばいいくらいに思っているのだが、女の人というのは店員に五着も六着も出させておいて、いいのがないわね、また来ますとか言って店を出てしまうので、男が見ているとその図々しさに呆れてしまうのだが、女はそれを当然の権利だと思っている。母でなくても女の人と一緒に服を買いに行くと、時間がかかって仕方がないと、たいていの男は感じている。だから別に私に限った話ではないのである。

学校の西側にプールがあったが、その向うに、一軒の人家が建っていた。その家に、変ったおじさんが住んでいた。それが例の、たたずんでいる私の脇を自転車で通った人と同じかどうか、はっきりとは分からないが、考えていくと同じような気もする。実際にどのようなおかしな行動があったのかは、私は知らなかったが、たちの悪い生徒たちは、このおじさんを「ちゃく」と呼んで、時々からかっていた。私の周囲に、そういうことをしている生徒がいたのかどうか、それも分からない。

しかし五年生のある日、この「ちゃく」が、激しい憤りを顔に現しながら、職員室へ入っていくのを、見た。その後で担任が、教室で、少し困ったような顔をしながら、

「あの人は吉沢さんといって、かわいそうな人なんだ」

と言い、からかわないようにと注意する、ということがあった。

私はむしろ、その姓を聞いて、はっとした。というのは、その前の年、学校の北側に、吉沢幼稚

園というのが開園していたからである。恐らくは、吉沢というのはこのあたり一帯の地主とか旧家で、あのおじさんはその一人だったのかもしれない。

確かこの五年生の時、時間中に私が気分が悪くなって保健室へ行き、母が迎えに来るということがあった。その時、母は担任に、私が交通事故に二度あっており、そのせいでか運動神経が鈍いといった話をしたらしい。

ところがそのあと、友達と、担任が個別の生徒についてメモ書きしているものを覗き見てしまったことがあり、自分のところを見ると、「赤子の時に落ちて頭を打ち」などと書いてあり、あっ、しまったと思った。母の話では、赤ん坊の時に玄関の三和土《たたき》に頭から落ちて、顔の半分が紫色になったことがある、ということで、頭の腫瘍とそれとが関係あるのか、ないしは関係はないのに担任が勘違いして書いたかではないかと思ったからである。

十月には中東戦争があって石油の値が上がり、オイルショックが起きてトイレットペーパーの買い占め事件などがあったが、母が後で言ったところでは、父の会社は外資系なのであまり関係なくむしろ景気が良かったという。私の小学五、六年時代が明るかったと思うのは、そういうことも関係しているのかもしれない。

実際、木戸や堀内など、誕生日になるとその家へ行って、プレゼントを贈り、パーティをやっていた。小説なんかだと、そこに女子も混じっているのだが、そういうことは当然なかった。そういえば五年生の時の同じクラスでは、好きな女子というのはいなかった気がする。美人はいたけれど、成績が良くないから、私は好きにならなかった。ところで友達が私の家へ遊びに来ると、弟を見て、

「そっくりー」と言うのだ。もちろん私に、だが、私は弟は私よりずっと可愛くて似てはいないと思っていたから、これは意外だったが、他人から見ると似ているのだろう。

十二月の私の誕生日も、木戸や堀内、井上という、姉と弟で双子の弟のほうが来て、家でパーティをしたが、プレゼントに貰った漫画が、もう持っているものだったので、マルヤの向いの書店へ行って別のと代えてもらったりもした。その時入手したのが、『サイボーグエース』という漫画の第一巻で、むしろマイナーな漫画であまり面白くなかった。ところが、「原作・ジャック・ラカン」となっており、作画は北野英明《えいめい》なのだが、のち高校生くらいになって、ジャック・ラカンというのが有名な精神分析学者の名だと知り、はてなと思ったのだが、別人らしい（ないしは箔付けのために書いてあるだけで単なる日本人とか）。

その誕生日プレゼントで貰った本に、『知らないとそん500』という、講談社のハードカヴァーがあった。間羊太郎《はざまようたろう》というのが著者で、しゃっくりの止め方とか、いろいろ書いてあり、ずいぶん試したものだが、あまり役には立たなかった。これが、SF作家の式貴士《しきたかし》の別名であると知ったのは、後のことである。

父が三越のアルバイトでやっている時計修理で、分解した時計を洗浄したあと、プラスチックの箱に入れて、ドライヤーで乾かす仕事を母がやっていた。ある日、母が魔が差したのか、それを私に任せた。しばらく乾かしたあとで二階の部屋へ行っているうちに、父が戻ってきた。私が降りていくと父が、ジロリという目で私を見た。

嫌な予感がしたが、母がむっつりして、敦がドライヤーで乾かしすぎたから部品が歪んじゃったよ、弁償しなきゃならないよ、と言った。私は泣きそうになったが、それは子供に安易に任せた母が悪いんじゃないかと思った。それから夕飯の間、私は暗かった。「お兄ちゃんどうしたの」と弟が訊いても、母は「知らないよ」と怒った顔で言っていたが、母は翌朝になって、反省したらしく、あれは任せたお母さんが悪かったんで、気にしなくていいわね、と言った。

父と母が時計について「七石《せき》」とか「十二石」とか話しているのを聞いていて、石って何のこと、と母に訊いたこともある。旧式の時計にはダイヤモンドやルビーの小さいのがいくつか嵌めてあるということだったが、そのことはこの稿を書くまで忘れていて、ふと、そういえば石とか言っていたなと思い出して改めて調べたのである。

ところで私は越谷ではどこの床屋で髪を刈っていたんだっけな、と考えたら、確か旧日光街道の商店街にある床屋へ、母が買いものをするついでに連れて行って、終わるころに迎えに来ていた気がする。当時の床屋はおじさんたちがタバコをスパスパ喫うし、置いてある少年漫画誌を手にしても、いきなり連載の途中から読んでそう面白いものではないし、いざ自分の番になっても、髪を切るだけでなく蒸しタオルを顔に載せたり顔剃りをしたりと余計なことが多く、鬱陶しかった。それでも二十五歳くらいまでは律儀に床屋へ行っていたが、そのころから美容院で髪を切るだけになった。

床屋では耳あかはとってくれなかったから、それは母が膝枕でとってくれていた。時どきふと、大人は自分の耳あかをどうやってとるんだろう、と考えることもあったが、そこには何だか自分の知らない世界が広がっているような気がして、考えないようにした。考えてみたら、母が父のをとり、父が母のをとる、といったことを無意識に考えていたのかもしれない（今では、耳あかはとると有害だということになっているので、あまりとらないようにしているが、時どきあまりにかゆくて綿棒でとることがある）。

商店街へは、北側から行くことが多かったので、南のほうを「奥」だと思っていて、その奥のほうに「たちいり」という小さな店があり、母が行くのに同伴したことがあったが、私は「立ち入り」してもいいという意味だと思っていて、しかしどうやら「立入」という姓だったらしい。洋品店だったのか、母の裁縫に使うものを購入していた気がする。

雑誌に載っていた、ビスケットとチョコレートを使って、火を使わずに冷蔵庫でケーキを作るというのをやってみたこともある。これは割とうまくできて、美味しかったが、二度やるようなものではなかった。あとは母の留守に、弟と共謀して、ビールを凍らせてみたらどうなるかやってみたことがある。単に凍って炭酸の抜けたビール氷ができただけだったが、これは母に見つかってしまった。私らは懸命に、お父さんに食べてもらおうと思って、と弁明したから、母からはひどく叱られずに済んだ。

その頃、NHKの「みんなのうた」で「冬の歌」という曲をやっていた。後になってその曲を思い出すと、不思議に幸福だったその当時のことを思い出すのだった。こうして一九七三年が暮れた。

冬のラボキャンプにこの時行ったかどうか分からないのだが、準備するものとして「正《しょう》ちゃん帽」というのが指示されて、母が毛糸でその正ちゃん帽を編んでくれたような記憶がある。

そういえば、双子の井上というのは、肥満児だったが、姉と双子で、私は姉のほうとは三・四年で同級生だった。みなで人形劇をやろうというので井上の家へ行った時、ハサミで作ろうというので「お姉ちゃんハサミ貸して」と言い、「いくつ?」と訊かれて「あるったけ」と言ったのが何だかおかしかった。概して井上はユーモラスで好きだった。しかしそのころの友達は、住宅街の小さな家ながら、みな一戸建てに住んでいたのは、田舎だったからか。

一九七四年の一月、友達はみな、『新八犬伝』が好きだったから、私は渋谷のNHK放送センターで、その展覧会があるというので、数人誘い合わせて、行くことにした。木戸や堀内、沼田などを誘った。そして母に見送られて越谷駅まで行くと、沼田と、沼田のお母さんがいた。

その頃の私は、母親が、知り合いの人に会うと笑顔を見せるのを、本当に喜んでいるのだと思うくらい子供だったから、ああ母が喜ぶ、と思った。沼田のお母さんも、見送りに来たのだと思ったのだ。

話がちょっと逸れるが、母はあまり私を褒めなかった。漫画が上手いとか勉強ができるとか言って褒めることはあまりなかった。それでいて、他の子供の母親に会うと、その子供を褒めるから、それをわりあい本気にしていた。といっても、母が冷たいと思ったわけではなく、まあ自分をかわいがっているのは当然だろうと思っていた。中学生くらいになって、実際は母は自分を誰よりもかわいがり、優秀なのだと思っていることが分かって、あ、そうだったのかと思ったが、子供のころの私は、母が他の母親の前ではお世辞を使っているのだということが分からない程度に幼稚だったのである。

話を戻す。ところが、母と沼田さんとが、型通りに挨拶した後、私たちが切符を買い、電車の改札を抜けると、沼田のお母さんがついてきた。そしてとうとう、電車に乗って、この日の放送センターツアーは、全部沼田のお母さんつきになってしまったのである。

私も木戸も、何か憮然とした面持ちだった。子供だけで渋谷まで、というのは電車で一時間半ほどなのだが、出かけるということが、いくばくかの冒険心をかきたてられる計画だったのに、ずっと沼田のお母さんがついてきていることで、それが台無しになったに等しかったのだ。大人がいないからこそ出来る会話というのもあるが、それが碌に出来なかった。私は沼田のお母さんを知っていたが、木戸や堀内には初対面で、その点でも、沼田本人はともかく、私は何か責任を感じた。

恐らくは、子供だけで遠出をするということに不安を感じてついてきたのだろう。夕方になって帰宅する頃には、私はぼんやりした失望感に苛まれていた。母も、弱ったような目をして、

「沼田さん、ずっとついて行ったの」

と訊いたから、うんと答えると、

「そう……子供だけで行くはずだったのにねえ。……心配でついてきちゃったのねえ」

と母が言ったのを聞いて、私は初めて、これは怒っていいことなのだ、と気づいた。

それから、むかむかと怒りが込み上げてきて、母に向って話しながら、涙ぐみそうになってきた。

弟はその春から、小学校へ上がることになっていたが、幼稚園での友達がいて、その一人が、後藤君といって、その後藤君の母親が、うちの母とその頃親しくなっていた。弟の友達はみな、家から少し離れたところの農村地帯に出来た小ぶりの新興住宅地に住んでいて、私も時どき、そこへ遊びに行ったりしていた。

その時、母はどうしたわけか、後藤さんに電話をして、今日の出来事を話していた。その後で、何かのお使いもので、後藤さん宅へ私を行かせたのである。後藤さんのおばさんは、当時三十代だったか、眼鏡を掛けていて、夫は中国関係の仕事をしているとかで、インテリのようだった。母は、幼稚園の集まりだかの帰り道に後藤さんと二人で話をして、その見識に感心して、それから二、三年、親友のような関係にあったから、何か私を慰めるような話をしてくれるとでも思ったのだろう。

だが、だんだんと怒りが増幅してきた私は、後藤さん宅へ着くころには、かなりいらいらしていて、後藤さんが、

「まああっちゃん大変だったわねえ。沼田さんがついてきて、子供だけで行きたいと思っていたのに、残念だったわねえ」

などと言われているうち、むかむかして、

「うるさい！」

と怒鳴ってしまった。自分でも、しまったと思い、あちらでも、驚いたけれど、私はごまかそうとして、

「怒ってるんだ、もん」

と拗ねて見せ、あちらも、「そうよねえ」と、この突発事に対処した。

のち、自分が三十を過ぎるころから、いろいろ思い返してみると、若いころの母というのは、誠心誠意の人ではあったが、いろいろと思慮の足りないところがあって、この時も、あまり私の怒りを焚きつけるようなことは、すべきではなかったのである。

その頃、フィンガー5の「恋のダイヤル6700」や、中条きよしの「うそ」といった曲が流行し始めていた。フィンガー5は、五人兄妹からなるグループで、ヴォーカルの玉元晃はアキラと呼ばれ、大きなサングラスをかけて、すごい人気だった。私の一年上だったから、六年生のころは嫉妬も感じたもので、のち浅田彰がスターになったのは、玉元晃に似ていて、名前もアキラだし、私の世代の者たちが、子供の頃のアキラのイメージを、大学生くらいになって蘇らせたからではなかったかという仮説を、私は立てている。

中条きよしのほうは「うそ」に続いて「理由《わけ》」を出すが、いずれも「大人の世界」臭のぷんぷんする歌で、いま考えてもその歌詞はよく分からないのだが、何ともどきどきしたものである。

昔は、テレビ番組も、今のようにいろいろ規制がなかったから、いわゆる放送禁止用語はもちろん、コント55号の「野球拳《やきゆうけん》」などという、一般女性を舞台にあげて服を脱がせるなどというすごい番組に人気があったりしたし、プロレス中継では、アントニオ猪木が流血試合を演じて見せたり、それはちょうど、明治期の「見世物」のようないかがわしさであった、と言えようか。もう少し後になるが、萩本欽一の「欽ちゃんのどこまでやるの」の中の寸劇で、真屋順子が、「心臓弁膜症で」と言って笑いをとっていたのなど、今なら考えられない。

この三月に、弟は幼稚園を卒園し、出羽小学校に入ることになった。卒園式では、私のころには普及していなかった幼稚園卒園式の定番曲「思い出のアルバム」が流れ、そのころになるとみんな泣き出して、と母が誰かに語っているのを聞いていたのを覚えている。といっても幼稚園児が泣いたはずはないからママのほうだろうが、あれはどうも涙腺を刺激する曲である。

六年生になると、またクラス替えがあり、私はまた小杉さんと同じクラスになった。しかし、五年の時に仲良しだった木戸や堀内とは、別のクラスになり、沼田は同じクラスだった。どういう風にクラス替えをしたのか、未だに分からない。それと、私だけなのか、クラスが変わると、遊ばなくなるのが普通で、同じ階なのだから、遭遇したりしてもおかしくないのだが、意識が、そういう風には働かなかったらしい。

担任も変わって、割と年配の、田沼宣嘉《のぶよし》という、名前も武士みたいだが、宍戸錠のような頬をした男になった。その頃私は、どうやら少し思い上がっていたらしく、始めに、これからの決意のような作文を書かされた時に、最後に冗談のつもりで「ほっぺのふくらんだ先生なのがちょっと不安だ」などと書いた。家へ帰って母に話したらびっくりして、

「ホントにそんなこと書いたの!?」

と血相を変えて言うから、私も、あれ、まずかったかなと青ざめた。「先生に謝ってらっしゃい」と言われたのだが、そんなこと蒸し返さないほうがいいと思ったか、単に怖かったからか、それはしなかった。実際、田沼先生は、むしろ怖い先生だった。埼玉県の北のほう、田山花袋の『田舎教

師』の舞台の羽生《はにゅう》の南の加須《かぞ》に実家があり、そこから通っていたから、独特の方言を使った。

「定規を出せ」

と言うのだが、「ジョーキ」と言うのである。私はその日、定規は忘れてきたので、ああ困ったなと思って黙っていると、私の前へ来て、

「ジョーキッ!」

と言って私の胸ぐらをつかむのだが、ふと、

「なんだ、ないのか」

と言って終りになったことがある。自分がバカにされているとでも思ったのだろうか、と思った。

田沼先生は、生徒を静かにさせる時によく目をつぶらせたが、そういう時は「黙想《もくそう》!」と言うのだった。「黙禱《もくとう》」ではなく、小学生はたいていこの「黙想」をやらされた。

給食の時に、日清ヨークという、ヤクルトのような飲み物が出たことがあった。その生産地を見ていた生徒が「上村君《かみむらくん》」って書いてある、と言い出した。クラスに上村という男子がいたのである。見ると「羽生市上村君」と書いてある。先生は、苦笑しながら、「いや、これは、『かみ・むらきみ』ってところで……」と言っていた。

給食のマーガリンが、ポリエチレンの袋入りに変わったのもこのころだろうか。そのうちマーガリンではなくポリエチレンの袋入りのジャムがついたりするとラッキーと思い、さらには「ソフト麺」というビニール入りのうどんのようなものがついて、これを配給されたつゆ類にひたして食べると、大人には耐えられないものだが、奇妙なおいしさがあったものだった。現在まで私はこれを

「うどん」だと思っていたのだが、調べたら「ソフトスパゲッティ式めん」といい、学校給食用に開発されたものだという。そのうち、かやくご飯が出ることもあるようになり、少しずつましになっていった。中でも揚げちくわは美味だった。

給食の時間は音楽が流れていたが、覚えているのはビゼーの「アルルの女」の「メヌエット」で、これは確か六年生の時は定番になっていた。しかし、あとになってこの「メヌエット」を聴いても、給食の時のことがありありと想起されたりはしない。ビゼーが好きだからだろうか。

給食の中に嫌いな食べものがあって食べられない子供が、給食の後も残されて食べるよう強制されるという、いじめのようなことも教師によって行われていた。私も一度くらいそういうことがあった。掃除をするためにみなが机を教室の後ろに引いているのに、その子の机だけ取り残されて、給食を前に泣きそうになりながらじっとしているのである。

田沼先生は四十歳くらいに見えたが、私の小中学校の時の教師は、今思うとみな若かった。二十代、三十代が中心で、中学の時理科の教師で五十代に見えた人がいたが、調べたら当時まだ四十代だったから驚いた。五十代になったらみなどうしていたんだろう。教頭や校長になるか、教育委員会勤めになるか、当時は女性教員は結婚退職を余儀なくされたりしていたんだろうか。

六年のクラスでも、割と友達はできた。土田という小柄な男や、三代《みしろ》とか、割と限定せずに、あれこれ親しい者がいて、いよいよ私の「わんぱく時代」のようになる。四月から、ウルトラシリーズの第二期最後の作品『ウルトラマンレオ』が始まり、義理硬く、ほかの特撮やアニメは観なくなってもこれだけは観ていたが、つまらなくてとうとう途中から観なくなり、私が特撮やアニメを観ることは、以後、アニメブームが起きるまで、ほとんどなくなってしまった。その年春の『ゴジラ対メカゴジラ』は観に行ったが、翌年の『メカゴジラの逆襲』は、母と弟だけが行って私は行かず、ゴジラシリーズもこれでいったん終わった。

代わりに観るようになったのは、大河ドラマで、前年の『国盗り物語』は、ちらちらとしか観ていなかったが、その年の『勝海舟』は、父が山田克郎《かつろう》の、子供向け『勝海舟』を買ってくれたので、それを読み、割と観ていた。父は何も、書店で適当に、大河ドラマ便乗本を一冊買ったのではなく、『海の廃園』ってので直木賞をとった人だ」と言っていて、山田克郎のことも知っていた。かつて文学青年だった名残である。それはかろうじて、私が父親に、尊敬の念らしいものを抱いていた、最後の時期だったろう。その頃「尊敬する人」を記入する欄に、誰も思いつかなかったからとはいえ、「父」と書いたことすらあって、後から考えると信じがたい。

『勝海舟』は、徳川時代を描いているから、当初は『銭形平次』のような感じで、特に最初の主役だった渡哲也の、神経質そうな顔だちが好きでなかった。ただ、富田勲によるその主題曲は、とても好きだった。

二年目に入った『新八犬伝』は、犬塚信乃が琉球へ渡る話になっていたが、当時は知らずにいたものの、これは『椿説弓張月《ちんせつゆみはりづき》』を取り入れたものだった。私は、愛宕山の放送博物館が気に入って、母と弟と三人で出かけたが、図書室へ行くと、いろいろな番組の台本が置いてあり、私は早速『新八犬伝』の台本をあちこち開いて読み、メモをとった。その間、母と弟は展示などを見ていたが、おじさんが一人、資料を受付の女の人のところへ持って行って、「これ、ゼロックスで……」と頼んだが、「あ、それはやってないんです」と断られていた。当時はコピー機などというものは普及しておらず、写真式の青焼きがあっただけだったろうか。

ほどなく、母と弟が図書室へ入ってきた。ところが、小学校へ入ったばかりの弟は、図書室だから静かにしなければいけないということが分からず、私に飛びついてきて、わあわあ騒いだのである。私は困って、静かに、静かに、と小声で言うのだが聞かず、とうとう受付のお姉さんが出てきて注意し、弟はしゅんとなってしまった。外へ出て帰途についても、弟は元気がないのに、私は、恥をかいたと言って弟に文句を言っていたから、母が、あらそんなこと言うものじゃないわよお兄ちゃん、と言った。

弟は五歳年下で、かわいく素直だったから、みなからかわいがられたが、母の教育熱心は、どうしても私より手薄になってしまった。

六年生になって、社会科が歴史になったので、ようやく私の苦手科目が一つ減って、むしろ歴史の勉強が面白かった。その頃『朝日小学生新聞』に「中国の歴史」という連載ものがあって、これを熱心に読み、夏休みの自由研究では、小中学校を通じていちばんまともな、中国歴史年表を作成したのである。後藤さんが「夏殷周秦前漢新後漢三国南北朝隋唐五代北宋南宋元明清中華民国中華人民共和国」と言うのを聞いて、自分でもこの中国歴代王朝を覚えた。

後藤さんの夫は中国関係の仕事をしていると言う話だったが、見た感じが中国人みたいだった。だが私はこの人とはちょっとしか会ったことがない。後藤さん一家とうちの両親と私とで、自転車に乗って、夏の休みの日に久伊豆神社まで行ったことがある。何をしに行ったのかは忘れたが、その帰りに、弟と同年の後藤さんの息子と、つまらないことで言い争いになった。すると父がむすっとした顔で私のところまで来て、パンと頭を叩いた。五つも下の子供相手にむきになった私が悪いのだが、帰宅後も母は、「後藤さんたち、あらあっちゃんたらこんな子だったのかしら、と思ったと思うわよ」と言っていたが、私にはこれについて特に言いたいことはなかった。だがそれから数年後、何があったのか知らないが、母が後藤さんと決裂する事件があり、以後一切往来がなくなってしまった。

同じクラスに栗本という男がいて、これは、成績はいいのだが妙に明るくて、性格に意地悪なところがあり、私とも何度か喧嘩して、仲良くはならなかったが、担任の田沼先生からはかわいがられていた。傍から見ると、私と栗本はライヴァルのように見えたのかもしれないが、私には栗本に、親しい友達とは違う、あるいはいじめっ子たちともちょっと違う、何か汚いものを感じていた。

栗本は、岩手県の平泉が親のどちらかの出身地だと言って、担任と盛んに平泉の話などをするのだった。ところが、栗本とは中学も同じだったのだが、同じクラスにはならず、中途で転校して、その親の郷里だという平泉へ行ってしまったのである。その中学で、ある忌まわしい場面で、栗本を見た記憶がある。技術科の授業の時のことで、技術科は男子だけだったから、二クラス合同だったが、その休み時間に、技術科用の小屋のようなところの後ろのほうで、竹田という生徒が、数名のいじめに遭っていた。私が通りすがりにちらりと見ると、どうやら下半身を裸にしていたようだった。そのいじめっ子の集団の中から、栗本が、にたにたしながら現れて、水道で手を水で濡らして、また戻っていったのである。栗本は、中学校では私とは口を利かなかったから、その時一瞬目が合ったけれど、何も言わなかった。

竹田とは、何かの機会に少し話したことがあったが、色が白く、おどおどしていて、いかにもいじめられそうな生徒だった。そして、水で手を濡らした栗本は、竹田のペニスをしごこうとしていたのだろう。中学で私がいたクラスは、そういう陰湿ないじめはなかった。そしてこの光景が、私にとっての栗本の、薄汚いという印象を形作っているのだ。栗本の顔は、若いころの南方熊楠が眼鏡をかけたような暑苦しい顔で、のちに熊楠の若いころの写真を見た時、私は無意識に栗本を思い出して、熊楠を嫌ったのである。栗本は妙なことを知っていて、実写版の「月光仮面」は、私らには生まれる前の番組だから知らないのだが、栗本はなぜか「疾風《はやて》のように現れて、疾風のように去っていく」とか歌っていた。私の当時も「月光仮面」はアニメ化されていたが、主題歌は歌詞はそのままでメロディーが現代風になっていた。栗本が歌っていたのは古いほうだった。

栗本のことは母も知っていて、転校して、親の郷里へ帰ったらしいと話したら、母は、「まあ」と言い、

「あたしもね、結婚する時に、何かあったら戻っておいでって母ちゃんに言われたのよ。だから、きっと、何かあったのねえ」

と言ったのである。

私たちが越してきた頃は、そのあたりに家は数軒しかなかったが、次第に宅地造成も進んで、何軒も家が建ち人が入るようになった。道路の向こうには、牧野さんという若い夫婦が越してきて、その奥さんが気のいい人で、しばしば母と話し込みに来たりした。さらにその向こうにずらりと並

んだ家の中には、六年で同じクラスになった西田君の家もあり、その隣には、弟と同年配の岡本君という子の家があった。

母はこの年、弟が小学一年生になったから、PTA活動に参加するようになり、時どき学校へ来ては「学年だより」などを編集しては輪転機で作ったりしていた。ママ友という言葉は当時なかったが、そういう人と知り合って学校の内情を知ることができれば、私や弟についても有益なことが分かるというわけで、おそらく経済的にも余裕ができたのだろう、私としても、三年生のころとはずいぶん雰囲気の違う学校生活になったと感じていた。

ゴールデンウィークに、北東にある庄和町《しょうわまち》の宝珠花《ほうしゅばな》という江戸川べりで大凧揚げがあるのを母や弟と見に行ったことがあった。春日部駅からバスに乗って三十分もかかるところで、暑いくらいのいい天気だった。以前、この大凧を揚げる時、一緒に空へあがってしまった人がいて、手を離したために転落して死んでしまったという話だった。帰宅してその日のことを作文に書いたが、私は「もしそんな風に大凧と一緒に高い空へ持ち上げられたら、恐ろしくて恐ろしくて手を離してしまうだろう」と書いて、母に言われて朗読したら、

「その『おっそろしくておっそろしくて』っていうの、何かおかしいからやめたら」

と言われた。

川崎のぼるといえば『巨人の星』の作画で有名だが、私が五年生の時、『小学五年生』で始まった「てんとう虫の歌」は衝撃的だった。「アニマル1」の時と似た七人兄弟構成で、「アニマル1」の末っ子が「てんとう虫」のひよ子に当たるが、上の二人なんかとても小学生には見えない上、長

男の火児《かじ》は小学生でボクシングをやっていた記憶がある。ところがこれは、最初は妙に年配で太り肉《じし》の両親がいて、結婚十五年か何かを記念して兄弟姉妹がカネを出し合って夫婦旅行をプレゼントする（福引で当たる）のだが、その飛行機が墜落して両親が死んでしまうという展開で、私は読んでいてショックを受け、これは何か夢とかそういう話なのか、と思っていたら、子供七人が共同生活を始めるという話に展開していった。連載開始は四月号だったから、飛行機事故は五月号だったろう。翌年始まったアニメでは、両親が死ぬところはなしで、最初から両親がいないきょうだいが共同生活をしているという設定になっていて、そりゃそうだよなあ、あれテレビで放送できないだろう、と思ったことであった。そういえば、「小学六年生」にも同じものが連載されていたようで、欄外にことわり書きとして「たいへんすぐれた作品ですので、小学六年生にも同じものを連載しております。ご了承ください」などとあって、当時は私は漫画家が一年生から六年生まで別のものを描き分けているなどとは知らなかったから、へえー漫画雑誌の編集部でも「すぐれた作品」なんてことを考えるんだ、と意外に思ったりした（「学習雑誌」なのに漫画雑誌だと思い込んでいたのである）。

私はその頃、弟が、同年か少し上の友達と遊ぶのに、加わることがあった。自分でも、遊び相手がおらず、弟にくっついているようで、少し情けなく思うこともあったが、それは一つには、私のクラスでの友達は家が遠かったりしたせいでもあった。その中に岡本君もいたのだ。

岡本君も、小柄で気の弱い子だったから、弟の友達にいじめられて、泣いていることがあったりした。ところがある日、岡本君の家が、一晩でまるごと、いなくなってしまった。近所でも気づいたから、夜逃げに違いないと、話題になった。要するに、父親の借金か何かで、一戸建てに住んでいられなくなり、近所のアパートの一室で暮らしているという噂だった。

ところが、それから一年ほどして、岡本君一家は、元の家へ帰ってきた。それが、見違えるようにたくましい子になっていて、母などはそれを見て、子供は苦労をさせるとあんなに逞《たくま》しくなるんだねえと、言い言いしていたものだが、そのために夜逃げしてアパート暮らしなどは、ごめんである。

後藤さんと同じ住宅街に住んでいた森さんというおばさんも、弟の友達の母親だった。太った人で、一戸建てに住んでいたが、ローンが苦しかったのかパートで働いていた。ある時、母を訪ねて話をしていて、小谷野さん（母のこと）は幸せだ、仕事を辞めたいと言って泣いたという話を母がしていた。

学習雑誌『小学六年生』は、その頃、みく・さとみ（後の御厨《みくりや》さと美）と六田登《ろくだのぼる》を中心とした漫画家グループが、真ん中にお楽しみページを持っていて、ちょうどラジオ番組めいた雰囲気で、私はたいそう楽しんだものだ。テレビではほとんどアニメの類は観なくなり、『新八犬伝』と、少年ドラマシリーズ、『お笑いオンステージ』『勝海舟』『天下堂々』など、NHKの番組ばかり観ていた。『天下堂々』は天保六花撰《てんぽうろっかせん》の世界を早坂暁《あきら》が脚色したもので、二年前の『天下御免』の続きのようなものだった。残念ながら、山口崇《たかし》が平賀源内を演じて名作とされる『天下御免』を、私は幼すぎて観そこなっており、あとで僅かに残った映像やシナリオを読んで悔しがったものだ。『天下堂々』は、高松英郎《ひでお》の河内山宗俊《こうちやまそうしゅん》、下條アトムの直侍《なおざむらい》、長山藍子の三千歳《みちとせ》、平手造酒《ひらてみき》に村野武範、水野越前守に仲谷昇《なかやのぼる》、というのは、『天下御免』の時の田沼意次役を引き継いだものだ。あと鳥居耀蔵に岸田森で、その部下の同心を村上不二夫が演じていて、フィンガーアクションで話題になっていたのだが、私には鳥居というのが、水野の下僚でもっと小物だと思っていたので、岸田—村上が、水野—鳥居に見えて、意外な配役だった。

ちょうどモナリザが日本に来た頃で、『天下堂々』では、天保時代にモナリザが日本に来ていたという当て込みをやって、「藻那利女」とかいう当て字を使って面白おかしく作っていた。ただ、早坂の時代ものは、昭和のセンスで味つけした徳川時代であって、井上ひさしにもそうしたところがあるが、平賀源内なんてめっぽうかっこいいのだが、後で伝記を読んだら、意外につまらない人間なのでがっかりしたことがある。ほかに、美しい女賊がゲストの回があり、最後に女賊は処刑されるのだが、処刑役人に向かって色っぽく「失敗しないでね」と言うので役人がドキドキするというところだけ覚えている。演じたのは中野良子《りょうこ》だったろうか。私はその女を、美しいだろうか、とちょっと疑問に思いつつ観ていた気がする。「天下堂々」も、ビデオが残っていないのが惜しまれる。もっとも視聴率も今一つで、途中で上條恒彦の歌う主題歌が歌詞はそのままでメロディーだけがらりと変えていた。

ところがその頃、同じ金曜八時に、NETでは、プロレス中継をやっていた。『天下堂々』にさほど熱心ではなかった私は、そこでふと、アントニオ猪木とカナディアン・ワイルドマンの流血試合を観てしまい、それからしばらく、プロレスにはまり、弟と一緒になって、プロレスのほうを観ることが多くなった。

ところが、一家でプロレス中継を観ていた時、私は自分が興奮していることを演技で示そうと思いついて、目をぎらぎらさせて、興奮している演技をしたら、母が、あらっ大変、お父さん、テレビ止めて、と言ったから、私は涙ぐみそうになったが、いや違う演技なんだ、と言うわけにもいかず、それきりになったことがあった。昔、テレビの草創期に、プロレス中継を観ていて興奮した人が何人か死んだ事件があったらしく、それで心配されたらしかった。あるいは、本人は演技のつもりでも実際に興奮していたということもあるかもしれない。

あるいは、その頃また大好きだったのが、土曜の夜NHKでやっている『刑事コロンボ』で、もう二年くらい前から断続的に放送されていたもので、だから再放送で前の分も観たりした。学校の友達も『コロンボ』好きだった。『コロンボ』は、はじめから犯人が分かっている「倒叙《とうじょ》」型ミステリーだから、『コロンボ』に最初に熱中した私には、普通の「犯人当て推理」というのが、どうも根本的なところでばかばかしく思えて仕方がない。どうせ何人かの登場人物の一人なのだし、細々と情報を与えて、さあ誰だ、と言われても、何やら子供じみていて、そんなものを当てて何が面白いのだろうと思ってしまいがちである。つまり犯人当てのミステリーというのは、私には詰将棋と似たつまらなさが感じられるのである。

のちに関心を持つことになる落語には、かすかに関心があったけれど、せいぜいテレビで時々放送される、しかも『笑点』の中での口演を聴くことがあったくらいだろうか、それでも中学一年になって「落研《おちけん》」に入るくらいだから、やはり少しは関心があったのだろう。それに対して、相撲にはまるで興味がなかった。その年の名古屋場所前に横綱琴桜、場所中に北の富士が引退し、場所後に北の湖が横綱に昇進していたが、そういうことも風の便りのように耳に入るだけだった。相撲中継は父が観ていたはずだが、休みの土日に限られていた。

そのくせ、夏の高校野球には、その年は熱心に観入っていて、勝ち上がり表まで作成していた。優勝したのは銚子商業だったから、その「幾千年の昔より」で始まる校歌まで覚えた。もっとも、その翌年一月に、名馬ハイセイコーが引退して、騎手が歌った「さらばハイセイコー」がヒットしたため、私の頭の中ではこの二つがごっちゃになって、「幾千年の昔より」で始まって「ありがとう友よ、さらばハイセイコー」で終わる妙な歌の、つぎはぎの記憶が出来上がってしまった。

一方この年は、長島茂雄が引退して読売ジャイアンツの監督になったのだが、どうも今ひとつプロ野球への関心は成長しなかった。それはやはり、プロ野球といえば、夕飯が終わり、酒の入った父親がテレビで食い入るように観るもので、ジャイアンツが負けると機嫌が悪く、母が困っていた。たぶんそういう光景を目にするのは中学生の頃だったろうが、プロ野球にむしろ嫌悪を抱くようになるのは、そのせいであろう。

『新八犬伝』の坂本九の語りは講談調だったし、辻村ジュサブローの人形は歌舞伎風だったから、そこで、のちに歌舞伎好きになる基底が作られたとは言えようが、思い出しても不思議なのは、その当時の私が、ほとんど本というものを読まなかったことである。せいぜい読んでいたとしても、岩波少年文庫の『水滸伝』とか、子供向けの『八犬伝』くらいだったろう。その理由の一つとして、当時の私が、大人の本を読んではいけないと思い込んでいた、ということがある。

実際その年の十月ころになって、『新八犬伝』のシナリオを重金敦之《しげかねあつゆき》がノベライズしたものの上巻が刊行されたのだが、それを買う際に、これは大人の本ではないのか、自分が買っていいのかと心配したほどである。二年くらいして、それはむしろ子供向けの本であることに気づいて自ら苦笑したものである。

大人の本は難しいから敬遠したのではなくて、うちの教育がそういうものだったのである。現に高校一年の時に、当時好きだった竹下景子の出てくる恋愛もののドラマを観ようとして、家にはまだテレビが一台しかなかったため、父親から、「子供の観るもんじゃないだろ」と言われたことがあった。

かといって児童文学は、SFが面白かったのを除けば、辛気臭い日教組推薦のようなものだと思っていた。そう言えば人は、岩波少年文庫に入っているような西洋の名作はどうか、と言うかもしれない。ただそういうものに私が目覚めるのは、もう少し後のことで、それにしても、『十五少年漂流記』とかアーサー・ランサムのもののような、いかにも少年の理想像を描いたようなものは、私には気に入らない。今でも好きではないのだから、当時はなおさらである。

そのころだったか、「少年少女講談社文庫」という、こんな名前だが菊版で分厚い子供向けの本で『平家物語』のダイジェスト版を読んだ。これは『新八犬伝』に俊寛僧都《しゅんかんそうず》が出てきたからで、もちろん『八犬伝』は室町時代の話だから、俊寛の亡霊が出るだけだが、これは馬琴の『俊寛僧都島物語』を下敷きにしたからだろう。高野正巳《まさみ》が書いたもので、これで『平家物語』の概略は分かったが、のち高校生の時に原文も読んで、私にはどうもどこに感動すればいいのか分からない古典の一つである。

五月に、来年の大河ドラマは「元禄太平記」だと発表があり、私はジャポニカ百科事典で引いたら、意外にも「元禄太平記」の項目があり、都の錦という江戸時代の作者が書いた浮世草子と説明してあり、どうもこれではないようだなと思ったが、果たしてそれではなかった。石坂浩二が柳沢吉保を、江守徹が大石内蔵助をやる半分「忠臣蔵」の元禄時代ものだった。

梅雨どきだったと記憶するのだが、音楽の時間に、シューマンの歌曲「流浪の民」を聴いて、激しく感動したことがあった。曲もさることながら、その古文調の訳詩がすばらしいものだと思った。

ぶなの森の葉がくれに　宴ほがい賑わしや
たいまつ赤く照らしつつ　木の葉敷きて　うついする

といったもので、明治三十六年に、東大独文科の学生だった石倉小三郎《こさぶろう》が訳したもので、名訳である。エキゾティックなジプシーの男女の暮らしぶりが、この訳詩によって、ちょうど『古事記』の世界のように、蘇ってくるのである。「ジプシー」という語は、一九七九年に『プリンプリン物語』で、ベベルとマノンというジプシーの姉妹が登場した時にはまだ使われていたが、九〇年代になって、「ロマ」などと言い換えられるようになり、ＮＨＫで出したＤＶＤでも、「ジプシー」という語が出てくるところは歌まで編集されており、同作を再放送した時も、この部分を放送したくないがために中途でやめてしまうくらいだった。言い換えてもイメージは変わらない。

近視の度が進んでいるから、眼鏡を変えるようにと言われて悩んだのも、この頃のことである。近視が進むこと自体が不安だったし、その頃、眼鏡を掛けると近視が進むということが言われていた。それで、西田君相手にその話をしていたら、家が近所なので、帰路も一緒になり、その後一緒に遊んだりして、ああこんなことがきっかけで仲良くなったりするのか、と思った。

けれど、やっぱり気が合わなかったのか、西田君とは、その日だけだった。七月になって夏休みが始まる頃、NHKで、イタリアで作られた全六回のドラマ『ピノキオ』を放送したが、これはすばらしいもので、月曜から毎日観ていたのだが、確かその四日目かに、学校内合宿があった。これはみなが学校で一泊するというもので、私は『ピノキオ』に未練を残しつつ、蒲団をかついで出かけた。母が、近所なんだから西田君を誘って行きなさい、と言い、もうその時は西田君と仲良くなかったので、しぶしぶながら、蒲団をかついだかっこうで西田君宅のドアベルを鳴らしたら、本人が出てきて、それが何も準備していない様子だから、

「行かないの？」

と言ったら、

「行かないよ」

と言うから、なんだ、と思って、一人で出かけた。

いつもの教室にみなで集まって、これから一晩を過ごすというのは、やはりわくわくするものがあったが、私はやはり『ピノキオ』が観たくて、放送時間が来ると、さりげなく、教室に置いてあるテレビを点けた。これは、理科の時間に教育テレビの番組などを観るためのものだったが、その

年は、NHKの朝の連続テレビ小説の「鳩子の海」の評判が良かったので、給食の時間にはそれを掛けていたりした。

しかし、まさかほかの血気盛んな少年たちが、おとなしくテレビなど観るはずもなく、私はいくらかおどおどしながら、何とか内容を把握しようとしたが、いわば「ピノキオのテーマ」ともいうべき音楽が劇中で流れると、栗本が、

「おっ、ピノキオだ」

と言ったから、なんだこいつも観ていたのか、というのと、見つかってしまったという不安とが交錯した。それで結局、後半はチャンネルを替えられてしまって観られなかったのだが、その当時から、のち大学生になってビデオデッキを買うまで、いつも観ているテレビがこうした行事で観られなくなるのが私にはつらく、それ自体よりも、ほかの人たちはどうやらさらりとそういう時は諦めるらしいということが、自分の精神的惰弱《だじゃく》さであるような気がしていた。

夜が更けると、校庭でキャンプファイヤーがあり、カレーライスの夕飯があったりして、楽しかった。廊下で肩を叩かれて振り向くと、当時はやっていたフランケンシュタインの怪物のようなお面をかぶったのが立っていて、本当に恐ろしくて、しかし教室の戸は中から閉められていて、あけてくれえ、と言って叩いたりした。

その頃はもう、男子の誰は女子の誰が好きだとかいうことはよく言われていて、西田君などは、小高という女の子が好きだとされていたが、一緒に帰った時、ふざけた調子でながら、「お、おれはコダマが好きなんだ」と言っていたりした。小高さんは確かにちょっとかわいい子で、理科の実

験中に、私が火傷をしてしまった時、保健係の小高さんが保健室まで連れて行ってくれたことがあって、その時、少しときめいたりした。けれど、私が好きなのはあくまで小杉さんだったし、これまた、クラスでは知られていた。

教卓の田沼先生を生徒たちが囲んで話していて、小杉さんもいた時のことだが、先生が、ふっくらした小杉さんのことを「マンボウ」と呼んだ。男の先生というのは、出来のいい女生徒をおおよそはかわいがるもので、それはのち、大学院へ行くとますます大っぴらになった。私はここぞとばかりに、

「一丈青扈三娘みたいな」

と言うと先生は、

「一丈青扈三娘ってのはお前、きれいなんだぞお」

とおどけて言った。

小杉さんが、私の字の下手なのを評して、「小谷野くんの字は踊り踊ってる」と言われたことがあるが、私は何だか嬉しかった。

小杉さんはこの年には放送委員になっていて、あれは志願制だったのか忘れたが、時どき放送室へ行ったりしていて、かっこ良かった。教室の前部に取り付けられたスピーカーからおかしな音が流れてきた時、「××が××になってるんだわ!」と叫んで放送室へ走って行ったのなんか、まるでテレビ番組を観ているようだった。

給食のあとに掃除があるのだが、その掃除の時間になると音楽が流れた。映画音楽とかポピュラ

ー・クラシックで、「史上最大の作戦」とか「ペルシャの市場にて」とかが流れたが、「ペルシャの市場にて」の一部が、山本リンダの「じんじんさせて」の前奏に似ているというのがちょっと話題になった（実際は逆なのだが）。

給食のあとは、机を後ろへ下げて掃除当番が掃除するのだが、ある時、掃除当番になった私と、仲のいい男とで、モップをバイクに見立てて「ブルルン、ブルン」などとやって遊んでいたら、帰りの会の時間に、女子から「男子がウガガガガって言いながらふざけていました」と報告され、その「ウガガガガ」というのがおかしい、というのでひとしきり笑ったこともある。普通の男子だったのである。

ドラマや映画では、小中学校で教師が生徒を「コウジ」「ユミコ」とか下の名前で呼んだりするが、実際にそういうことはなく、西洋人の真似だと思っていたら、私より二十歳ほど年下の妻は愛知県の大学附属小学校へ行っていて、そうだったというが、呼び捨てではなく「くん」「ちゃん」などがついていたという。もっとも私の弟の中学時代に、独自の判断で下の名前呼び捨てをしていた教師がいたらしい。

私はなぜか忘れたが飼育委員になり、一階にある会議室に、卵の孵卵器《ふらんき》があるのだがそれに有精卵と思われるものを並べて、毎日見に行っていた。しかしいつまでたっても卵が孵《かえ》る気配はなく、ただ孵卵器の生暖かい感じと生臭い臭いばかりを感じていた。ある時は、ドアを開けたら大人たちが会議をやっていて、慌てて閉じたこともあった。あとで母に訊いたら、もうとっくに中身は死んでるのに何やってるのかと思っていたそうである。

田沼先生だったか、作文を書く時に、会話から書きだすと変わっていて面白くなる、と言ったことがある。ところがそれからあと、誰も彼もが作文を会話から書き始めるようになって、面白いどころか千篇一律になってしまい、私は、面白いことでもみながやってしまうと面白くなくなるということを学んだ。大人の世界にもこれに似たことはある。

さて、私の親友となる土やんこと土田は、五年の時私と同級だった榎本さんが好きだと言われていた。榎本さんは確かに美人だったが、私は例によって成績主義だから好きにはならなかった。土田は私より背が低いくらいだったが好漢で、そのことを隠すとか、照れるとかいうことなく、堂々としていて、時には別のクラスになっている榎本さんの教室の前まで行くと、女生徒が二人くらい出てきて、「エノ呼ぶの？　エノ呼ぶの？」と笑いながら言うくらいで、実にもって爽やかだった。この時も、夜になってみな蒲団を敷いて、男は教室で、女子は体育館で寝たのだが、土やんは寝に就くと、寝言のふりをして、

「エノモト〜、エノモト〜」

と言ったりして笑いを誘うのだった。私は、土田には、軽い尊敬の念を抱かざるをえないのだった。

しかし、逆の、女子の誰それが男子の誰それを好きだという噂ばなしは、まるでなかった。女子はもっぱら、その頃「恋のダイヤル６７００」が大ヒットしていたフィンガー5の話で持ち切っていた。

小学六年生の時というのは、私の目から見ると、女子が少女として一番魅力的な時期だった。と

いうのは、中学生になると、学校の規定で、登校してくるとみながジャージに着替えることになっていたから、服装上の魅力はがたんと失われたし、生理的変化のせいか生き生きしたものを失い、成績も男子より下がる傾向があったからだ。高校でどうなるかは、男子校へ行ってしまったから、分からない。

あとで母から聞いたのだが、クラスには山下さんという、美人ではないが成績はいい女子がいた。あるママ友（当時そういう言い方はなかったが）が、

「田沼先生ったら、山下さんばっかり、かわいがって……」

と言うから母が、

「小杉さんじゃないの？」

と言うと、

「ううん、山下さん」

と言ったという。私は山下さんのことは別に気にかけていなかったから、ふーんという感じでしかなかった。

越谷へ来てからは、学校で実施するテストはほぼ「業者テスト」だった。母が人と、業者テストの悪口を言っているのを聞いた私は、六年生の時、これからテストをするという時に、先生に向かって「ねえ、これ、ホントはやっちゃいけないんでしょ」と二回くらい繰り返して訊いたことがある。田沼先生は目をピクピクさせながら「やっちゃいけなくないんですよ」と答えた。こういうことを口に出してしまうあたりが、私の変なところだった。

この年、学級新聞を作ることになったが、「新聞を作りたい人」と学級委員が聞いたら、十人以上が手を上げてしまったのだが、田沼先生が、「いいんじゃない、複数の新聞を作れば」と言い、そうすることになった。数人でグループを作って、それぞれに作ることになった。私は友人たちと「毎週新聞」というのを作り、ガリ版刷りで、実際に毎週出していった。ほかのグループは、一回だけ出してやめてしまったのが二つくらい、あと一グループだけが、壁新聞を四回くらい作ったが、結局私の「毎週新聞」だけが残って、私はせっせとその編集に従事した。というか、半分以上は私が書いていたのである。

私は三年生のころから、家庭内新聞を作ったことがあり、だいたいB4判のわら半紙に手書きで書いていたが、内容は要するに私一人が書いているわけだから、とりとめがなかったり貧弱だったりした。はじめに作ったのは「書くノダ新聞」というタイトルだった。

国語の教科書に、シェイクスピアの『リア王』が載っていた。小学生の時の国語の教科書は「上下」に分かれていて、二学期の中ごろに上から下に切り替わるので、二冊持って学校へ行くこともあった。『リア王』は、その「上」のほうに載っていた。もちろん一部だけ、コーディリアがリア王への愛の言葉を拒否して、リア王の怒りをかう場面である。これまた、グループに分かれて上演することになったのだが、私は芝居が好きだったから、リア王役を熱演して喝采を受けた。その後、ほかのグループが上演しようとしてうまく行かないと、私へのコールが起こり、私はまた意気揚々として出て行って、またリア王をやった、ということがあった。

私は『リア王』が面白かったので、その「毎週新聞」に、それを少し変えた『新・リア王』の連載を始めた。その、オリジナルを変えていく方法は、『新八犬伝』で学んだものだったが、最終回で原作どおりに完結させた。

『毎週新聞』は、次第に私が一人で作っているみたいになり、ガリ版切りをして、職員室へ持っていって印刷するというのを毎週やっていたが、謄写版がうまく刷れないことがあり、ある時、何度かやり直したのだが薄くしか刷れなくて、「学年だより」をやっている母に頼んで刷ってもらったことがあった。三代からは「小谷野が母ちゃんに泣きついてやってもらったんだよな」と笑いながら言われた。

栗本は、田舎者をバカにするという趣向が妙に好きで、変な田舎者の歌を歌ったりしていたが、田沼先生も加須のほうから来ているからこれに巻き込まれるのだが、先生もそれを楽しんでいる風情があった。秋ごろに体育館でうちのクラスが寸劇みたいなのをやったことがあり、私は一回だけ、肥《こえ》たごをかついで出てくる農民役をやらされて、観ている父母に受けていたが、私には何か釈然としないものがあった。

そのころ、渋谷に「児童会館」という建物があって、子供の健全な育成のための施設だったのだが、私はここが好きで、何度か行った記憶があり、一人で行ったこともあったような気がするが、それは多分中学生になってからのことだろう。それはそこに置いてあるパンチングマシンが目当てで、ぶら下がっているサンドバッグを殴ると、どれくらいの力かが表示されるのだが、どういうわけかこれが無性にやりたかったのは、男児のそのくらいの年齢特有の現象だったのかもしれない。当時はのちのようなゲームセンターが越谷あたりにはなかったから、そういうのが珍しかったのかもしれない。

小六のクラスでは、小鳥を飼っていた。後ろのロッカーの上に鳥籠があって、みなで面倒を見ていたが、一人の、容姿も成績も冴えない女子が、いつしか最も熱心に世話をするようになっていた。だが、ある日、その小鳥が死んでしまった。その女子は鳥籠の前に立ち尽くして、いつまでも泣いていた。担任が入ってきても、すぐには自分の席へ戻ろうとしなかった。それが担任をいらだたせたのか、その翌日か、授業中にその子が当てられてできなかった時、担任は声を怒らせて、

「いくら小鳥が死んでかわいそうだったって、できないんじゃしょうがないぞ」

と言ったのである。これは、ひどいと思った。

そのころ、NHK教育テレビでは、学校で各教科ごとに時間内に流せる番組を放送していた。「はたらくおじさん」などは社会科用で、「うたってゴー!」が音楽科用などだったが、私のところでは小学校時代にそういうのを見せる授業はなかった。しかし六年生の時は教室にテレビがあり、斎藤こず恵と夏八木勲《いさお》が出る「鳩子の海」を給食の時間にちょっとだけ先生が見せてくれた。だから鳩子が「ニッポンよニッポン」の歌を作る場面は知っているのだが、大人になってからの鳩子が何をしたのかは知らない。(斎藤こず恵は私の五つ下で当時小学校一年)。

国鉄の武蔵野線は、私が越してきた頃には線路は出来上がっており、貨物用のものだったが、七一年には南越谷駅が操業を開始して、人も運ぶようになっていた。しかし当初は、一時間に二本だけだった。それに、東武鉄道の越谷駅と蒲生駅のちょうど中間を横断しており、乗換えが出来なかったのだが、この七月に、東武に新越谷駅ができて、乗換え可能になった。それが、越谷の商店街

から、イトーヨーカ堂の周辺へと繁華街が移動していたところ、次第にそちらより繁華となって、埼玉県で深夜一番栄える南越谷の始まりとなるのだった。

K子叔母は、隣の埼玉銀行が店舗を拡張するというので、高額で土地を売り、一時春日部市に住んでいたが、ほどなくこの南越谷に転居して、美容室を開いた。かつて手に付けた職を生かせることになったわけで、私や母は、しばしば叔母に髪をやってもらいに行ったものである。

私が四年生の頃、家の近くに、突然大きな家が建った。敷地はさほど広くないのだが、建売ではない、設計から独自にやったのであろう、がっしりとして三階建てくらいありそうな建物だったが、それが、画家の川上茂昭（一九三一－二〇一三）先生の家だった。川上先生は、日本専売公社のたばこと塩の博物館に勤務しながら、抽象画の、諷刺画風のものを描いており、その家の二階がアトリエになっていたのである。そんなことを知っているのは、川上先生が日曜は絵画教室を開き、私もそこに通っていたからである。

小学校一年の頃は、絵で入賞していた私だが、それからあとは、まるでいけなかった。漫画を描いているのだから、絵を描くこと自体はできるらしいし、高校時代には、教師や力士の似顔絵を描いて、かなりクラスでも評判が良かったのだが、どうやら、色をつける段になると全然ダメらしく、風景画など描かされると、目の前の風景を、どう切り取ってどう平面化すればいいのか分からなくなってしまうのである。むしろ、風景に対して感度がかなり低いらしく、のちに文学をやるようになってからも、風景描写の美しさというのを、ほとんど感じないし、純文学のお約束である長ったらしい情景描写がうるさくて仕方なかった。島崎藤村の『千曲川のスケッチ』など、退屈さをこらえつつも、高校生だったから読み通したが、のち三十過ぎてから、志賀重昂《しげたか》の『日本風景論』を読み始めた時は、およそ十ページも読んだところで放り出した。しかしそれも、のちに関東平野の平坦さに気づいて、これでは風景画は難しいと考えるようになった。

それで、日曜の朝になると、川上先生の宅へ出かけたのだが、二階のアトリエが教室だったから、そこに先生の絵がいくつか置いてあった。覚えているのは、地球がビルのように、近代建築の窓がずらりと並んでいる絵で、むろん都市文明批判なのだが、いま考えてもそう大したものとは思われない。絵を習いに来ているのは、おおかた、私より年下の子供たちだったから、途中でふざけてばたばたするのを、先生は面倒そうに放っておいたり、あまりひどくなると叱りつけたりしたが、むしろ私には、大変そうだなあという思いがした。たばこと塩の博物館というのは渋谷だから、通勤も遠いし、さほど有名な画家ではないから絵もそう高くは売れないだろうし、あれこれ考えると、家は大きかったが、こんな田舎ではそのくらいが妥当なところだったかもしれない。

その絵画教室では、森閑としているのもつまらないと思ったのか、ずっとラジオが掛かっていた。日曜の午前中だから、男女が漫才のようにかけあいのバカ話をして、では音楽です、と言うような番組だ。いつも聞き流していたが、ある日、男のほうを、「ホモ」と見なしてバカにするというおふざけがあり、最後は、「牛乳」という言葉が出て、男が「ホモ牛乳って言いたいんでしょう～」と言って泣くまねをするという落ちだった。

今だったら、こんな放送はできないかもしれないが、九〇年代ころまでは、同性愛を笑いのネタにするようなテレビ番組はあった。しかし、当時の私には「ホモ」の意味が分からなかった。ホモ牛乳というのは知っていたから、むしろその方面でのみ、聞いたことのある言葉だった。

　四年生のころから、学校では図工の時間に、水彩絵の具を使うようになった。絵具とか筆とか筆洗いとか画板とかを一通り買ってもらうわけで、義務教育は無償とはいっても、そういう教材や、給食費はカネがかかるので、貧乏な子は給食代が払えないとかいうことがあるわけだが、そういうのは古い映画などでは見たが私のころに実際に目にした記憶はない。だから親からしたら大変なわけだが、子供からすると色々買ってもらえて最初は面白いのだが、私は水彩画がひどく苦手だった。しかも、終わったあとでちゃんと水気を切ってからしまうということをしないので、しばらくして絵具箱を開くと、びっしりカビが生えていて、実に気持ちが悪かった。だが、だからといって今度からは水気を拭いてしまうわけではない。そういうところはみごとにだらしのない子供だったのである（もっとも学校でちゃんと水気を払ってしまうというのは結構難しいし、先生もしまい方を教えたりはしなかった。天気が悪ければ干すということもできないのである）。

　鉛筆で線を引いて漫画などを描くのは好きなのだが、筆を使って色を塗るというのがものすごく苦手だった。当時「クーピーペンシル」という、全部が鉛筆の色鉛筆があったが、そういうもので塗るのはいいが、筆でぺたぺたとやるのが、まったく要領を摑むことができなかったのである。三十歳くらいになって、初めて油絵というものを描いてみたら、水彩よりよほど絵具の使い方が易しくて、これなら早くから油絵をやっておけば良かったと思ったくらいである。

　この頃のことだったか、何かのイベントでお面を作ることになって、私は「ジャポニカ」の「能面」のところに載っていた「癋見《べしみ》悪尉《あくじょう》」の面を真似して、ボール紙に描いて面を作った。母に見せた時に、「あれ、これ、著作権とか大丈夫かな」と言ったら、母がゲラゲラ笑いだしたことがある。

ほかに学校の図工では彫刻刀も買ったことがある。もちろん彫刻をやったわけではなく、版画を作ったのだが、アイロンがけをしている母の姿を絵に描いてそれを版画にしたのである。これは割と出来がよく、今も板のほうは残っている。

図画工作でステンドグラスの模造物を作ったのを覚えている。セロファンの色紙を使って作るのだった。

その頃、十全病院の向かいに、「スイムクラブ越谷」という大きな水泳教室が建った。私はそれを目にしつつ、ああ水泳なんて嫌なものだなあと思っていたら、母がいきなり、そこへ行けというから驚いた。私は懸命に抵抗したが、私が運動が出来ないことを心配していた母は、この時は有無を言わせず申し込みをしてきてしまい、私は土曜の夕方に、そこへ通うことになったのである。

私はいやいや、二年半ほどそこへ通ったが、もちろん初歩から教えるから、ビーチボードを持ってばたばた泳ぐのと、背泳ぎだけは覚えたが、遂にクロールで二十五メートルを泳ぎ切ることができるようにはならなかった。息継ぎができず、顔をあげても、目の前をざざざざっと水が流れ落ちるようなのである。それに閉所恐怖症だから、水中が怖い。「水を恐れないようにする」というのが水泳の初歩だが、閉所恐怖症はどうすることもできないようだ。第一、視力が悪いから、眼鏡を外していると視界が効かないから恐ろしいのである。

才能のないことは、努力しても無駄、という私の信念は、このスイムクラブ通いの成果によって形成されたのである。あとで人に話すと、なぜ平泳ぎを習わなかったのかと言われるのだが、きっと、先にクロールを完成させるという方針でもあったのだろう。

ひときわ情けなかったのは、男のインストラクターが、

「お前、運動神経鈍いのか？　そうじゃないだろう？」

と言ったことで、そう言われて小学生の私が、「いえ鈍いんです」とは言えない。こういう物の言い方の癖は母にもあって、

「今夜、コロッケじゃ嫌よね？」

などと、私はコロッケが好きなのに言うのである。もう少し成長してから、母には、そういう言い方はやめてくれと言ったが、母の場合は、あまりに自分に自信がないための言葉だったろうし、インストラクターのほうはもう少し愚かで、子供には無限の可能性があるとか、なせばなるとか、そういう根性思想から出ていたのだろう。

しかもそれに引き続いて、日曜日の朝七時から、小学校の体育館で無償で剣道教室が開かれているから、それに行けというお達しで、こちらはいくらか剣道に関心があったからか、竹刀と防具を買ってもらって、自転車で朝から出かけるようになった。

そうなると、土曜は学校を昼で終えてからラボ、夕方からスイムクラブ、日曜は朝から剣道、その後絵画教室と、えらく忙しい週末になっていたのであった。「塾には通わせない」などと言いつつ、恐らく両親としては、私の運動音痴を直したいと思ったか、あるいは、運動が苦手なのは交通事故のせいだとでも思い、責任を感じていたのかもしれない。果して交通事故以前の私に、それほど運動能力があったのかどうかは分からないが、父のほうは、若いころ野球などやってはいたもの

の、母方の伯父叔父を見ても、さほどスポーツマンはおらず、元来能力がなかったのではないかと思う。

その上、剣道のお面をつけると、これまた閉所恐怖症を引き起こすのである。顔がかゆくなるのもさることながら、はっと気づくと、わあっと叫んでお面を引きはがしたくなるから、その衝動が起こらないようにするから、苦痛なのである。結局、そのうち、日曜の朝起きられなくなり、中学一年の頃、自然消滅で剣道はやめてしまった。

しかしこの剣道では、面白いこともあった。防具を入れた袋と竹刀を入れた袋を持って自転車に乗り、草加バイパスで信号待ちをしていると、隣にいたおじさんが、

「何が釣れるの?」

と訊いてきたことで、釣りと間違われたのである。いえ剣道です、と言って、ちょうど信号が青になったので、そのおじさんの顔も見ずに自転車を出したが、こっちが恥ずかしくなるようだった。

ところで運動神経が鈍いのは確定した事実として、それから以後数十年たって、自転車だけはちゃんと乗れているのがちょっと不思議である。中年女性などで、自転車に乗っていて、出会いがしらに急停止すると、いきなり引っくり返ってしまう人がいて、買い物帰りだと悲惨なことになるのだが、私にはそういうことはない。脚の長さが、やはり男なので、女よりは有利に働いているのだろうが、まあ自転車というのは前へ向かって進むものなので、特に私の苦手とする球技のように、右左へ動くことはないから、だけなのではあろうが。

六年生の夏は、あれこれと忙しかった。例の自由研究の、中国の歴史年表作りも、母に手伝って

もらってやっており、確か修学旅行で鎌倉へ行ったはずなのだが、あまり記憶にない。後藤さんに教えてもらったのか、その頃来日していた中国雑技団を、母と弟と三人で中野サンプラザへ観に行って、これもひとしきり家庭内で話題になり、私と弟は曲技の真似をして、仰向けに寝て足で枕などを回す「足藝」の真似をしたりした。あるいは、これは夏休み前だったかもしれないが、ギャラリーヤエスというところで、『新八犬伝』の人形展をやっていたので、これも母と弟とで行ったことがある。その時、ギャラリーヤエスの場所が分からず、母が川上先生に電話をかけて訊き、当日の朝、私が二階の部屋から見ていると、川上先生がこちらへ来るのが見えて、地図を持ってきてくれたということもあった。東京駅から、八重洲口のほうへ歩いていくと、真正面に、仁丹の看板が見えて、その先を左へ曲がったところが、ギャラリーヤエスだった。

『新八犬伝』の漫画は、はじめはキャラクターを我流で描いていたのが、次第に、テレビの人形にあわせて描くようになっていた。『グラフＮＨＫ』という雑誌で、八犬伝特集をしているのを知って、買おうとしたのだが、当時は直販だけだったから、その月から、ずっとこの雑誌を郵送してもらうことになり、私はその封筒の上部を切り取り、居間の壁に画鋲で止めて中に最新号を入れ、最新号を入れて家族がいつでも見られるようにしておいた。もっとも、私以外に見る人はほとんどいなかった。

だからテレビを観ながらのスケッチだけでなく、そういう媒体に出ている人形を模写したりしていたので、ギャラリーヤエスへ行くと、展示されている人形の顔を、メモ帳にスケッチし始めた。辻村ジュサブロー（のち寿三郎）その人もいて、覗きこまれたように思うが、これはもしかすると、うまいのでジュサブローが感心したのではないか、と後に思って捏造された記憶かもしれない。『グラフNHK』には、人形を作る手順が書いてあったので、もう少しあと、中学生になった頃に、作ってみようと思い、最初の、粘土でかしらの形を作るところまでやったのだが、その次の、石膏で型をとるというのが面倒で（というか石膏は買ってこないとない）、そちらへは進まず、粘土でできたかしらはいつまでも私の机の上にあって、埃をかぶっていた。

その頃私は「はんてん」を母に作ってもらって、冬になるとセーターの上から着ていたが、手と足を同時にはんてんの袖口に入れて、それで「ドードー鳥だよドードードードー」とドードー鳥の真似をして遊ぶというのを、弟とやっていた。

私が相撲好きになったのは、高校二年の時で、小学生のころは興味がなかった。父がラジオを聴いていているのをぼうっと耳にして「キタノウミ」というのは知っていた。「花籠部屋」というのを聞いて、相撲という格闘技と「花」の取り合わせが変だなと思った。のち「男の花道」などという言葉を聞くと、男と花が合っていないような気がした。近代的な男性イメージにとらわれていたのだ。

その八月の末ごろには、二年ぶりの家族旅行で、琵琶湖へ行った。父の会社の保養所のリワコというのが、琵琶湖西岸の志賀というところにあったのである。私はその時、初めて新幹線に乗った。それで、乗っているとそれほど速いという感じがしないことを意外に思った。京都駅へ着いて、京都タワーを見てから、湖西《こせい》線に乗ったと思うのだが、車内で、家族から離れた席に座って外を見ていると、おばさんから、「坊や、どこから来たの」というような声をかけられた。といっても、既に滋賀県弁である。

私はあわてて、「埼玉」と言おうとして、それじゃ関西の人には分かりにくいかなと思い、「東京」と言った。おばさんは、「えっ、東京から一人で来たの？」と驚いたから、私は困って、両親のほうを見て、否定しようとした。母が、にこにこしていた。

私はその頃、琵琶湖に興味があった。というのも、『新八犬伝』が、琵琶湖を舞台にしたことがあったからだ。『八犬伝』の原作は、前半ではほとんど関東、それから越後を舞台としているが、『新八犬伝』は、馬琴の他の作品を使って、琉球、熊野、丹後、伯耆《ほうき》、出羽など、日本各地を舞台にしていた。琉球を二年目の冒頭に持ってきたのは、『椿説弓張月』を使ったからでもあるが、本土復帰した沖縄への配慮もあったのだろう。近江を舞台にしたのは、雲絶間姫の物語『雲絶間《くものたえま》雨夜月《あまよのつき》』を使ったものである。

その時、語りの坂本九は、琵琶湖は琵琶の形をしているからそう名付けられたのだが、飛行機もない時代に、なぜ琵琶湖の形が分かったのでしょうねえ、と言い、その答えは言わなかった。また、近江八景の説明もあったから、志賀へ行く途中、唐崎《からさき》と堅田《かたた》という駅名に、軽く興奮したものだ。

志賀というところの保養所は、まるでプレハブ住宅のようで、私たちの入った部屋と隣の部屋との仕切りは、今にも倒れそうに薄かった。そこの滞在者の印として、ピンクのリストバンドを渡されて、腕にはめていたが、返すのを忘れて帰ってきてしまったので、そのリストバンドはスクラップブックに貼っておいたので、今でも残っている。特段遊ぶものもないから、琵琶湖に水着で入ったり、ボートに乗ったりして過ごした。土地の人と話をする機会があったが、訛りがきつくて、ほとんど何を言っているのか分からなかった。そういう経験は初めてだった。

三日目には、ロープウェイに乗って、打見山《うちみやま》という小さな山の山頂まで行った。そこには小ぶりな遊園地があり、うろうろしたが、その時は小学生向けの「まんが博」というのをやっていて、弟にはちょうど良かったが、私にはあまり面白くなく、その上、立秋を過ぎて、山の上なので、ひどく寒く、人出は割とあったが、もの寂しい感じがした。ひどく印象に残っているのは、その三月で放送が終っていた少女向けアニメ「ミラクル少女リミットちゃん」の主題歌が繰り返し流れていたことだ。

リミットちゃん　リミットちゃん　顔を見ると言えなくなるけど
大好きよ　大好きよ　幸せを呼ぶリミットちゃん

というのだが、おかげで私はのちに、「テレビまんが主題歌のあゆみ」のようなCDでこの歌を聴いて、たちまちこの、物寂しい遊園地を思い出してしまった。

家族四人での旅行は、これが最後になった。もはや私が、家族と出かけるより、ラボキャンプとか、友達と一緒のほうが楽しい年齢になっていたからでもあろう。それにしても、不器用で無教養な両親が、よくぞ子供二人を連れての旅行を三回もしたものだと、その努力ぶりに感心せざるをえない。もっともそれも、母の努力が主であって、父親一人では、まるでお手上げだっただろう。

しかし、その小さな山の上から、琵琶湖が見えるところまで出て、私は、飛行機もない時代になぜ琵琶の形をしていると分かったのか、という答えが見出せたのである。こんな小さな山の上からでもそれは分かるのだから、比叡山のもっと高いところからなら、一目瞭然だっただろう。

家族にも寿命というものがある。子供らが成長し、両親が老いるまでが、家族の人生だ。子供が小さいか若くて、親が三十代から五十歳くらいの時が、家族のいい時なのだが、そのことはその当時には気づかれない。何だかいろいろ大変なことがあるからで、あとになって、あれが家族が若くて元気だった時だったなと子供のほうが気づくのである。

旅行も終わり、もうすぐ夏休みが終わるという八月三十日の金曜日、父は出社し、母は弟を連れてどこかへ出かけており、私は一人で家にいた。一時過ぎに電話が掛かってきて、出ると母で、丸の内で爆発事件があって、父の会社のそばだと言うから、私はどきりとした。けれど、父のほうは離れているから大丈夫だと思うが、伯母の夫が、爆発のあったビルに勤めていて、伯母の家はその頃、家の近くへ越してきたばかりでまだ電話がないので、杉田さん（伯母の夫）からうちに電話があるかもしれないから、と伝えてきたのである。

例の三菱重工業の、左翼過激派によるテロ事件である。どきどきそわそわしながら待っていると、果して杉田さんから電話があって、大丈夫だから、と言ったが、何だかその声が疲れているように私には聞こえた。ほどなく、母が伯母と一緒にやってきて、私から伝言を聞き、伯母は一時間ほど家にいて、帰って行った。

二学期になった。妙な遊びが、はやり始めた。高山さんという、体格のいい女の子がいた。顔だちはそう美人ではなかったが、胸のふくらみが目立った。安藤あたりが始めたのか、その高山さんとじゃんけんをして、勝つと一瞬、胸にタッチするという遊びである。この遊びは、たちまち数人の男女に広まり、教室や校庭で、暇を盗んでは行われた。

私も、当初は喜んでこの遊びに参加した。女子でも、当然ながら小杉さんなどは、この遊びには参加していなかった。そのうち、じゃんけんなど抜きにして、いきなり胸にタッチするという形になっていき、美少女とも言うべき青木さんまでが、加わっていた。ただ、青木さんは美人ではあっても成績は良くなくて、私は特に、好きにはならなかった。子供ながらに、なぜこう自分は、頭のいい子が好きなのだろうといぶかしんだくらいである。

そのうちに私は、まことに妙案を思いついたのである。みなと一緒に胸タッチをしているだけでは藝がないから、胸タッチをされる女子を救い、男子を押しのけるというのをやってみたら、いいのではないかと思ったのである。この遊びも、すぐに受け入れられて、しまいには私が「救助」をしないと、青木さんが、

「小谷野くん、助けてくれなくっちゃ、ダメじゃないの」

などと笑いながら言うようになったのである。

まるで田園小説のようである。

それと前後して、三代という、これもわりあい私と仲の良かった男が、時おり、机の上に飛び乗って、下半身をむきだしにする、ということを、二度ほどしたのである。その時、三代のペニスの皮が、半ばむけているのを発見して、私は初めて、ああ、あれはむけるのか、と気づき、トイレへ行った時に、こっそりとむいてみた。すると、確かにむけるのである。

それ以前から、勃起というものはあったが、怖くて、その時の状態を確認することはなかったのである。いったん「むく」ことを覚えると、あとは急な坂を転げ落ちるように、オナニーをするようになるのだが、それは中学へ入ってからのことであった。

その当時は、図書室で百科事典を引くと、「性交」とか「陰茎」という言葉があり、私は高橋という、学級委員の男と、休み時間になると図書室へ走って行って、それらの言葉を夢中で調べまくった。「挿入」という言葉が分からず、それは国語辞典を引いたりしたが、どうもうまくイメージがつかめなかった。

六年生の私には、まだ無邪気な部分が多分にあり、家へ帰って母に向かって「陰茎」とか「陰核」の話をしていたことがあり、母はおそらく内心で戸惑いつつ、笑って聞いていたのだが、向こうで聞いていた父が顔をしかめて舌打ちし、母が「まあ猥談ばかり」と言ったことがあった。私はそれ以後は、そういう話はむろんしなくなった。あとから考えると不思議なことだが、子供にはそういう無邪気な時期があるとはいえ、私は人一倍鈍感だったかもしれず、そういう部分は今でも残っているかもしれない。

その秋、私は一度だけ、土やんの家へ行った。それは学校の北側の、ずうっと広がっている田園地帯にあった。そのあたりが、昔腰巻といって、神明町と改称したあたりなのだが、小杉さんも、その方角に住んでいて、中学は西中学校になる。私は富士中学校という、比較的新しくできた学校へ行くことになっていた。けれど、私はそんな、近づく「別れ」に感傷的になるような性格ではなかった。これから先どうなる、ということを、まったく考えなかったのである。土やんの家には数人で行ったのだが、お母さんが赤飯を出してくれ、食べていたら、どうも小豆の味がおかしい。そう思っていたらお母さんが、「これ、甘納豆よ」と言ったから納得したが、赤飯に甘納豆を入れる人という人がいるらしい。しかし、むしろその闊達な風情が、好もしかった。その頃、つのだじろうの恐怖漫画がはやっていて、私も『恐怖新聞』とか『幽霊教室』などを借りて読んだが、恐ろしくて気持ち悪かった。

当時は「エクソシスト」のような映画がはやっていて、男子と女子が連れ立って数人で観に行ったみたいなことがあったらしいが、私などはそういう映画はただ噂で知っているだけだった。しかし、同じころはやっていた映画「かもめのジョナサン」は、スピリチュアルであることが今では分かっているが、小杉さんが観てきたらしく、ジョナサンジョナサンと言っていたから、私は悔しくて、中学生になってから青島幸男が五木寛之（「ジョナサン」の訳者）に対抗して訳した『にわとりのジョナサン』を読んだらたいそう面白かった。

五年か六年の時、学校からの帰路、家の近くの歩道橋の上で、後ろから来た他クラスの知らない女子二人に変なことを言われたことがあって、

「小谷野くーん、この人あなたにラブレーター出したいんだってー」

みたいなことを言うので、気持ち悪いから走って逃げた。「ラブレター」を「ラブレーター」と言うあたりに頭の悪さを感じた。

その九月末に、私は弟と、激しいチャンネル争いをすることになってしまった。金曜日だから、父は飲んで帰ることが多く不在で、私はその日が『天下堂々』の最終回だったからそれが観たく、弟はプロレス中継が観たいと言って譲らず、私がNHKに回すと弟はNETに回すというありさまで、そのうち私は、二階の子供部屋の押し入れに、古い白黒テレビがまだ蔵ってあったので、二階へ上がってそれをつけて観ようとしたが、アンテナがもうつながっていないのだから当然だが、ざあざあと砂嵐が流れるばかりで、また階下へ降りてきては弟と争った。

あまりの騒ぎに、台所で夕飯の後片付けをしていた母が出てきて、どういうわけか、私の味方をした。それが、『天下堂々』は最終回だから、ということで、プロレスならまだこれから観られるという理由でなら分かるのだが、そうでもなくて、弟を説得しようとしたが、逆に、母親が兄の味方をした嫉妬も混じって、いよいよ言うことを聞かない。母はいきなり、

「そう、じゃお兄ちゃん、後藤さんちへ行って『天下堂々』観よう」

と言って、私を促して、外へ出てしまったのである。もちろん、弟への脅かしであるのは分かったのだが、家を出て少しぶらぶらと歩いた後、母が、二階の部屋に明かりがついているのを見つけ

て、あら、明かりがついてるけど、と言うから、私が、古いテレビをつけて、しかもつけっ放しであると言うと、

「爆発でもしたら大変だ」

と言って慌てて家へ戻った。

結局どうなったのかは忘れたが、私には、母が私の味方をした理由が、のちのちまで引っかかっていた。弟はかわいくて無邪気だったから、親戚でもかわいがられた。母系社会の日本らしく、私たちが両親の実家へ行く時も、さほど離れていない父の実家は、おざなりに訪ねるだけで、たいがいは母の実家に行き、いとこらと遊んで、そこで寝ていた。

いとこらと遊ぶのは私にも楽しく、だから行きたがったが、ある時、母が、

「あんまりかわいがられもしないのにねえ、行きたがるのよ」

と話しているのを漏れ聞いてしまったことがある。

そんなこともあって、私は弟に嫉妬して、両親に、

「××ばっかりかわいがって」

と恨み言を言ったことがある。すると母は、驚いたのか私のほうへ飛んでくると、小声で、

「あなたが長男なんだから大切なのに決まってるじゃないの」

と言ったので、むしろ私が、そんな封建時代みたいなことを考えているのか、とかえって驚いた。

弟はまだ一年生で、勉強机を買っても実際に使うことはあまりなかったので、私は二台の机を使っているみたいになり、ラボ機を弟の机の上に置いておいたりしたが、喧嘩をした時など、弟が泣

きながら、ラボ機を下へ落とすようなこともあった。もっとも壊れないように、垂直に落としてはいた。

いつのことだか正確には分からないが、私と母がどこかへ出かけて帰りが遅くなり、家には弟だけがいて父はまだ帰らず、冬場だったのか早くから暗くなり、母が自宅へ電話して弟を呼び出し、心細がる弟に、家じゅうの電気をつけなさい、と言ったことがあった。弟が一人で置いて行かれるくらい成長していたのだから、私の小学校六年か中学一年のころではないだろうか。

中学へ行ってからのことかもしれないが、ある夕方、マッチが切れたことに気づいた母が私に、かに屋へ行ってマッチ買ってきて、と言った。自転車で行けばすぐのかに屋のおばあさんに私が「マッチあります?」と言うと、老婆は勘違いして、一本だけマッチを出して「何に使うの?」と訊いたことがあった。むろんマッチは無事買えたのだが。

十月はじめに新しい校舎が完成して私たちはそちらへ移ったが、私たちの教室は階段の前にあったため教室の前が広くなっていて、そこから、隣の校舎と三階でつなぐ渡り廊下があった。だがこれはまだ工事中で使ってはいけないことになっており、真ん中に横に長い板が差し渡してあった。だがほどなく悪い生徒がここを走り抜けようとして板に頭をぶつける事件があり、倒れている生徒のところへ先生たちが集まって、具合を聞いてから医者へ連れて行くかしたらしい。それが私たちの教室から見えていたのを覚えている。

十月の末には修学旅行で鎌倉と箱根へ行き、箱根高原ホテルで一泊したのだが、このことはなぜかまったく覚えていない。別にその時ではないのだが、クラスの誰かに異性から「ラブレター」が届いて騒ぎになったことがあった。それが、誰に来たのか、覚えていないが、女子から男子に来たものだったような気がする。その少し前に先生が、返事がほしい時は空白の便箋をつけておくものだ、と言っていた。栗本が興奮して、先生がああ言ったのに空白の便箋がついてないのはこのクラスのやつじゃないな、などと言っていて、私は、何をへぼ推理をしているんだか、と白けた気分でいた。当然ながら、その件は万事うやむやになった。

その十二月二十四日、私は、マルヤの向かいのおもちゃ屋へ行って、弟が持っているグレートマジンガーの人形に附属する用のおもちゃを買ってきた。夜になって、両親からのクリスマスプレゼントが私たちに渡されたが、深夜、二段ベッドの上段で弟が寝静まるのを待って、私はそっとそのプレゼントを置いた。

翌朝は、「サンタクロースって本当にいたんだね!」という騒ぎになった。両親は、ほんとだねーと言いつつ、弟が去ると、母が「お兄ちゃんもなかなかやるわね」と父に囁いた。それは、人を驚かせてやろうという動機から出たものか、弟を喜ばせようという動機からだったのか、分からない。

その十二月に、私は雑誌で見たのだろう、「むさしの児童文化の会」というところへ返信用はがきを出して、青い字で裏面と表面下部に昔ばなしめいたものが印刷されて帰ってくるというのをやっていた。萩坂昇という人がやっていた子供向けサービスだった。

どれくらいラボキャンプへ行ったのか、思い出せないのだが、この時はウィンターキャンプに行ったのではないかと思う。同じロッジに、一つ下の変わった女の子がいて、男の両脚をつかみ、自分の足でその股間を刺激する「電気あんま」と呼ばれる、遊びやらいたずらやらいじめやら快楽やら分からないものをやるのだが、私は標的にされて、何度かやられた。学校にはこういう子はいなかったから、私は何となく、困りながら喜んでいたような気がする。

その冬のキャンプでは、ちょっとした事件があった。ラボキャンプでは、男女ともに同じロッジで寝るのだが、やはり父母から苦情が出て、男は少し離れた宿屋へ泊まることになったのである。そのことは、その措置に反対する署名を求めて回ってきた子らによって知らされた。さっそく署名しようとする私たちに、チューターの女の先生が、何か言って、止めた。

その夜、ロッジの二階というのは小ぶりな部屋二つあるだけなのだが、そこに十人くらいが集まって、話し合いになった。といって誰が招集したわけでもなくて、自然にそうなったのである。男女別になったについては、前のキャンプで、一つの蒲団で寝ていた男女があり、それを見た子供が親に話したことからこうなったといったことで、どうにもしょうがない、という感じだった。集まっているのは、私より年長の中学生などもあり、途中で、下で物音がして、みながしっと静まり返り、話のイニシャティヴをとっている中学生が、

「いや、びくびくすることないって。俺たち何も疚《やま》しい話をしてるんじゃないんだからさ」

と言ったのだが、そういう発言がかえって、秘密の会合めいた雰囲気を醸し出した。

そのころヒットしていたのが、桜田淳子の「はじめての出来事」なのだが、その歌詞の「口づけのそのあとでおしゃべりはしないで／泣き出してしまうから」（阿久悠）というのには、ぞくぞく

っとするほどのエロティシズムを感じたもので、世間で話題になることの多い山口百恵の「あなたに女の子の一番……」より衝撃的だった。そういう同世代の男子は多いと思う。

その頃、私はようやく、ラジカセを手に入れた。百科事典を横に立てたくらいの大きさと形のもので、テレビのチャンネルのようなものがついていて、テレビの音声もＶＨＦが全部入るものだった。

『新八犬伝』は、一年目で、七人目の犬士の犬村角太郎《いぬむらかくたろう》まで出しておいて、その後はずるずると話を引きずり、とうとう最後の犬士・犬江親兵衛が登場しないまま、二年目の十二月を迎え、年末最後の放送で、七人の犬士の姿を映しておいて、それに対応して、北方にあるという親兵衛の姿だけを見せるに至った。その顔は赤いむきみ隈《ぐま》に彩られた、歌舞伎の荒事俳優、梅王丸ばりだった。

そして一九七五年が明け、犬江親兵衛が登場してその来歴を語り、そのまま関東管領軍との戦に進んでいくのだが、親兵衛の出自は原作とは大幅に変わり、犬江屋梅吉という父親が、誤って人を殺した罪を背負い、出羽の羽黒山で即身成仏（ミイラ）となったのを、親兵衛が見つけ出すという筋になっていた。途中、最上婆という人買いが登場したり、二人の犬士が親兵衛を見つけ出し、仲間に加わるよう説くと、親兵衛は、武士になりたくない、この世は力のある武士が支配して庶民をいたぶるばかりである、と血を吐くような演説をし、二人の犬士が、そうではない武士になればよいではないかと説得するという、なかなか「民主主義」的な展開を見せるのだった。

私は早速、これらをカセットテープに録音した。当時は、カセットテープはソニー製のものを使っており、紙箱に入ったものすらあったが、六十分テープを使っても、四回でいっぱいになってしまい、とても小学生の小遣いではまかなえなかったから、消しながらの録音になって、惜しいことをした。

『刑事コロンボ』に続いて、NHKでは『警部マクロード』が始まっていたが、こちらはコロンボとは趣向の違う、痛快なコメディタッチの冒険ものだったから、三回目を観終わった頃には、興奮して、自分も「推理小説」を書いてみようと思い、さっそくとりかかった。しかし原稿用紙に書くのではなくて、いつも漫画を描いている藁半紙を綴じて、本の体裁を作るところから始まるのである。この時は、読んでいた「推理小説」というのが、ポプラ社の怪盗ルパンだったので、その本と同じ体裁にして、表紙絵を描き、中扉を作り、目次を暫定的にこしらえた。私には、書きたいという欲望よりも、本というモノそのものへの憧れがあったようだ。

一月からは大河ドラマ『元禄太平記』も始まり、石坂浩二の柳沢吉保、江守徹の大石内蔵助に、竹脇無我の柳沢兵庫という、吉保の甥の架空の人物が主人公だったが、事実上「忠臣蔵」ものになってしまった。私は『グラフNHK』一月号の特集で予習をして臨んだが、そこに内蔵助が「昼行燈」とあだ名され、と書いてある「燈」のところにだけ「どん」とルビがついていたため、放送が始まるまで「ちゅうこうどん」と妙な読み方をしていた。私は石坂浩二が二枚目俳優として有名であることや、『ウルトラマン』のナレーションをやった人であることをおいおい知るようになるが、最初の放送の頃はまだ、自分がイメージする「二枚目」とは違う感じがしていた。

『元禄太平記』に合わせて、学研の元禄マンガも出て、これは三越で見つけて買ってきたが、前のようにカゴ直利《なおとし》の絵ではなく、二冊本のペーパーバック「大江戸事件」で、田中善之助《ぜんのすけ》というさいとう・たかをみたいな絵柄の人が書いていた。何しろ忠臣蔵事件だけだと一冊分にしかならないので、四代将軍から五代将軍への代替わりと、大老・酒井忠清《ただきよ》の専横や、大老・堀田正俊《ほったまさとし》が若年寄・稲葉正休《まさやす》に江戸城中で刺殺される事件や、旗本奴《はたもとやっこ》と町奴《まちやっこ》の争いで幡随院長兵衛《ばんずいいんちょうべえ》が水野十郎《じゅうろう》左右衛門《ざえもん》に湯殿で殺される件など、色々な知識を得た。

その頃、『大草原の小さな家』も始まっており、私はひととき、米国製ドラマをよく観るようになっていた。アーネスト・ボーグナインがゲストで出る初期の「ローラの祈り」はすばらしいドラマで、終わった後で元の世界へ戻るのが難しかったりした。

私は小杉さんに憧れて、その住所を暗記して、本人に言ったりしたが、さすがに笑い出して、

「負けた」

などと言ってごまかしていた。いっぺん、小杉さんと喧嘩みたいなことになったことがあって、私はむしろ彼女と喧嘩していることが嬉しかったのだが、小杉さんは、理由不明のもみあいに業を煮やしたのか、いきなり、

「何よ、自分がもてないからって！」

と叫んだのである。恐らく彼女は、私が彼女にからみたくてからんでいることが分かって、原因とは何の関係もない、そんなことを言ったのだろう。そして確かに、その一言で、喧嘩は終わったのである。別にそのせりふにがーん、となったということもなかったのは、小学生が相思相愛になるなどということはなかったからであろう。

三学期には私は学級委員に任命されたが、それは、一学期と二学期に、ちゃんと人望のある生徒

を任命して、二度任命してはいけないことになっているため、仕方なく私が任命されるので、私が人望がないことに変わりはなかった。

前年から「ツチノコ」ブームが続いていて、この一月に出た『小学六年生』二月号の「ドラえもん」で、「ジャイアン」がツチノコを発見するというエピソードが描かれたが、私の周囲では何も起きなかった。ツチノコを探そうという動きすらなかった。

私がオナニーを覚えたのはこの頃であった。それはちょっと変な形で始まった。ペニスの皮がむけることを知った私は時どきむいてみたが、夜ベッドに入り、むいて蒲団にこすりつけると気持ちいいことに気づいて、動かしてこすりつけているうちにどんどん気持ちよくなっていき、「いきつく」ことがあったのだが、当初は精液は出なかった。妙なことだが、私はこのことについてほとんど悩むということはなかった。

卒業文集を作るという話し合いがあり、学級委員の私が司会をして始めたが、私は「カット」描きをやりたかった。ここで、あの二年生の時と同じことが起きた。つまり、じゃあこの役は誰がいいですか、と聞いていくのだが、「カット」には誰かが私を推薦してくれると思っていたら誰も推薦してくれなかったのである。焦った私は、そのあと議論が混乱したのを奇貨として「ああダメだダメだ、最初からやり直しだ」とか言って最初からやり直し、自分から名のりでてカットをやることにしたのである。その時誰かが「小谷野のやつ、自分がカットやりたいもんだから」と言っているのが聞こえた。

最後にお楽しみ会をやることになり、私は三代や土田なんかと、「コロンボへの道」という演劇をやることにした。もちろん私の発案で、当時、ブルース・リーが主演の「ドラゴンへの道」を上映していたからだが、もちろん私たちはその映画は観ていないのである。単にその当時「警部マクロード」をカセットレコーダーで部分的に録音していたから、その劇伴音楽やパトカーのサイレン音を使い、私が書いた脚本は一応推理劇になっていたが、実にへんてこりんなものだった。その準備に、三代の家かどこかに集まるのだが、準備というのは別にセリフの稽古ではなくて、模造紙に何か書いて小道具にするのだ。あの当時は、大きい紙のことを模造紙と言っていたが、実際は紙の種類のことである。私はプログラムを作って配ろうと思いついたが、輪転機も使えないので、わら半紙を折って手書きをするという無茶をやったが、二枚しか作れなかった。ところが、放課後だから四時か五時ころにその準備をしていると、三代がやたら、再放送のテレビ番組を観たがるのである。「あー、『パパと呼ばないで』が始まっちゃうー」とか「『太陽にほえろ!』が終わっちゃうー」とか言うのである。当時『太陽にほえろ!』は人気番組だったが、私はその当時、どういう番組かさえ知らなかった。概して私の趣味はNHK寄りすぎたということか。この当時『宇宙戦艦ヤマト』を放送していて、私もそのことは知っていたが、面白いという声は誰からも上がらず、中三になってブームが来るまでそんなにファンがいたとは知らないくらいだった。

観たいテレビ番組より、友達と一緒に遊んでいたい、と考えるのが健全なことだという価値観が世間にあることは、何となく分かっていて、私はテレビ番組を優先するから、ちゃんとした人間ではないのかもしれない、とは思ったが、別に明日になったらまた会える友達と、その日観なければ観られないテレビとではテレビを優先するのは当然だが、これも、テレビを録画しておける現在では、子供の意識も違うのだろう。たとえば現代を舞台として、特に事件が起こるわけでもない小説を読んでいて、登場人物が観ているテレビ番組や読んでいる本の名前がまったく出てこないと、私は嘘くささを感じる。どうやら小説の世界では、そういう固有名詞を出すと、十年後の読者が感情移入できなくなるという理由で忌避するらしいが、私は十年後だろうと調べるだろうし、むしろまったくないほうがおかしいと感じる。ところが、食べ物の名前を列挙することは、小説においては推奨される。つまり食べ物は普遍的で、テレビや映画はそうではないらしいのだ。そこも、私の意識とはずれていて、私は細々した料理の名前など出されても関心が持てない。

土曜日は半ドンだから、午後に学校の教室で準備をしたこともあった。昼食はかに屋で食べるものを買ってきて、私はちょっとした遊楽気分だった。飲み物に、缶入りのココアを買ってきた。ところが、それを開けて置いておいたら、いきなり三代がガブリと飲んでしまった。全部飲まれたわけではないが、私は当時、人が口をつけたものを食べたり飲んだりできない潔癖症だったから、あこれでもうこのココアは飲めないんだと思ってうわーんと泣き出した。三代が困っていた。私のこういう潔癖症は高校生のころに割と意識して直したが、そのころ、女が食べたものは男は食べられないとか、その逆の潔癖症があることに気づいて、へえーと思ったことがある。私の潔癖症にはそういう異性嫌悪的なところはなかったからだ。むしろ、異性が口をつけたもののほうが……。その時、私は悲嘆のあまり、「ストリッパーの飲んだものなんか飲めねえよ！」と泣きながら叫んだのは、三代が下半身を露出する癖があったからで、ちょっとひどいことを言ったなとあとで思った。

卒業前には、お定まりだったが、サイン帳をみなが用意して、クラスの人々に一筆書いてもらうのだった。これも考えてみると、六年生の時のクラスでだけやるわけだから、それ以前の同級生はないことにしているのだ。私もやって、「趣味・カレーライスの作り方研究」とか、やってもいないことなのに、あれこれと空想的なことを書いた覚えがあるが、自分が書いたものはあちらへ行ってしまっているから、生中なことでは見られない。

その三月五日に、八時過ぎて両親の観ているテレビを観るともなく観ていたら、ドラマらしいのをやっていて、昔の日本らしいが、若い女が「見よ落下傘」と歌いながら夜の道を歩いてくると、脇の二階の窓を二人の男がガラリと開けて、女がびっくりする、という場面があった。実はこれは山川方夫《まさお》の「戦時歌謡集」という短編を原作にした「落下傘の青春」という単発ドラマだった。私はこの「見よ落下傘」という歌がひどく印象に残って、大人になってからそれが「空の神兵」という軍歌であることを知り、CDで繰り返し聴いたものである。

『新八犬伝』も三月に大団円で終わり、それとともに私の小学生時代も終わったわけである。私立中学などを受験して東京へ行ってしまったという生徒は、私の知り合いにはいなかったが、どこか知らないところにはいたことであったろう。

中学進学を前にして、考えなければならないことがあった。ここの地域では、当時、中学生男子は丸刈りを強制されていた。私は頭に腫瘍があるから、どうするかという問題だ。それでも東京の私立へ行くということを両親がまったく言わなかったのは、経済的に無理だったからだろう。私は休みになってから、母に連れられて、東武線から見える、谷塚駅を過ぎたところにある鳳永《ほうえい》病院というところを訪ねて、手術の可否を問うた。男の医師は、あまりはっきりした口調ではなく、切って寄せて縫うことになると言った。つまり切ると皮がなくなるということで、傷痕も残るという、思わしくない話だった。沈痛な気持ちで帰宅して、やはり手術はやめにして、中学校に話して理解をもらい、丸刈りにしないことを許してもらおうということになった。

三月の春休みには、沼田さんの勧誘で、ラボキャンプではなくＹＭＣＡのキャンプで志賀高原へ、沼田と二人で行ってきた。神田あたりに集合してバスで行ったはずだが、沼田が井上靖の『あすなろ物語』を持ってきていて、それをバスの中で私が読み切ってしまった。四人くらいの若者が世話係をしていて、一人が口ひげを生やして、栞のようなものには「あだ名・警部マックロード」と書いてあった。彼らはバスの中では「添乗員」と呼ばれていたが、私や沼田はそんな言葉を聞くのは初めてで、「天井にいるから天井員」だと半ばふざけて言っていた。ＹＭＣＡのキャンプは「Ｙキャンプ」と呼ばれていて、特にキリスト教的なところがあったわけではなく、実質上スキー教室だった。だが、いざスキー場へ出ると、私などの出来が悪いので、コーチの一人が、私を含めて四人、出来の悪いのを選んで特訓してくれたので、少し上達した気もした。スキーはそれまで、ラボキャンプでちょっとやったことがあるだけで、本格的なレッスンは受けたことがなかったのである。ラボキャンプは二泊三日だが、これは四泊五日だから、スキーのレッスンもみっちりやって、最初の日は盛んに横で山を登るのをやらされ、それで脚を鍛えて翌日に備えるという具合だった。しかし、大人になってからはスキーなど行ったことはない。

スキーを終えてロッジに帰り、スキー靴を脱ぐところでは、汗と足の臭いに暖房の臭いが混じってもわっと独特の臭いがするもので、あとで不思議と懐かしくなるものだが、この時にまたカップヌードルなど食べるとものすごくおいしいのである。私は「レナウン娘」のCMソングをそれまで聴いたことがなかったが、ここでお兄さんたちが歌うのを聴いて覚えた。それは何だか大人の匂いがした。

私と沼田のほかに四人くらいで同室になったのだが、沼田があまりほかの四人になじまず、夜になって一人が私をいじっているのを見て、喉のところを沼田がこつんと手刀で叩いたら、そいつの咳が止まらなくなり、女の先生みたいのが来て騒ぎになったこともあり、何だか沼田と私が孤立するみたいな形になって、沼田は「嫌われものの方がかっこいい」とか言っていて、困ったなあと思ったものだ。

前の年の大河ドラマ「勝海舟」で、米倉斉加年《まさかね》が佐久間象山を演じていたのだが、「しょうざん」と言われていたが「ぞうざん」と読む説もあると聞いて、沼田に「どう読む?」と聞いたら、「ぞうさん」と言い、自分で笑って面白がり、「ぞうさん、だっ」などと言っていた。そういうユーモラスなところが、私は当時は嫌いではなかった。

「サイモン・セッズ」の遊びをやったのはこの時が初めてで「マー坊が言いました」と言っていたのだが、何人かが抜けたあとで、リーダーの人が、それじゃあ、残っている人は引っかからなかった人なので、みなで一人ずつ拍手をしましょう、と言い、順番に拍手をしていって、私もしたのだが、「警部マクロード」だけ、何もしない。それで、あっ、引っかかったと気づいたのである。ほかの引っかかった若者らは「警部マクロード」に「お前、頭いいなあ」などと言っていたが、どうも私は、まともな大人は一度やったら二度は引っかからないだろうから、このゲームは二度はやれないんじゃないかと思っている。

ほかに余興で、室ごとに藝を見せて、私は当時手品師で人気があった伊藤一葉《いちよう》の真似をしたが、この人もそのあとほどなく若死にしてしまって、覚えている人も少ないだろう。ほかの連中は「刑事コロンボ」の真似をして、当てさせていた。食事どきになると、みなが一室に集まって、「ご飯だご飯だ、さあ食べよう」というキリスト教系の歌を歌うのだが、「これもみんな、神さまのおかげ」のところは、「キッチンのおかげ」と言って、みなで食事を作っている人たちのほうを振り向いて指さすのである。

ところが、最終日はスキーの練習はもとはなしでレクリエーションをすることになっていたのが、子供たちの発意で、最終日もスキーをやってくれるようにという嘆願をやり始め、三、四人の子供が私たちの部屋へも回ってきた。ほかのみんなは賛成したが、私は、まあちょっと面白くはあるけれどしいてもっと練習がしたいというほどではなかったから、いや別に賛成しない、と言っておいた。

すると、夜の食事の時にその代表が立って、明日もスキーの練習をやらせてほしいということで、ほとんどの人の賛成を得られました、反対したのは小谷野敦さんだけでした、と私の名前まで出したから、えっ、と思ったもので、それはいくら何でも嫌がらせだろうと、熱血まじめ人間の厭らしさを見た気がした。もちろん、それで翌日もスキーをやることにはなった。ちょっとこのへんは、物悲しいものがある。帰宅したのは四月五日で、これで私の小学生時代は終わった。

一年か二年のあと、同窓会が開かれて、学校の屋上になぜか集まって田沼先生にも再会したが、

小杉さんは来なかった。北のほうを見て、来ないかなあと思っていると、ほかの生徒が、

「小谷野のやつ、小杉さんを待ってるんだ」

と言っていた。

それから以後、小杉さんと会う機会はなかった。もしかしたら会ったかもしれない、いや確かにそうだったのは、私が二度目の大学院受験をした一九八六年九月で、それから十一年あとのことだ。その前の夜、試験の緊張で私は眠れず、ぼうっとしたまま越谷駅まで行き、電車に乗ろうとしたら、左側の一つ向こうの乗降口から乗ったのが、明らかに小杉さんだった。満員だったから、乗ったあとも私はドアのそばにいて、あちらを見たが、どう見てもそうだった。結局彼女のほうが途中で降りてしまったかして、声は掛けられなかった。これが試験当日でなかったら声が掛けられたのか、そうでもなくてやっぱり同じだったのかは分からないが、あの当時の私なら掛けられなかっただろう。

これで小学生時代までを終えてひと区切りとするが、とにかく私の子供時代というのは、近所にかわいらしい女の子がいたり、優しいおばあちゃんがいたりしなかったし、男の友達との熱血な思い出もないのであり、現実はこの程度につまらなくて埃っぽいものだ、ということが言いたいのである。


（終わり）

あとがき

本書は小学校時代までの自伝ではあるが、自伝小説というつもりもあり、図書館ではなるべくなら913、つまり日本文学―小説の部に入れてもらいたいと思っている。

実は本書の原型はもう十年以上前に「一九七〇年」として書いたものだが、当時載せてくれる雑誌も見つからなかったので、「帰ってきたウルトラマン」などの話を中心に『ウルトラマンがいた時代』（ベスト新書、二〇一三）という新書にして出したことがある。もちろん、「ウルトラマン」以外の話は削除したから、この稿とは全然違うものである。当時はだから、本当は自伝的小説を出したいと思って書いていたために私の腰が据わらず、「ウルトラ」に関する事実誤認の多い著作になってしまい、ひどく非難を浴びた。今回はそのへんは遺漏がないように努めたが、やはり間違いがまったくない本というのは作れないものだから、何かあとから出てくるだろう。子供時代に観たテレビ番組などの情報は、ウィキペディアなどを使って調べた。

このあと、中学生時代を書くつもりではあるのだが、何しろその二、三年時は私にとっては一番幸福だったと思われていた時期なので、どうすればその気分が出るか、難しいところである。実際、本人が感じているノスタルジーを他人に伝えるのは至難の業だと、今回も思い知った。

私は自分が習った大学の先生などに、自伝を書いてくださいとよくメールや手紙に書くことがある。他人にそう言う以上は自分でも書くべきだろうと思ったということもある。若すぎると思う人もいるかもしれないが、私は九十歳まで生きる自信はないし、どうやら幼い頃の記憶ですらだんだん失われていくようなので、少し早めに書いたということになる。

いささかは単なる偶然だが、この自伝を書きながら、私はルソーの『告白』を二度目に読んでいた。私はルソーの愛読者だし、『告白』は私小説の重要な源流だと考えている。ルソーはここで、すべてを嘘いつわりなく書こうとしているが、私も、もとからそういう性質ではあったが、ルソーの態度に改めていくらかの影響は受けたかもしれない。

十年ほど前に、小学校一・二年の時の担任だった海老原昭子先生と連絡が取れたことは幸甚であった。おかげであれこれと思い出すことができた。感謝申し上げたい。人名は差し障りのない限り実名にしてある。それでは小説じゃないじゃないか、と思う人がいるかもしれないが、檀一雄の『リツ子、その愛』『リツ子、その死』も実名で書かれていることを申し添えておく。

本書は書き下ろしです。

小谷野 敦（こやの あつし）
一九六二年、茨城県生まれ。作家、比較文学者。東京大学文学部英文科卒業、同大学院比較文学比較文化専攻博士課程修了、学術博士。著書に『聖母のいない国』（サントリー学芸賞受賞）『〈男の恋〉の文学史』『もてない男』『江戸幻想批判』『恋愛の昭和史』『谷崎潤一郎伝——堂々たる人生』『川端康成伝——双面の人』『江藤淳と大江健三郎』『純文学とは何か』『歌舞伎に女優がいた時代』等多数。小説集に『悲望』『童貞放浪記』（映画化）『母子寮前』『ヌエのいた家』（以上二点、芥川賞候補）のほか『東十条の女』『蛍日和』（ともに幻戯書房刊）がある。

あっちゃん――ある幼年時代

二〇二四年七月二十三日　第一刷発行

著　者　小谷野敦

発行者　田尻　勉

発行所　幻戯書房
郵便番号一〇一 - 〇〇五二
東京都千代田区神田小川町三 - 十二
電　話　〇三 - 五二八三 - 三九三四
F A X　〇三 - 五二八三 - 三九三五
U R L　http://www.genki-shobou.co.jp/

印刷・製本　中央精版印刷

ISBN978-4-86488-303-0　C0093

蛍日和　小谷野敦小説集

私は、あと二十年くらいはこの人と生きていきたいな、と考えていた。――出会い、引っ越し、再婚、断煙、禁断症状、不安神経症、ノイローゼ、睡眠障害、義父との葛藤、妻の交通事故……大学教授になり損ね、著作も売れない。「ああ仕事がないんだ、という鬱」。その屈託に寄り添った妻との十五年。　2,900円

東十条の女　小谷野敦

自分とセックスしてくれた女に対しては、そのあと少々恐ろしい目に遭っていても、感謝の念を抱いている――婚活体験、谷崎潤一郎と夏目漱石の知られざる関係、図書館員と作家の淡い交流、歴史に埋もれた詩人の肖像（ポルトレ）など6篇。これが“純文学”だ。　2,200円

自滅　尾崎渡作品集

君も俺の黒い底……畜生の根性、火事場泥棒、人間の本当とは。「こうしたものを書くからには、その種の嘘偽りを禁じることを肝に銘じて、血でもって書く作家の本分として取り組んだ。結果それは私の家族を、友を、愛する人達を、傷つけることになっただろうか。許してくれというほかにない」……帰ってきた私小説。　2,000円

行列の尻尾　木山捷平

銀河叢書　酒を愛し、日常の些事を慈しみながら、文学に生涯を捧げた私小説家。住居や食べもののこと、古里への郷愁、旅の思い出、作家仲間との交遊、九死に一生を得た満洲での従軍体験……。強い反骨心を秘めつつ、庶民の機微を飄逸に綴った名随筆の数かずから、単行本・全集未収録の89篇を初集成。　3,000円

三博四食五眠　阿佐田哲也

たかが喰べ物を、凝りに凝ったところで舌先三寸すぎれば糞になるのは同じこと、とにかく美味しく喰べられればそれでいいいではないか――睡眠発作症（ナルコレプシー）に悩まされながら“呑む打つ喰う”の日々。二つの顔を持つ作家が遺した抱腹絶倒、喰っちゃ寝、喰っちゃ寝の暴飲暴食の記、傑作エッセイ、初刊行！　2,200円

戦争育ちの放埓病　色川武大

銀河叢書　一度あったことは、どんなことをしても、終わらないし、消えない、ということを私は戦争から教わった――浅草をうろついた青春時代、「本物」の芸人を愛し、そして昭和を追うように逝った無頼派作家の単行本・全集未収録随筆群を初書籍化。阿佐田哲也の名でも知られる私小説作家の珠玉の86篇、愛蔵版。　4,200円

幻戯書房の好評既刊（税別）